T0355903

LA TERCERA ORILLA

MARTA ESTÉVEZ

LA TERCERA ORILLA

PLAZA JANÉS

Papel certificado por el Forest Stewardship Council®

Primera edición: octubre de 2024

© 2024, Marta Estévez Ansede
Autora representada por la agencia literaria de Rolling Words
© 2024, Penguin Random House Grupo Editorial, S. A. U.
Travessera de Gràcia, 47-49. 08021 Barcelona

Printed in Spain – Impreso en España

ISBN: 978-84-01-03340-7
Depósito legal: B-12732-2024

Compuesto en Mirakel Studio, S. L. U.

Impreso en Liberdúplex
Sant Llorenç d'Hortons (Barcelona)

L033407

A todos los moradores del Chuco,
los que fueron y serán

Al Polo Norte no vas con tacones altos.
Y, si vas, no llegas.
Y, si llegas, no regresas.

THEODOR KALLIFATIDES

Y, si soñé eso,
¿cómo puedo estar seguro
de que no soñé todo lo demás?

THEODOR KALLIFATIDES

1

En medio de la ría, marzo de 2020

A mí me habría gustado ser huérfano de verdad y no aquello que era, pero la diferencia entre la vida y la muerte era insignificante para nosotros en aquella época, y tampoco teníamos ni idea de cómo llamar a las cosas.

Me mandaron a la isla para poner el mar de por medio. Llegué con las moscas, a finales de junio de 1986, tres años después de que lo hiciese el abuelo —él como retornado de una Venezuela que se le enroscaba en los pies y le adormecía la lengua; yo como huérfano funcional (entonces todavía tenía padre, uno con piel de momia y la mirada bobalicona típica de los heroinómanos)—, cinco meses después de que el Challenger reventase el cielo de Florida. El año que fuimos europeos y la ría se convirtió en una charca de aguas estancadas. El verano en que planeamos matar a un hombre.

Tenía trece años, una edad absurda en la que no se es nadie. Aún no sabía que podía ser feliz (me faltaban referencias) y, por lo tanto, no lo anhelaba.

Pongamos que era una isla, aunque quizá sea más apropiado llamarlo islote. No es que no sepa su nombre; es que no lo quiero decir.

Llegué por una recaída (una de tantas en la biografía de mi padre). Entonces la palabra estaba en boca de todos. Sigo pensando que nada subraya con más rotundidad el fracaso. Es la caída después de la caída, la derrota dentro de la derrota, la peor combinación de sílabas; aún hoy me duele el rasgueo de la erre contra el paladar y la manera abrupta en la que la a se separa de la i. La abuela insistió. «Hay que retirar el cazo del fuego antes de que el caramelo se queme», dijo. En aquella época lo repetía *ad nauseam*.

La abuela siempre ha sido una mujer directa, de las que llaman a las cosas por su nombre porque nunca tuvo tiempo para andarse con rodeos, pero, cuando hablaba de ciertos temas en mi presencia, recurría a las metáforas.

En realidad, era un tema. Era la droga.

Vengo de visitar a la abuela. Estaba despierta, aparentemente en paz, sentada en su silla ergonómica frente al ventanal, deshilachando palabras aquí y allá, la mirada enlentecida típica del destierro. Más que su muerte, me aterra que deje de saber quién soy. Se me ha metido en la cabeza que el mundo seguirá existiendo y yo estaré a salvo en él mientras ella esté dispuesta a luchar. Por eso es primordial que se mantenga con vida. Por eso y porque los grandes cambios no suelen producirse de la noche a la mañana (tachemos de la lista la propia muerte), procuro visitarla todos los días.

El geriátrico es una de esas construcciones que, si no ha ganado un premio de arquitectura internacional, se esfuerza mucho en parecerlo. Más que un edificio, es un buque de dos palos —altos como obeliscos— con un casco deliberadamente oxidado. Los miles de euros que pago al mes amortiguan en parte mi conciencia. Yo sé que no hago bien. La abuela también lo sabe, aunque repite sin parar que es algo natural («naturalismo», subraya, a pesar de que ella nunca lo haría), así que ambos fingimos que no nos queda más remedio, que son los tiempos modernos los que nos han empujado a tomar la decisión y que el ambientador de bergamota enmascara por completo el hedor a carne podrida.

ALTA MAR.

Su nombre evidencia que no hay un eslogan acertado para cobijar la vejez. ¿Es cosa mía o invita descaradamente al suicidio?

A la abuela le llevó su tiempo elegir habitación, y es comprensible, porque sabía (todos sabíamos) que ya no habría más habitaciones para ella. Me sorprendió su elección, toda la vida intentando darle esquinazo a la isla para acabar mirándola de frente. «¡Esta!», exclamó en cuanto la vio, con una seguridad apabullante, como si hubiese visto la luz. En realidad, eligió una ventana. «Un fondo de pantalla ideal», susurró la enfermera al ver la atención que la abuela prestaba a las vistas, y añadió, solo para que yo la oyera: «Por la noche los destellos del faro rebotan contra el mar con una nitidez sobrecogedora». Me pregunto si la afectación y los susurros estarán incluidos en su contrato. Diría que sí. «Y, a su espalda, América», sentenció con ademán de maga.

Le conté a la abuela que volvía a la isla. «Solo unos días, como siempre, para estar cerca del abuelo», dije guiñándole un ojo. Pero ella sabe muy bien a qué voy. Nunca, ni siquiera ahora que todo en ella ha perdido intensidad e intención, he podido engañarla. Me clavó unos ojos que con la edad se han vuelto blandos —su vida entera arremolinada en la frente— y susurró, con la voz inquebrantable y la bravura de quien no ha hecho otra cosa que bregar con bestias:

—Yo ya lo superé, Ulises. Supéralo tú.

Con un movimiento mecánico, Ulises se sube el cuello del chubasquero y se aferra al timón del Victoria. Con las prisas se olvidó los guantes, y ahora los nudillos se le han cuarteado y le escuecen como si los hubiese hundido en sal. Piensa en Estela, apoyada en el marco de la puerta, envuelta en un albornoz que siempre huele a suavizante, las cejas contraídas en un gesto de estudiada preocupación. No lo disuadió abiertamente (nunca lo hace), no dijo «No deberías», dijo «¿Sabías que están a punto de hablar de pandemia?». Acunó *pandemia* en la boca y su lengua crujió al entrar en contacto con el paladar. Quiso mandarla callar, gritar —lástima que no sepa— que no soporta ese aire maternal, denso, almizclado, con el que envuelve todo lo que dice, tan llena de razón y refranes, pero las palabras se volvieron garrapatas y, como era de esperar, no fue capaz de expulsarlas.

Ulises arruga la frente y entorna los ojos. En el punto más occidental de la isla, el que llaman el Chuco, las gaviotas se arremolinan en grupos; hay tantas que lo lógico sería pensar que todas las gaviotas del mundo provienen de allí. Sus ojos buscan la casa —incrustada en la piedra, como un mascarón de proa viejo y ennegrecido— a la derecha del faro. El resto de las construcciones, unas quince en total, deshabitadas en esa época del año, se reparten en la parte más baja, hacia el interior de la isla, convenientemente resguardadas de las bofetadas del viento y el mar.

Prepara las amarras de popa. Una decena de maniobras son suficientes para atracar. El Victoria es un barco pequeño, de ocho metros de eslora —suficiente, perfecto—; un tamaño mayor habría anulado el efecto que buscaba, siempre ocurre: lo pretencioso le da la vuelta a una virtud y la convierte en algo mucho peor. Vibra el teléfono en su bolsillo. No le hace falta mirar para saber que es Estela. No le hace falta mirar, pero mira. Vacila durante unos segundos con el teléfono en la mano. Resopla en dos tiempos, la rabia coagulada a punto de salírsele por los lagrimales. Es una pérdida de tiempo tratar de explicar a quien no entiende, está cansado de descomponer las palabras y convertirlas en puré. Estela raras veces capta los matices, mucho menos el sarcasmo; en cambio, termina sus frases siempre que puede.

Ulises apaga el teléfono y baja de un salto al espigón.

2

El humo de las chimeneas se apagó y se trasladó a la calle. Humo negro, humo malo, dice su abuela. La ciudad se ha convertido en un infierno de barricadas que huelen a caucho quemado y a rabia. Por eso y porque su padre ha recaído después de un tiempo de estar limpio, mandan a Ulises a la isla.

A falta de que alguien le explique qué significa estar limpio, se lo imagina vacío de vísceras y ordenado por dentro. Muerto y resucitado varias veces. Quizá por eso se desplaza tan despacio, fundido con la tierra, como si estuviese a punto de dejar de existir. Es un andar arrastrado, de reptil, típico de las personas que han perdido el respeto por la vida y ya solo están por estar. Es el paso previo a desaparecer.

Su padre trabaja en Vulcano (*trabaja, trabajaba*, con él nunca sabe cómo conjugar el verbo), aunque ahora casi nadie en el barrio trabaja. Lo llaman reconversión, pero su abuelo dice que lo que hacen es cerrar astilleros y reducir plantillas, y que eso, lo ven hasta los ciegos, no es reconvertir, sino matar de hambre y destrozar familias.

Hace tres años que volvió su abuelo. Ulises tuvo que buscar Venezuela en un mapa para hacerse una idea de dónde quedaba exactamente el país, porque todos hablaban de América como si se hubiese ido al continente entero.

Su abuela regresó mucho antes, justo cuando él nació. Y menos mal.

Antes Ulises pensaba que con la reunificación de la familia todo sería alegría en la casa, pero el tiempo ha ido pasando y ya ha descartado cualquier posibilidad de un alto el fuego. Lo cierto es que siempre se equivoca en sus conclusiones, no acaba de cogerle el tranquillo al tono de los adultos; dicen algo y después resulta que no es en absoluto lo que parecía, como cuando su abuelo repite que su tierra podía haber sido lo que le diese la gana pero nadie fue capaz de hacer nada con ella.

Sus abuelos apenas cruzan unas pocas palabras entre ellos, en parte porque la aventura americana de su abuelo se alargó más de la cuenta, pero sobre todo porque no pudieron soportar su fracaso como padres. A veces se gritan, aunque sería más riguroso decir que la que grita es su abuela, y hasta cierto punto es comprensible, que por algo ella se llevó la peor parte. Ulises recuerda (a pesar de que intenta no pensar mucho en ello) sus alaridos, la manera en que trotaba por el pasillo —enloquecida como una yegua salvaje— al comprobar cómo iban desapareciendo las monedas de su cartera, los limones del frutero y las cucharas del cajón de los cubiertos. Para poder opinar hay que haber salido a comprar caballo, con el mandil puesto, porque la desesperación de una madre ante el sufrimiento de una hija la lleva a querer calmarla como sea.

Cuando su abuelo volvió, no había mucho que hacer, y ya se sabe que cuando la desgracia cae sobre una familia sus miembros hacen lo que pueden, que suele ser culparse entre ellos o a sí mismos. Y eso fue exactamente lo que ocurrió: su abuela culpó a su marido y él también se culpó.

Al menos llegó a tiempo para el entierro.

Ulises no deja de oír que la muerte se supera. Lo dicen las vecinas sin hijos, los curas gordos con anillos de oro, las plañideras en los entierros. Dicen «Con el tiempo, ya verás». Dicen «El tiempo todo lo cura». Dicen «El tiempo, el tiempo».

Siempre con el tiempo en la boca, pero qué van a saber ellos. Si supiesen, dirían que hay dos excepciones: la muerte de la que te sientes responsable y la de un hijo, que en el caso de sus abuelos son la misma cosa.

Le gusta su abuelo, le recuerda a los icebergs, con un mundo entero escondido bajo una superficie helada. Durante los años que vivió en Venezuela, su mujer se refería a él como el difunto, y tenía mucho sentido, porque creía que no volvería a verlo con vida, así que solo estaba adelantándose a lo inevitable. Ahora lo llama el resucitado —y la retranca le explota en la boca como un puñado de petazetas—. Ulises procura no contradecir a su abuela, que bastante tiene ella con todo lo que le han echado encima, pero le entran ganas de susurrarle al oído: «Retornado, abuela, retornado».

Ulises finge que está enfadado por dejar la ciudad, pero solo porque cree que es lo que se espera de él. Hace tiempo que fantasea con la idea de vivir en cualquier lugar que no sea el barrio, ahora que se ha llenado de seres deshidratados, gárgolas de trapo sin una gota de líquido en el interior de sus cuerpos —como si un gigante los hubiese aspirado con una pajita—, jóvenes con sonrisas y ojos de viejos, como los de sus padres, espectros con la misma voz y la misma piel.

Su abuela ha preferido sentarse en la cubierta. El ruido del motor dificulta la conversación, y ella solo habla cuando quiere, que puede ser mucho —y gritado— o nada. Hubo que prepararlo todo porque sus abuelos no habían vuelto a la isla desde que emigraron. Y de eso hace ya mucho tiempo. Su abuela sabe que el léxico es importante para no sufrir más de la cuenta, por eso dice *marchar* en vez de *emigrar* y *allá* en vez de *Venezuela*. Cuando volvió definitivamente se instaló en la ciudad, en un pisito (utiliza el diminutivo para ver si así se vuelve acogedor) de un barrio obrero de la periferia en el que hace más de una década construyeron hileras de bloques de un tono pardusco —cuya premisa desde el principio fue no llamar la atención sobre su fealdad— que al poco de estrenarse ya parecían viejos. Y ahora que las cosas están revueltas vuelven a la isla. «Tanta cosa para terminar en el mismo sitio», oyó que decía su abuela, suspirando con todo el cuerpo, mientras preparaba las maletas.

Ulises no pregunta. Tampoco habla mucho de Venezuela para no tensar el ambiente más de la cuenta, aunque no hay nada que le guste más que las historias de lugares lejanos. Como no quiere que su abuela se enfade, espera a estar a solas con su abuelo, y gracias a esas conversaciones ha llegado a saber que América fue un fiasco de los gordos, pero también que no les quedó más remedio que embarcarse porque lo otro era mucho peor: «Un morir lento, Ulises: emigrar (a su abuelo no le importa pronunciar la palabra) o morir».

Otra cosa que también supo es que su abuelo se sintió tan solo en América que escribió un diario. Y ya solamente por eso tiene todo su respeto.

Le gusta el barco de línea, con ese sonido a fábrica y el olor agrio del petróleo, que se le mete por la boca y la nariz y le rasca la garganta como si estuviese fumando. Un barco es ya, en cierto modo, una isla, le da por pensar. Un anticipo de la isla propiamente dicha. Su abuelo le dibujó un mapa y Ulises está deseando comprobar si es como se la imagina o como su abuela dice que es.

Si le preguntasen a él, algo que con toda seguridad nadie hará, porque a los niños se los manda a hacer recados pero jamás se les consulta, tal vez reconocería que el verano no pinta tan mal y que, en cualquier caso, nada hay peor que el sitio de donde viene.

«Quiero quedarme a vivir aquí», piensa, para su propia sorpresa, al bajarse del barco. «¡Quiero quedarme a vivir aquí!», repite gritando más tarde mientras ayuda a empujar un carro de madera por un sendero de arena. Su abuelo masculla, con la voz apagada de quienes hace tiempo se resignaron, que una cosa es la isla en verano y otra, muy distinta, en invierno. «Cambia la uve por una efe y eso es lo que tendrás a partir de octubre», dice de corrido, y añade: «Lo que la isla te quita, la isla te da, no se puede pretender vivir aislado y estar cuerdo».

Su abuelo es lo más parecido que conoce a un filósofo. Ulises asiente a pesar de que no termina de entender lo que quiere decir. Su abuela se aclara la voz como cuando está a punto de dejar salir el veneno. «Ni cuerdo, ni cuerda, ni Cristo bendito», escupe con una insolencia que le sale natural. Todo indica que va a seguir replicando (es su naturaleza replicar); coge aire antes de hablar, pero la voz se le muere casi al empezar, como si se hubiese desentendido de sus propias palabras. Ulises la observa, sabe que el cansancio normalmente se le acumula en los párpados; sin embargo, sus ojos —dilatados, brillantes— se clavan como arpones en los de su marido, que, por algún motivo, ha dejado de empujar.

Ulises echa un vistazo al chasis del carro. No parece que haya ningún palo en las ruedas. Inspira sin querer el olor nauseabundo de los restos de algas secas que cuelgan del carro y se incorpora a tiempo de ver a un hombre de bigote poblado, sombrero de vaquero y gafas de sol levantar a su paso una corriente de arena y Varón Dandy.

Sus abuelos reanudan la marcha en silencio. De vez en cuando se giran. Avanzan y se giran, avanzan, se giran. Al final del sendero comienza un camino más ancho, de adoquines. Las ruedas producen un traqueteo que los obliga a vigilar que las maletas no se caigan. Ulises se detiene en la parte alta de la pendiente. Las vistas lo dejan con el estómago en la garganta, acostumbrado como está a la fealdad más absoluta del arrabal en donde viven acubilados, en nombre del progreso, miles de desertores del arado como sus abuelos y los abuelos de los demás. Brilla el agua y brilla la arena de un mundo que grita que puede llegar a ser perfecto si te alejas lo suficiente del humo y la oscuridad. Abajo, un puente de hormigón separa el mar de una laguna abarrotada de cormoranes. Pregunta si puede bañarse (si dicen que sí, trepará por las dunas y se dejará caer, rodando, hasta el lago), pero nadie contesta.

¿Sí? ¿No? ¿Nada? El hombre con pinta de sheriff los ha dejado zumbando, a juzgar por sus bocas abiertas y sus miradas esquinadas.

Se ve que la amenaza lleva sombrero y gafas de sol.

Ulises corre y grita a pleno pulmón, los brazos extendidos para no desestabilizarse en la arena: «¡Yo me quedo a vivir aquí!».

3

Caracas, Venezuela, 1958

Antucho se afana en poner orden en el cuchitril inmundo al que no le queda más remedio que llamar casa mientras piensa que jamás se acostumbrará a esa humedad pegajosa, llueva o no, porque, vamos a ver, una cosa es la lluvia y otra muy distinta el calor, le parece a él, pero en esa ciudad suceden ambas cosas a la vez, maldita sea su estampa.

No lleva un año en el país y aún no se ha acostumbrado al sudor. Ni a la decepción. En su primera carta, Leónidas le contó —con toda suerte de detalles formidables y de adjetivos superlativos— cómo al pisar territorio americano sintió que su fortuna estaba a punto de cambiar. A él no le ocurrió nada ni remotamente parecido, más bien todo lo contrario: en cuanto puso un pie en La Guaira se dio cuenta de que las oportunidades se vendían a precio de un oro fuera de su alcance.

En días como hoy le gustaría elevarse para poder tener una vista cenital de la ciudad —grande como el planeta entero— y de paso conseguir esquivar esas bombas de sangre que son los mosquitos caraqueños, más grandes y feroces que los de la isla, o eso le parece a él. A estas alturas ya se ha dado cuenta de que nada es como se lo pintó su primo, pero ¿qué otra cosa se puede hacer más que creer cuando se está decidido a escapar de la mugre y el hambre? América es un canto de sirenas convenientemente cadencioso, lleno de sílabas claras que crecen en la boca, de manera que si alguien te dice «Vente para América», lo lógico es que al menos sopeses la posibilidad. Y cuando te das cuenta has cambiado un islote por un continente para que parezca que has hecho un buen trato. Pero América palabra es una cosa, y América realidad, otra muy distinta.

No es que esperase un paraíso propiamente dicho, que bien sabe distinguir lo que es emigrar de viajar. Los pobres diablos como él no viajan, sino que se endeudan antes de salir a comerse el mundo. Los quince días de rugidos a bordo del Amerigo Vespucci, sin poder distinguir el norte del sur, envuelto en un manto de vísceras —los ojos inflamados, las paredes del intestino pegadas—, fueron solo la primera advertencia. Pero la emigración empieza mucho antes, en la boca y en sueños.

Partir con un objetivo claro y no perderlo nunca de vista lo es todo: el de Manuela y el suyo era (todavía lo es, al menos para él) juntar lo necesario para volver y establecerse cuanto antes en el punto más occidental de la isla. Ni un bolívar, ni una gota de sudor, ni un día más de la cuenta, decían a todas horas. Pero el embarazo llegó sin haberlo invocado, y de pronto Venezuela ya no era país para un bebé. Ahora Antucho intenta convencer a Manuela para que deje a la niña con sus padres y lo acompañe en la aventura americana. Escribe *americana* (no venezolana) y repite *temporal* varias veces porque sabe que no existe mejor aval de temporalidad que la niña.

No se le ocurre un acto de egoísmo mayor. O todo lo contrario, según se mire.

Los tabiques de su habitación son finos como las hojas de las plataneras que circundan la capital. Plas, plas, latiguea el casero al caminar con sus zapatillas de esparto mal calzadas, como si su ocupación en la vida fuese recorrer el pasillo. Plas, plas, y vuelta a empezar. Una vez recogida la habitación, el tedio y el calor le impiden hacer nada más. Como todos los domingos, se sienta a esperar a que Leónidas vaya a buscarlo. Pasarán la tarde con otros expatriados, hablarán de lo de siempre, intercambiarán noticias de la otra orilla, se lamentarán, cantarán melodías que nacen del estómago y volverán achispados y un poco más ligeros por dentro.

Plas, plas, los pasos se detienen en la puerta.

—¡Su primo lo espera abajo! —grita el hombre, de origen gallego, acuchillando la jota (en Caracas nadie acuchilla las jotas; todavía le cuesta acostumbrarse a esa laxitud en el habla, es oírlos hablar y le entran ganas de bostezar).

Antucho no espera a que los pasos desaparezcan, al principio lo hacía, pero ya tiene suficiente experiencia como para saber que el casero jamás pierde el tiempo disimulando su mala educación. Abre la puerta, lo saluda mirando al suelo y baja los escalones de dos en dos.

La transformación de Leónidas es colosal. No tiene que ver con su ropa ni con su bronceado —culpable de que sus dientes hayan cobrado un protagonismo desproporcionado y equino—: es más su actitud caribeña, de hombre despreocupado, tan distinta a la suya y a la de los demás, la que lo hace parecer otro hombre, uno ajeno.

—¡Espabila, Tony, vámonos de aquí! —exclama nada más verlo, como si *aquí* fuese un incendio.

Leónidas ha emprendido una metamorfosis sin retorno, un proceso de americanización que incluye llamarlo Tony —con i griega— y acariciar las zetas hasta derretirlas. Percibe en él cierta urgencia por hacerlo todo. Lo sigue como si él también tuviese prisa y supiese a dónde van. Con Leónidas es mejor no preguntar, tampoco es que él tenga elección, ciego y desorientado como está en una ciudad monstruosa de un país extraño.

Los domingos se juntan en un centro fundado por republicanos exiliados. Parece que al principio las autoridades locales mostraron cierto recelo, pero pronto pudieron constatar que, más que conspirar, allí lloran la tierra, y hace tiempo que los dejaron en paz. Atraviesan una red de avenidas —anchas como el Amazonas— que homenajean a los próceres de la independencia, cuyos nombres no se ha aprendido ni se aprenderá porque nadie se esfuerza en memorizar lo que se propone abandonar.

Se detienen a la entrada del parque de Carabobo, junto a un banco ocupado por un hombre enjuto, de piel cetrina y edad incierta. Aspira, aliviado, el aire fresco bajo los chaguaramos y las ceibas. El hombre los atrae con un crujido de lengua que no llega a ser silbido y señala unos sombreros de ala ancha del color del tofe que forman montañas de dos sobre el banco. Leónidas apoya la mano en su hombro y lo conduce con violencia hacia el anciano. El hombre despega los sombreros con cuidado de artificiero y hace bailar uno sobre el muñón de la otra mano.

—Pelo de castor. Bueno, bueno —rubrica dos veces, con una amabilidad desganada.

Leónidas le clava el codo en el costado para obligarlo a presenciar el ridículo movimiento rotatorio del sombrero.

—Deme esos dos —dice mirándolo a él.

Saca un billete del bolsillo sin haber negociado el precio de antemano. El hombre —que podría ser un anciano o no serlo en absoluto— hace ademán de protestar, aunque en realidad ni siquiera lo intenta. Leónidas le arranca los sombreros de las manos, se incrusta uno en la cabeza y coloca el otro en la de su primo.

—Sombrero de llanero, Tony —dice—. Son eternos, acuérdate de lo que te digo, si no al tiempo.

4

En la isla, marzo de 2020

Mis abuelos han sido las personas más importantes de mi vida (huelga decir que es más importante el que te mantiene con vida que el que te la da), tanto que ya no dudo de que todo lo hago por ellos. No consigo despegarme de esa obligación y creo que tampoco quiero. Mi amor por los dos no ha dejado de crecer, aunque él ya no esté, algo que no me ocurre con Estela, de quien puedo decir que la quise (o la necesité) hasta que dejé de quererla (no sé si de necesitarla).

El amor por mis hijos, en cambio, se da por sentado.

A la abuela y a mí no nos hizo falta un cordón umbilical, nos reconocimos desde el principio. Ella es la madre de la madre. Dos veces madre. La única. La que se hizo cargo porque la mía me soltó antes de tiempo.

Siempre me ha parecido que la palabra *mamá* —común en todas las lenguas, con mínimas variaciones menos por la eme, tan decisiva y rotunda— no es casual. Dos sílabas que te pespuntean los labios. El primer sonido que se te viene a la boca cuando te desuellas las rodillas o sientes que te acecha el peligro (de verdad que lo sientes) en mitad de la noche. Reconozco que hasta hace muy poco he convivido con la tentación de llamar mamá a la abuela, pero nunca me atreví ni ella me lo hubiese consentido. Incluso llegué a cambiar su nombre en mi agenda. La idea era jugar durante un rato, pero olvidé devolverle al contacto su nombre original. Al día siguiente, durante una reunión de trabajo, sonó mi teléfono. No sé qué carajo grité, si fueron palabras concretas o vocales abiertas, solo que abandoné la sala como si hubiese leído el nombre del mismísimo diablo. No lo he vuelto a hacer, ya no me hace falta jugar con los nombres, ahora tengo claro que madre no hay más que una y que la mía es la abuela.

Pienso en ella como en alguien que nunca ha dejado de parir. Remedios caseros, comidas, consuelo. Mientras pelaba patatas, repasábamos las tablas de multiplicar, fregaba, me peinaba, me cortaba las uñas. Refranes. Pescozones. Consejos. Una hija, un nieto… Todo lo contrario que mi madre, que me parió a mí y nunca más volvió a parir nada que no fuesen calamidades.

Al abuelo, en cambio, nunca llegué a verlo como a un padre. Nos conocimos tarde, cuando el reparto de papeles ya estaba hecho, así que no tuvo que encargarse de mi educación, esa competencia le correspondía a la abuela, que se tomó muy en serio todo lo que no había podido hacer con su hija. Me marcó unos límites claros como un día de nordeste, con afecto pero sin miedo a resultar impopular (algo a lo que yo he renunciado con mis hijos), lo que la convirtió en la madre perfecta. Y el abuelo pasó a ocupar un puesto vacante hasta entonces en nuestra familia: el de compañero de juegos, preceptor e interlocutor (un papel que la abuela siempre se había negado a ejercer por considerarlo incompatible con su labor de educadora), lo que lo convirtió en el abuelo perfecto.

Después de la muerte del abuelo se me instaló una opresión en el pecho, a la altura del esternón, como si viviese con un grupo de bailarines cosacos acuclillados sobre mí.

En nuestro barrio incluso los niños nos sentíamos sepultureros. Todos los meses enterrábamos hijos y padres, pero abuelos, menos. Tan ligada estaba la idea de la muerte a la juventud que si observabas detenidamente las caras de los jóvenes podías jugar a adivinar quién llegaría a los treinta y quién no.

Empecé a sentir que no podía con más entierros, como si hubiese llegado a mi límite de muertos. Me dolían las ausencias prematuras en aquella época, era un dolor físico, acumulativo, típico de las infancias inmoladas. Incluso la abuela se quedó sin habla, algo que entonces era inimaginable. Fue la falta de previsión de su muerte lo que la sepultó en vida. Y eso que ya llevaba unas cuantas losas encima. Yo sabía que el enfado entre ellos era temporal; aunque hubiese durado toda la eternidad, habría seguido siendo temporal. La reciprocidad no está a la altura de cualquiera, y ellos eran el tipo de pareja que se espía por el rabillo del ojo a pesar de la rabia.

Del abuelo he heredado unas entradas pronunciadas y la afición por los diarios. En mi caso, la necesidad de escribir nace de la falta de un interlocutor de confianza en quien vaciarme. Podría decirse que escribo para no terminar explotando. Y para saber.

Me pregunto si a él le ocurría lo mismo.

Las primeras frases de su cuaderno me sobrecogieron como pocas cosas me sobrecogen ya.

«El sol sale por el este».

«Las borrascas entran por el Atlántico».

«América es una trampa».

«Dios no existe».

Tan certero y afilado que no me quedó más remedio que seguir leyendo.

Ulises no puede estar más de acuerdo con su abuela en que lo que de verdad marca la identidad de la isla es que es atlántica. «Del Atlántico norte», subraya ella. Lo normal en esa época del año es que haya una sola nube —baja, sucia, desparramada— en continuo movimiento. Por eso Ulises no puede ver la punta de los suicidas a menos que suba hasta ella.

En la isla se respeta a los suicidas; al menos no están mal vistos, que es más de lo que se puede decir de otros lugares. Cuanto más hostil es una tierra, más comprensivas son sus gentes con respecto al suicidio. Ulises ha pensado mucho en ello, pero la mayor parte de las veces su cuerpo no lo acompaña. Aún no ha llegado a ninguna conclusión definitiva sobre si hace falta ser cobarde o muy valiente para matarse o quedarse, aunque de un tiempo a esta parte se le ha instalado en la cabeza la idea de que mantenerse a salvo le da sentido a la vida de sus abuelos.

Vuelve a la isla en invierno, cuando el barco de línea y el camping están fuera de servicio. Por eso tiene un barco. Para una semana al año. Sus hijos la llaman la semana grande de papá, y Estela, la tontería esa. Nunca habla de sus motivos con ellos, ni con nadie a excepción de su terapeuta, así que es normal que estén perdidos en sus cábalas. Su abuela, en cambio, lo mira y lee su mente como si fuese de cristal fino. Resultaría embarazoso confesar que tiene un asunto pendiente —piensa en ello como en una pieza suelta, probablemente diminuta, que se mueve y suena en algún pliegue del hipocampo—, y que cuando esté en paz venderá el barco y se dedicará a vivir, pero ya de otra manera.

La casa del Chuco ha ido modelándose con el tiempo, a fuerza de alimentarse de pedacitos de sus moradores, condenados a vivir todos ellos en un mundo de penicilina y sal. Es el prototipo de casa depredadora, insaciable, una masa madre gigante que ha engordado a base de miedos, alguna alegría (menos) y desalientos varios para construirse su propia alma. Cuando la abandonaron, a finales del verano de 1986, su abuela no quiso llevarse nada al piso (no volvió a llamarlo *pisito*, al resultar el uso del diminutivo incompatible con los problemas gordos y la pérdida de ilusión). También de Venezuela se vino con las manos vacías; decía que lo malo había que dejarlo atrás, «fus, fus», aunque era más bien ambigua con respecto a *lo malo*, y que la diferencia no está en el qué, sino en el dónde. Por eso las corrientes en Caracas eran una bendición y en la isla te mataban.

Ulises deja caer su cuaderno de piel en un saco de dormir, extendido sobre un colchón hinchable, y abre las ventanas (cuatro, en total) para que salga el olor a moho y se nutra de la humedad del exterior. El moho es un viaje al pasado, ya nada huele así. El viento envuelve la casa y la convierte en caracola. No existe el silencio en esa punta de la isla, es la rebelión de la nada, como vivir en una eterna esquizofrenia dominical. Piensa en su abuela mientras calza la ventana de la cocina con un taco de madera para que no se bata. Se pregunta si la niebla le permitirá distinguir los tres haces de luz blanca que proyecta el faro cada veinte segundos.

5

Desde la azotea del Chuco podría cartografiarse media isla y parte de la ciudad. Ulises contempla el acantilado —de un trazado endemoniado— sobre el que se levanta la casa mientras piensa que la única diferencia entre una isla y un continente es su tamaño, y que las islas son piezas sueltas que en algún momento se desprendieron de una pieza mayor o, lo que es lo mismo, trocitos de continente con suficiente carácter como para independizarse de un todo que les resultaba hostil. Sobre esto tiene total certeza porque ha estudiado con detenimiento los mapas del noroeste de España e Irlanda y encajan a la perfección.

Su sorpresa al entrar en la casa fue mayúscula. Lo primero que llamó su atención fue su situación de dominio sobre el mundo, como si no hubiese nada más alto. Y están todas esas vidas anteriores que se han quedado impregnadas para siempre en las paredes. Por primera vez Ulises siente que posee algo valioso (nunca ha sentido que el pisito, con su peste a humedad y a ruina, lo sea). Al sonido de enjambre del generador todavía le cuesta acostumbrarse, y a la falta de agua corriente también, aunque menos, pero, por lo demás, sigue queriendo quedarse a vivir en la isla para siempre.

Acaba de pasar, y ya van dos veces, el hombre del sombrero y las gafas de sol. De las miradas silenciosas de sus abuelos, Ulises deduce a) que se conocen, b) que la relación entre ellos es mala —el escupitajo de su abuela fue la confirmación que necesitaba— y c) que es la clase de asunto, como que su padre ha recaído, que se le oculta a un niño.

—¿Quién es ese? —pregunta.

—Nadie —dice su abuela.

—Leónidas —contesta al mismo tiempo su abuelo.

—¿Y siempre fue tan chulo?

—Siempre, aunque en la época en la que yo lo trataba no le pasaban ni la mitad de las cosas que aparentaba. De Venezuela se trajo el sombrero y el aire de malandro.

Ulises se rasca la cabeza y espera a que las palabras se desenreden solas, pero nada.

—¿El aire de malandro?

—¡He dicho que no es nadie! —grita su abuela, y escupe después de decir *nadie*.

—Manuela, el niño ya tiene una edad…

—¡No hay edad buena para hablar de un hijoputa!

A su abuela los *hijoputas* se le caen de la boca siempre que se ve acorralada. Entra en la casa y se desentiende de la conversación. Ulises casi puede oír el crujido de su cráneo al cerrarse en banda. Su abuelo la sigue, siempre lo hace, como si por culpa de América sintiese que tiene que compensar a su mujer continuamente.

La decepción lo lleva a ponerse un bañador y bajar a la playa. Trota pendiente abajo, concentrado en sortear las piedras sueltas para no despeñarse. Está deseando recorrer la isla, aún no se acostumbra a la sensación de libertad, a poder salir sin avisar de que sale, a no tener miedo a pisar otras agujas que las de los pinos. Incluso podría vivir en la calle, aunque es un decir porque en la isla no hay calles, solo senderos.

Al final de la pendiente, justo antes del camino que lleva al faro, dos adultos de no más de veinte años con una pinta muy normal (sabe de lo que habla) intentan montar una tienda de campaña sin demasiado éxito. Su abuela los llama jipis (en realidad, a cualquiera que tenga una tienda de campaña y lleve sandalias). Ulises no comparte su animadversión, no tiene por qué, sobre todo ahora que ha comprobado que parecen perfectamente hidratados y tienen un peso más que aceptable.

Saluda a la pareja y toma el camino opuesto al faro. Sigue las marcas de los neumáticos de bicicleta y se detiene al oír voces. A pocos metros de distancia, tres hombres hablan a la entrada del único bar y tienda de ultramarinos que hay en la isla. Reconoce el sombrero. Los ojos se le vuelven líquidos y un poco achinados. Sin duda es un golpe de suerte encontrarse, a las primeras de cambio, al tal Leónidas; así podrá observarlo de cerca. Cierra el puño y aprieta la palma de la mano contra el canto de una moneda. Se echa la toalla al hombro y entra intentando aparentar indiferencia.

El frescor de bodega de El Dorado compensa su falta de luz. Sus ojos tardan en adaptarse al cambio. Ulises siempre ha tenido dificultad con las transiciones de cualquier tipo: oscuridad-luz, frío-calor, sano-enfermo, vivo-muerto… Camina a ciegas hasta el mostrador. El hombre al otro lado lava tazas y las coloca boca abajo sobre un paño multicolor. De fondo suena una canción que no identifica. Saluda Ulises. El hombre levanta la cabeza y se sopla el pelo haciendo contorsiones con el labio inferior.

—Hay que prestar atención a los detalles; si vas por la vida sin prestar atención, nunca llegarás a ninguna parte.

Ulises también lo cree, es así como uno se hace una idea rigurosa de la vida. La voz viene de atrás. Es una chica, calcula que tendrá trece años, a lo sumo catorce. No le hace falta girarse, cada generación es capaz de distinguir a sus coetáneos, incluso por la voz. Ulises raras veces falla en su rango de edad, pero de dieciocho en adelante pierde precisión.

—¿Qué quieres? —le pregunta el hombre tras el mostrador.

—*You are so beautiful to me*, ¿entiendes? —insiste la voz de chica.

—Ya sé qué quiere decir. «Tú-eres-muy-guapa» —protesta un niño de unos trece años.

—¿Ves como no prestas atención? Lo importante es *to me*. Qué más da que la chica sea guapa, lo que importa es que es guapa para él. ¡Para él! ¿Lo entiendes? Y así todo en la vida. ¡To-do!

—¡Eh! —grita el hombre—. ¿Que qué quieres?

You are so beautiful to me...

A Ulises las palabras lo han dejado flotando. Su boca reproduce un sonido extraño.

—¿Quieres algo o no? —insiste el hombre.

—Un helado —contesta.

—No tenemos.

—¿No tienen?

—Aquí todo se derrite, el generador funciona cuando le da la gana —dice la voz que hace un rato insistía en que había que prestar atención a los detalles.

Ulises se gira sobre sus talones. En la parte opuesta al mostrador, en una mesa en penumbra, una chica de catorce años y un chico de trece (la certeza ahora es absoluta) lo miran con una curiosidad que les sale por los ojos y por unas bocas muy redondas.

—Pues, si no hay helados, me voy —balbucea.

La chica se levanta de un salto. No es guapa desde un punto de vista convencional (demasiado delgada, la mirada severa de lista-muy-lista, además de las piernas más largas que ha visto nunca). No se parece a las guapas de su barrio, eso seguro, pero su pelo castaño forma unas ondas hipnóticas sobre sus hombros.

—Si quieres, puedes venir con nosotros —dice sin mucho afán.

El chico la sigue. Tiene la parte izquierda del labio ligeramente levantada, como fruncida a la nariz. A pesar de su envergadura, su presencia es poco menos que testimonial, el tipo de persona que desprende un aire inconfundible de anonimato. Ulises no está seguro de querer ir —parecen un poco raros esos dos, piensa—, pero se le escapa un «Bueno, no sé, vale», para su propia sorpresa.

—¡Nos vamos, abuelo! —grita la niña al hombre de la barra.

Ulises dedica una mirada al corrillo de fuera. El hombre con pinta de sheriff se ha quitado el sombrero y lo hace bailar sobre un puño. Luce unas entradas prominentes como dos bahías, igual que su abuelo. Calcula que serán más o menos de la misma edad, aunque sobre eso no tiene certeza absoluta. A Ulises no le gustan las entradas, por más que su abuelo diga que son un seguro contra la calvicie (y puede que tenga razón, porque a los cincuenta y cinco o eres calvo o ya no lo vas a ser).

Ulises creía que no sería fácil sustituir una primera mala impresión por una buena, pero se ve que se pueden dar las dos en una misma tarde. Los niños en eso tienen ventaja; a los adultos la consolidación de las relaciones les lleva mucho más tiempo, quizá porque son menos elásticos en todo. Él raras veces se equivoca con las personas, pero la isla no es el barrio ni el verano es la vida. Ni mucho menos. No puede decir que sean amigos, aunque ha podido comprobar que tienen algunas cosas en común, como la orfandad, así que al menos con ellos no tendrá que fingir que está triste. Y sus nombres. Él mejor que nadie sabe lo que significa tener que cargar con el peso de un personaje de dibujos animados y aguantar que continuamente le pregunten por Penélope y Telémaco.

A ella la llaman Toya. «¿Toya?», le preguntó para asegurarse de que había oído bien. «Toya, de Victoria, pero, si me llamas Victoria, te mato», le contestó, y por la violencia con la que pronunció *te mato*, creyó que hablaba en serio. Después se rio y dijo: «A este lo llaman Onehuevo, adivina por qué».

De Toya le gusta que se ríe con el estómago y que dice las cosas como son, sin rodeos ni muletillas. Antes de que le diese tiempo a pensar, Onehuevo se bajó el bañador. Por alguna razón, el niño le resulta gracioso. Es, en cualquier caso, un gracioso pasivo, sin intención, no es el primero que conoce Ulises. «Me falta el huevo izquierdo», le explicó sin trazas de amargura en su sonrisa. Y añadió, con cierto orgullo, que les debía el estropicio a los cuernos de una vaca.

El sol ha empezado a bajar y caminan en silencio, de vuelta a casa. Ulises lleva un rato posponiendo una pregunta, mojado, los labios morados después del último chapuzón. No quiere que la burbuja de confianza que se ha creado entre ellos se rompa ahora por una torpeza.

—Yo me largo, que aún me queda una tirada hasta la otra punta, si no mi abuela me mata. —Onehuevo se pasa el dedo índice por el cuello y emite al mismo tiempo un sonido de crujido.

—¡Espera!

Ojalá Ulises no hubiese sonado tan desesperado; ahora ellos han dejado de caminar y lo miran con los ojos muy abiertos.

—No es nada, es que tengo curiosidad…

—¿Curiosidad? ¡Curiosidad por qué, a ver!

Se nota que Toya está acostumbrada a defenderse. La desconfianza le sale por la piel, por eso le brilla tanto la cara. En el barrio les pegan a algunos niños —también a alguna mujer— sin que ningún vecino se vea obligado a intervenir (mucho menos a llamar a la policía), y, si te pegan, o bien te arrugas para siempre o a los once años te conviertes en un adulto insolente de cara brillante.

—El hombre del sombrero —contesta.

Le parece que Toya y Onehuevo se miran. Es un movimiento ágil, rapidísimo.

—¿Leónidas?

Ulises asiente. Sus nuevos amigos se acaban de volver a mirar, pero esta vez el movimiento es más pausado, consciente, parecido a como se miraban sus abuelos cuando él les preguntaba por qué las postillas de la boca de su madre, idénticas a las que le salían a él cuando se rascaba las rodillas contra el asfalto, no se le curaban nunca.

—A él le gusta que lo llamen León —dice Toya, separando las sílabas—, pero yo me niego. Lo que quiere ese es ser el rey.

—Pues a mí me parece un sheriff.

—¿Un sheriff? ¿Qué va a ser un sheriff? Ese es solo un hijoputa.

A Ulises las advertencias se le manifiestan con descargas eléctricas en la espalda. Si dos de cada tres encuestados coinciden en un punto, es que hay algo de verdad.

—¿Por qué va a ser un hijoputa?

—Todos los que dan el salto lo son —contesta Onehuevo.

Ulises teme preguntar qué es dar el salto, le parece que su ignorancia subraya su inferioridad de manera escandalosa, pero aun así lo hace. Por suerte Toya no es una miserable (puede que un poco sabihonda, pero miserable no). Su nueva amiga suspira de una manera un tanto dramática y contesta:

—En la isla, dar el salto es hacerse rico de repente, ¿entiendes?

—¿De repente y ya?

—Nada de *y ya*.

—¿Entonces?

—Matando.

—¿Matando?

—De la pesca a la droga, ¿lo pillas? —dice llevándose el dedo índice a la cara interna del antebrazo.

Claro que lo pilla, cómo no iba a pillarlo, qué se cree Toya, todo el mundo entiende la diferencia entre pescar y traficar. Ojalá Ulises no hubiese sido tan torpe; normalmente no lo es. Supo antes de que se lo dijesen que a su madre la había matado el bicho (suele acertar con las desgracias, en parte porque vive en un estado de alerta permanente, y así es más difícil que se le escape nada). El teléfono que suena en plena noche, el posterior murmullo en el pasillo, como si un enjambre de avispas enloquecidas hubiese anidado en la casa, los pasos de varios pies detenidos en la puerta de su habitación y finalmente las sombras proyectadas contra la pared. Llevaba un par de horas durmiendo cuando se despertó. Esa noche juró que, en adelante, él, Ulises, jamás contribuiría a perturbar el sueño de nadie con una mala noticia; el mejor momento del día debería seguir siendo la noche. La noche te da la oportunidad de apartе del mundo, de morirte durante unas horas, y no hay nada más placentero a veces que estar muerto.

—Lo pillo.

—El caso es que la isla está en pie de guerra.

A Ulises le gustaría hablar de la misma manera resuelta que Toya. Coge aire y abre la boca como si fuese a decir algo, pero en el último momento la lengua se le enrosca. Solo al cabo de un rato es capaz de preguntar:

—¿En guerra?

—Más o menos.

—Ah, vale —finge que entiende.

—Entre los que se han unido a él y los que están contra él, ¿lo pillas, Uli?

Nadie antes lo había llamado Uli. Uli se le llama a un amigo o al que está a punto de serlo. Le gusta cómo suena en la boca de Toya. Puede que al final su nombre hasta tenga un pase.

—Claro.

—Se lo digo siempre a este —dice señalando a Onehuevo—, las preposiciones son importantísimas para tener claro en qué lado estás, más os vale que os lo grabéis aquí —añade golpeándose la sien—. No hay narcos buenos, ¿me oís? Un narco bueno y un narco malo son la misma mierda.

Ulises se aclara la voz, algo le bulle en la parte alta del estómago. El hombre del sombrero ya no es un sheriff; los sheriffs son, por definición, buenos. Piensa en sus padres y en los padres de los otros chicos del barrio, en lo insuficiente que es la lengua a veces. Se pregunta (no es la primera vez) cómo se les llama a los padres que han perdido a sus hijos. Que él sepa, no se les llama de ninguna manera. ¿Y a los hijos cuyos padres están muertos en vida? ¿Hijos infelices? ¿Futuros huérfanos alegres? ¿Quién dice que no puedan ser huérfanos de vivos? Ese algo ya no bulle en su estómago, ruge con una virulencia que primero le estrangula las cuerdas vocales y de golpe se las suelta. De pronto toda la culpa de su desdicha concentrada en una persona. No sabe de dónde le nace esa voz grave para exclamar, gritando prácticamente, que algo habrá que hacer.

—Nosotros ya hemos pensado en algo —susurra Toya martillando *algo*.

—¿Sí?

—Sí.

—¿En qué?

Las miradas de sus amigos se vuelven de aceite. Es un brillo espeso, fuera de lo común, por eso Ulises sabe (o cree saber), antes de que Toya hable, que lo que está a punto de decir no es cualquier cosa.

—En matarlo.

Ulises no quiere esperar a pensárselo. Si así están las cosas, no hay nada que pensar. Busca los ojos de Toya y se asegura de que ella le devuelva la mirada. Por fin un conjunto del que formar parte. Un rugido visceral lo empuja a contestar que pueden contar con él. Y, como si lo que acabasen de acordar no fuese algo totalmente fuera de lo común, pregunta:

—¿A qué hora nos vemos mañana?

6

La ausencia de viento no ayuda a frenar la sensación de irrealidad que gobierna los días de Antucho, más bien todo lo contrario.

Hace un mes que llegó Manuela, con una maleta escuálida, el pelo corto como un chico, ligeramente más delgada a causa de la travesía en barco, la mirada feroz. Está tan enfadada que casi no habla y, cuando lo hace, esparce sentencias del tipo «No tenemos una gota de sangre de esclavos, que se entere todo el mundo», «Solo hemos cambiado de miseria, supongo que lo sabes», y la más dolorosa de todas: «Aquí me tienes, cuidando a niños que no me duelen mientras a mi hija la cuidan otros, que Dios me perdone». Manuela ha perdido la perspectiva de por qué han saltado de orilla, y donde antes vislumbraba porvenir ahora solo es capaz de ver abandono y traición. Sus sueños se enredan con los de él, puede que por momentos hasta se rocen, pero ni por asomo llegan a tocarse.

La comunicación con la isla es ridícula: en total una carta de Manuela en la que les cuenta a sus padres que ha llegado bien y les insiste en que no dejen de hablarle de ellos a la niña, y otra, de vuelta, escrita por el maestro (los padres de Manuela no saben leer ni escribir), en la que se dice que en general todo está en orden y que a la niña se la ve feliz, «con tan buen peso y color que da gloria mirarla».

Antucho propuso cambiar la pensión por un apartamento con baño propio, por si así les cambiase el humor y mejorasen sus vidas, pero Manuela ha decidido castigarse y nadie puede hacer nada al respecto. A veces le entran ganas de gritarle que ya debería saber que nadie emigra sin violencia y que a ellos no les quedó más remedio que marcharse porque la isla prácticamente los expulsó, pero se lo calla.

Con la llegada de Manuela, Antucho dejó de alternar con Leónidas. Era cuestión de tiempo, porque la hostilidad de Manuela hacia él le salía por cada poro. La última vez que se vieron, Leónidas intentó convencerlos para que se metiesen en un negocio de venta de pollos y alcohol, una mezcla que a él le sonó de lo más estrafalaria. Antucho conoce a su primo y sabe que allí donde haya una grieta por donde asome una mínima oportunidad estará él, dispuesto a ensancharla con su propio cuerpo si hace falta. «No he cruzado el charco para nada, Tony», le dijo antes de salir de su casa. «He venido a hacer las Américas». Y al cabo de un rato: «No vengas conmigo si no quieres, pero después no digas que no te avisé».

Las Américas. Se pregunta cuántas hay.

Antucho sintió que tenía que explicarle que el emigrante promedio no triunfa, solo lo intenta porque la derrota ya la tiene, que ninguno de los dos pasará a la historia más que como parte de una masa, de una corriente marina o una bandada de estorninos, como un vulgar elemento de una curva demográfica, igual que los que se fueron antes que ellos y los que vendrán después. «¿Acaso crees que alguien va a recordar quiénes eran Antucho y Leónidas Losada, primo?», le dijo. Y le pareció oír, ya desde el otro lado de la puerta: «Yo no voy a ser eso, Tony, escucha bien lo que te digo. Yo no».

Manuela dice que juntarse con otros desgraciados como ellos y hablar siempre de lo mismo no es divertido, que es otra cosa y que esa cosa a ella no le interesa. Prefiere salir a pasear por las avenidas y contemplar los grandes almacenes y las hileras de edificios de una arquitectura opulenta y moderna que abarrotan el valle. En Caracas todo es tan grandioso y fascinante que le cuesta concentrar la mirada. La ira no ha desaparecido, ni mucho menos, pero en ningún caso anula su curiosidad; la curiosidad la mantiene intacta. A Antucho, en cambio, le interesa otra Caracas, la que huye de las arterias monstruosas y se aferra, sin demasiado éxito, al pasado. Prefiere deambular por calles estrechas que no buscan deslumbrar, lo hace sentirse menos perdido.

Hace dos días se paró en una tienda donde vendían toda suerte de objetos sin la menor conexión aparente entre ellos. Quincallas, las llaman. Por algún motivo se sintió atraído por aquella montonera sin sentido: tarros de cristal, zapatos, carteras, pañuelos de hilo de un tono amarillento, destornilladores, morrales, loncheras de hojalata… Movido por un impulso, se compró un cuaderno y un diccionario usado, los asió con las dos manos y los apretó contra su pecho, de vuelta a casa. Ahora que por fin está sentado —la espalda combada sobre ellos— le invade una sensación de vergüenza y de pérdida de tiempo.

Antucho sabe leer y escribir porque fue a la escuela durante dos años (menos los días que había que tejer redes, faenar, cuidar de una madre con pleuritis y desapego a la vida y preparar una tierra que se resistía a ser fértil), pero absorbió el vapor de cada letra, suma y accidente geográfico y multiplicó sus conocimientos de manera asombrosa —como si fuesen panes y peces— a pesar de que a él nadie lo animó a aprender (¡qué lo iban a animar, si su padre a escribir lo llamaba, con la lengua untada de burla, *sachar*!).

Sacude la muñeca y la rota sobre sí misma.

Sentada en una esquina de la cama, Manuela teje una chaqueta diminuta. Cree que no la oye solo porque no se gira, pero hace tiempo que sabe que sorbe las lágrimas para que el llanto no le impida contar los puntos.

Antucho coge el lapicero, lo agarra entre los dedos índice y corazón y descarga su furia con tanta fuerza que atraviesa el papel.

«El sol sale por el este».

«Las borrascas entran por el Atlántico».

«América es una trampa».

«Dios no existe».

7

En la isla, marzo de 2020

Los hijos únicos no deberían tener que llamar la atención, pero lo hacen aunque no quieran. No fue mi caso, desde luego. Yo nunca sentí que tuviese padres —me refiero a unos que me revolviesen el pelo de vez en cuando, o que me riñesen (habría admitido cualquier señal que oliese a preocupación)—, y mucho menos que fuese el centro de sus vidas. En el colegio, la palabra, tan certera, acompañada siempre de su posesivo, explotaba continuamente en las bocas de algunos. «Mis padres no me dejan ir», «Como se lo diga a mis padres, te vas a enterar», mis padres esto, mis padres lo otro, mis padres, mis padres… Era un estribillo insufrible para mí entonces, una especie de gota malaya que perforaba una herida ya abierta y agrandaba el estigma del huérfano-no-huérfano que era yo.

Tampoco lograba tener una visión clara de la vida, porque criarse sin padres es como caminar en la espesura del bosque sin brújula ni linterna, vivir con la sensación de que al siguiente paso te vas a despeñar. Oía a los demás decir «Esto es así» y una envidia enorme, inabarcable, me roía los huesos. Yo también quería sentir esa seguridad sin fisuras (confieso que durante un tiempo puse en duda todo lo que venía de la abuela, tenía derecho a esa rebeldía), odiaba no tener ni la más remota idea de dónde estaba y hacia dónde me dirigía; lo único que sabía era de dónde venía y eso era precisamente lo que quería olvidar.

No puedo decir que me haya faltado amor, lo que pasó es que me faltó el amor más importante, y eso siempre va a estar ahí. La abuela nunca me preguntaba cómo me sentía, tampoco me regalaba *te quieros* (antes nadie hablaba así, como no fuesen los padres de las series americanas mientras arropaban a sus hijos por las noches), pero siempre estaba dispuesta a tejerme gorros de lana y a embutirme a base de filetes empanados y croquetas. Eso debería haber sido suficiente, ahora sé que lo es, pero entonces no lo fue. En absoluto.

Si al menos fuese un huérfano de verdad, solía pensar, si mis padres se hubiesen muerto en un accidente de tráfico… Dios sabe (entonces aún hablaba con Dios) que lo deseé con toda mi alma —de rodillas en el suelo, los codos sobre la cama, los dedos entrelazados—, pero nada, al día siguiente estábamos igual.

Un día doña Úrsula nos preguntó qué queríamos ser de mayores. Era una pregunta formulada sin ambición de escrutinio de ningún tipo. Puro trámite. Los maestros nos miraban como se mira a un grupo de desahuciados, no podían evitarlo. Solo se esperaba de nosotros que nos ciñésemos a las respuestas estereotipadas de la época (astronauta, enfermera, bombero, peluquera, incluso maestro), no que dijésemos la verdad (¿en qué cabeza cabía que un astronauta pudiese salir de un colegio como aquel?). Era un preguntar por preguntar y un responder por responder que se repetía cada cierto tiempo. Los niños del barrio conocíamos de sobra las reglas del juego. De vez en cuando alguien se salía del camino y confesaba que quería ser narcotraficante, pero, en líneas generales, sabíamos que teníamos que contestar lo que los adultos querían oír. No había que explorar más allá, era muy sencillo, así todos (el interlocutor adulto más que el niño) nos sentíamos cómodos y la vida fluía, aparentemente en paz.

Aquel día respondí «huérfano» sin pensármelo dos veces. Supongo que estaba harto de esconderme. La palabra me brotó sola y su efecto fue devastador; provocó un murmullo atronador, como si una bandada de cuervos graznase y patease a la vez sobre el tejado de uralita. Estoy seguro de que muchos pensaban lo mismo que yo, pero nadie me secundó (ya se sabe que la oportunidad que tiene el cobarde de ser valiente la encuentra en la manada, y, en esa ocasión, la manada calló). Ni siquiera intenté desdecirme, habría sido peor. «Si metes la pata, no corras, párate y espera a que todo vuelva a su sitio», solía decir el abuelo. Y eso hice, a pesar de que casi nunca entendía lo que me quería decir. Bajé la cabeza y me agarré con fuerza a la parte inferior de la silla, esperando a que pasase el tornado. Entonces, cuando creía que ya no habría salvación para mí, que se hablaría de mi vida en términos de un antes y un después de la palabra maldita, mi compañero de pupitre, Jaime Otero Otero, me susurró al oído: «Tranquilo, seguro que se mueren pronto».

Nadie había sido tan amable y compasivo conmigo, y si no llegué a darle las gracias fue porque la emoción me lo impidió.

Desde hace años Ulises sueña que se cae al mar. En un primer momento, la bajada resulta placentera. Toca un fondo cosquilleante, sedoso al tacto, y se impulsa con los pies. Está tranquilo, ¿por qué no iba a estarlo? El ascenso tras el impulso debería estar garantizado. Incluso le parece que sonríe (no sabe cómo, pero sonríe), y, cuando casi saborea las burbujas de oxígeno de la superficie, un ejército de hombres tira de sus extremidades hacia abajo y cargan plomos sobre sus hombros. La sensación es más o menos esa. Lo que viene después es una lucha sin éxito por deshacerse de la fuerza que lo mantiene anclado a la arena, que de repente se ha vuelto viscosa. De manera instintiva, se lleva las manos a los bolsillos, de los que no dejan de brotar piedras y más piedras.

Desde hace años sueña con piedras.

En mañanas como esa la isla entera cruje. «Lo que el mar te quita, el mar te da» (¿o era «Lo que la isla te quita, la isla te da»?). Se arrepiente de no haberle preguntado a su abuelo a qué se refería, aunque está casi seguro de que hablaba de la vida y la muerte.

Han empezado a caer gotas del tamaño de monedas de veinte céntimos y no parece que la lluvia vaya a parar. Ulises inspira el olor agrio de las rocas mojadas y lo expulsa a trompicones mientras enciende el teléfono.

El tropel de pitidos lo desmoraliza. Se detiene en las fotos enmarcadas en círculos a la izquierda de la pantalla. El mensaje más reciente es de Estela, el segundo, de Alta Mar. El resto (más de treinta) se reparten entre grupos de amigos, conocidos, equipos de fútbol de los niños, academia de inglés, comunidad de vecinos… Toca con el pulgar la foto de un horizonte anaranjado y un mar blanquecino. «Debido a las actuales circunstancias sanitarias, hemos suspendido las visitas externas. Para cualquier consulta, estamos a su entera disposición». Una concatenación de palabras asépticas, como todos los mensajes masivos, con un leve tufo a bergamota. Ninguna alusión personal. Nada de «Manuela Cruz» o «su abuela». Ni para bien ni para mal. Salta al círculo que enmarca una foto antigua de Estela y los niños, a pesar de que el número es solo de su mujer, como si Estela creyese que vale más con los niños que sola. Cinco mensajes en total. La sangre se le agolpa en la cabeza. «El colegio de los niños cierra durante quince días, ya se habla de pandemia». Y añade: «Te lo dije» (Ulises puede oír el eco zumbón: -ije, -ije, -ije). Se imagina la boca de Estela rebosando burbujas que se quedan flotando en el aire todo el día. Desliza el dedo por la pantalla para seguir leyendo los mensajes. «¿Has leído las noticias???» (el abuso de signos de interrogación es impropio de Estela, ella nunca escribe nada de lo que se pueda arrepentir, y desde luego no abusa de nada, si acaso de los superlativos). «Han llamado de Alta Mar al ver que no contestabas».

«¡¡¡Llama!!!».

Y ese es el máximo acceso de ira que jamás se ha permitido y probablemente se permitirá su mujer.

8

En la isla, verano de 1986

Un asesinato, por definición, ocurre antes en la mente. Si no hay premeditación, es otra cosa, pero no asesinato.

Ulises trata de imaginarse cuánto pesará el cuerpo de un adulto. Espera que los otros no hayan hablado por hablar, sería embarazoso. Abre el pasador de la cadena de oro que le cuelga del cuello. Hace años que sustituyó al niño Jesús por una llave pequeña —cuyo óxido va a más— que abre una hucha, el único objeto que es solo suyo. Cada vez le cuesta más abrirla. Sus dedos tocan un trozo de papel sepultado por decenas de monedas de tamaño pequeño y mediano (ninguna de cien pesetas). Se lo guarda en el bolsillo y echa a andar. Al tacto es ya un cuadrado de cartón piedra.

No le hace falta desdoblarlo para saber qué pone.

Los periodistas llaman al pisito con cierta asiduidad. Llaman porque su abuela forma parte de un grupo de madres sin miedo que decidieron pasar a la acción, desesperadas por perder a sus hijos en vida, que es infinitamente peor que perderlos de manera definitiva. Preguntas zumbonas que a Ulises le parecen siempre la misma, como si los adultos se empeñasen en encontrar una respuesta satisfactoria a un problema que no tiene solución. «¡No tiene, dejadlo ya!», gritaría si alguien le escuchase.

Recuerda el día que su abuela entró en la cocina agitando *El Faro*. Tenía una media sonrisa que, si no era de orgullo, se le parecía mucho. Hasta entonces solo había comprado el periódico dos veces, ambas para llorar sobre el nombre de su hija reducido a tres mayúsculas separadas por puntos. Esa vez no había atracos ni ajustes de cuentas; a lo largo y ancho de dos páginas abarrotadas de preguntas y respuestas desprovistas de metáforas, Manuela Cruz confesaba todo lo que no había querido contar antes. Sentencias como martillazos de los que dejan eco en la cabeza. La esquela —a doble página— que su madre nunca tuvo. Quiso leerlo en alto para ponerle el tono adecuado, el suyo, que en sí ya es chillón: «No, señores, no voy a consentir que digan que los jóvenes quisieron quemar todas las naves y por eso terminaron quemándose las venas. Pasó lo que pasó porque unos hijos de puta decidieron matar a los jóvenes para llenarse los bolsillos de cuartos». Cuando su abuela dice *puta*, la pe —oclusiva, bilabial, triunfal— explota en sus labios. «Anótelo, anótelo como se lo estoy contando» (esto último también aparecía escrito). Otra perla: «El amor por un hijo es inmenso, pero también puede ser una condena». Redoble de tambores. «Hago como que ya no la quiero para no morirme yo, aunque es difícil, ¿sabe?». Rataplán. «La muerte puede llegar a ser un alivio». Y otra más: «A las madres que sufren se les queda una cara apagada, como si les faltase barniz, ¿sabe a qué me refiero?». Y así una tras otra tras otra. Pim, pam, pum.

Ulises permanece mudo, pasmado en medio de una cueva vacía que huele a un vino que le recuerda a los meados de su barrio. Palpa el recorte a través del pantalón para recordar por qué entró en El Dorado. En su cabeza todo era diferente: Toya y Onehuevo discutían sobre la importancia de los detalles y, fuera, el hombre que ya no es sheriff cacareaba con los otros hombres mientras de fondo sonaba «You Are So Beautiful to Me».

Pero allí no hay nadie.

El abuelo de Toya deja de secar vasos. Desprende el mismo aire de suficiencia que su abuela, el de las personas que ya lo han visto todo y no esperan —no tienen por qué— nada bueno de la vida. Rasga el silencio el zumbido de varias moscas que luchan por desprenderse de la tira adhesiva que cuelga del techo, entre dos jamones y una ristra de chorizos.

—¿Buscas a mi nieta? —pregunta el hombre, subiendo las cejas hasta la frente.

Ulises asiente, ligeramente tembloroso. Por un momento teme que sus pensamientos se escapen, se conviertan en palabras y una de ellas sea *matar*.

—Está donde Melita, la abuela del que anda con mi nieta. En la otra punta de la isla.

El abuelo de Toya habla lo justo. Ulises quiere salir corriendo, pero sus propias piernas se lo impiden. Pronuncia un «gracias» que más bien son unos ojos saltones. Camina de espaldas hasta la puerta. La cortina de tiras verticales produce un sonido de xilófono al chocar con su cuerpo. Un hombre joven lo empuja al entrar. Desprende un olor a masculinidad rancia, deficientemente enmascarada por una loción agridulce.

—Cervezas, viejo —dice señalando las cajas amontonadas detrás del mostrador.

—No tengo.

El hombre catapulta un cigarro con los dedos índice y pulgar sobre una de las cajas.

—¿No? ¿Y eso qué es?

—Están reservadas.

Ulises sabe diferenciar una carcajada de un cacareo como el que acaba de brotar de la garganta del hombre joven.

—¡Hay que joderse con el viejo! ¿Reservadas para quién?

—Para alguien.

—¿Te estás riendo de mí, viejo?

El abuelo de Toya no dice ni que sí ni que no.

—Entonces ¿por qué las tienes ahí, eh? ¿Por qué no pone que están reservadas?

—Porque me da la gana.

Ulises no cree que el hombre se vaya a conformar. Conoce a los de su tipo: estúpidos de cerebros carcomidos que rezuman violencia en cada movimiento, dueños de unas aceras moteadas de pegotes de chicles, condenados a no salir nunca del barrio porque fuera del radio de acción de los bloques su violencia no funciona.

El abuelo de Toya aporrea el último vaso, latiguea el paño sobre el mostrador y endereza la espalda de un modo tan forzado que Ulises casi oye el crujido del tronco partido. Abandona el mostrador, pero enseguida aparece con un dispensador de cinta de embalar y una hoja de papel. Ulises podría marcharse, tiene la mitad del cuerpo fuera del bar, pero no se mueve. Al abuelo de Toya le lleva unos segundos partir la hoja en varios papeles más pequeños. Garabatea algo en ellos. No hay indicio de cobardía en sus movimientos. Garabatear, pegar, garabatear, pegar, sin prisa pero sin pausa hasta marcar todas las cajas con un *reservado* escrito con mayúsculas.

—¿Te sirve así? —pregunta después de pegar el último papel.

El hombre joven escupe en el suelo y jura que las cosas no se van a quedar así. «Te vas a cagar, viejo de mierda», repite hasta tres veces, la última convertida en un graznido de gaviota. El abuelo de Toya saca un rifle larguísimo de debajo del mostrador y lo apoya contra su omóplato izquierdo. Apunta al hombre, el ojo guiñado como si fuese a dispararle en cualquier momento. El hombre retrocede y en su huida empuja a Ulises con fuerza.

—¿Qué miras? —grita antes de abandonar El Dorado.

Ulises se tambalea, vacío de sangre, sin entender por qué aún no se ha ido. Sabe bien que a veces es mejor no estar, que no hay nadie más peligroso que un fanfarrón herido. Puede oler las amenazas que suenan a ladrido: son ácidas con un toque ligeramente dulzón, como el resultado de destilar semen, sudor y orina. Echa a correr en dirección contraria, con cuidado de no volver la cabeza. Volver la cabeza es humano. No volverla también. Atraviesa el puente. Deja atrás el lago y los cormoranes, necesita la energía de la carrera para subir la pendiente al final de la recta. De vez en cuando se pasa la lengua por los labios. El sabor a sal lo espolea.

O tal vez sea el miedo.

Gracias a la carrera, puede hacerse una idea de las dimensiones de la isla. Para conocer hay que salir del terruño, ya lo dice su abuelo. Desde el Chuco no parece tan grande. Ulises cuenta unas diez casas, cada una cercada con un vallado bajísimo de lajas de pizarra mal agarradas a la tierra —desvitalizadas y torcidas como dientes de viejo— y algo más del doble de personas, casi todas mujeres que tejen redes. No se inmutan, sentadas en los bancos de piedra con estructura de menhir que tienen todas las casas isleñas en su patio exterior. No hay rastro de orgullo arquitectónico en las construcciones ni afán por dejar huella en el mundo. Tampoco en las mujeres, que parecen no percatarse de la presencia de Ulises ni de la suya propia.

Melita es una broma para el ojo, un ser menguante prisionero en un cuerpo de niña, un rosario de huesos hilvanados de manera aparentemente provisional, surgidos de un caparazón —en forma de ce— que la obliga a ser servil aunque no quiera. Su cabeza, de dimensiones perfectamente normales, brota de un cuello demasiado endeble para sostenerla. Es una mujer limpia que huele a cementerio, espabilada y morena como el cuero. El colmo de los diminutivos. La degradación de un nombre: Carmen, Carmela, Carmelita, Melita. Ahora que la tiene delante, todo cobra sentido.

—Tú debes de ser el nieto de Manuela —exclama nada más verlo.

Ulises asiente con la cabeza, la boca abierta de tanto jadeo.

—Es buena amiga tu abuela. Bien sabe Dios que nos hacen falta mujeres con agallas, no nos queda más remedio que remar solas, neniño.

Onehuevo grita «¡Uli!» y ondea los brazos detrás de su abuela. Ulises se alegra de no tener que contestar que en qué cabeza cabe que una mujer con el cuello del diámetro de una rama esté pensando en remar. Onehuevo señala el camino estrecho en la parte de atrás de la casa. Ambos salen corriendo como si escapasen de algo. Los niños corren por defecto (¿sigue siendo él un niño?, ¿se enterará cuando deje de serlo?), no como los mayores, que solo corren si hay fuego o si alguien se está atragantando.

Ulises agradece el frescor de los eucaliptos y la oscuridad en plena mañana. No ve a Toya hasta que la tiene enfrente, sentada en una piedra con forma de gamela. Sabe que la primera mirada entre los tres es clave, que sus ojos le dirán si sigue habiendo un plan o si sus palabras se han quedado en un hablar por hablar.

—¿Preparado?

Toya balancea una navaja suiza entre los dedos índice y pulgar. Ulises la mira y después mira a Onehuevo. Es difícil estar seguro de algo con tan pocas palabras, pero responde que «sí, claro» para no parecer un atontado de los que andan siempre con la boca cerrada y muy fruncida, de esas que son más bien culos que bocas. Toya abre la navaja con una mano y con la otra mueve su melena de lado a lado. Con cada bamboleo es como si se desnudase. Ulises aprieta los puños. El momento se estira más de la cuenta. Toda la sangre del cuerpo se le concentra ahora en un punto. Si a Toya le da por descruzar las piernas, ya puede darse por perdido.

—Díselo ya —susurra Onehuevo.

—¿Decir qué?

Toya yergue la espalda y muestra la navaja. Ojalá supiese a qué vienen los ojos brillantes. Y la navaja. Lleva un tiempo acostumbrarse a los códigos cuando se es el nuevo. Los códigos lo son todo pero varían ligeramente de una pandilla a otra.

—Seguimos con el plan, ¿no?

—Claro, tíos —contesta Ulises con una seguridad que no llega a ser apabullante (ni mucho menos), pero sí suficiente.

—¿Un pacto, entonces?

Toya vuelve a balancear la navaja. No hay mayor prueba de compromiso que mezclar tu sangre con la de otro. Pero la sangre se ha vuelto peligrosa, incluso letal. Las venas son ríos contaminados, no a simple vista (la sangre de su madre era igual de roja y brillante que la suya, pero la caída dramática de leucocitos fue su fin).

—¿Confiamos? —pregunta Toya, que parece haber leído la duda en los otros.

—¡Confiamos! —exclaman Ulises y Onehuevo a la vez, porque ¿qué otra cosa pueden hacer?

Toya abre la navaja con una chulería que le nace natural. Ulises cree que si fuese hombre sería como John Wayne. O puede que termine siendo (tal vez lo sea ya) como su abuela: mujeres que no aspiran a ser hombres porque no les hace falta.

—Empiezo yo.

Las manos de Toya no dudan, ni la que se extiende, boca arriba, ni la que agarra con firmeza la empuñadura. Toya pasa el filo de la navaja sobre la yema de su dedo índice. Es un movimiento fluido, suave y seguro a la vez, de persona que sabe lo que se hace. La sangre tarda en aparecer, una gota que al cabo de un rato se convierte en un charquito de un rojo brillante que lucha por mantener el equilibrio.

—Ahora vosotros.

Ulises acerca la palma de su mano y Toya pasa el filo ensangrentado por la yema de su dedo índice. Repite la operación con Onehuevo. Los tres acunan la sangre en sus dedos a la espera del momento cumbre. A Ulises el escozor de la herida le hace cerrar los ojos. Ojalá hubiesen elegido otra manera menos arriesgada de sellar su compromiso. No le queda más remedio que confiar en su suerte. Toya atrae las manos de los dos hacia ella con cuidado de que la sangre no se derrame y posa su dedo sobre los de ellos el tiempo suficiente para que la sangre se mezcle.

—¡Por mí y por todos mis compañeros!

A Ulises, el grito —ridículo y un poco hacia dentro— le sale sin pensar. Siete palabras que se rebelan contra su existencia en el mundo y que a punto están de convertirlo en el fruto de ese verano. Una esfera roja que significa que están asustados y heridos (veremos si no infectados), pero también que nadie se ocupará de lo suyo como no lo hagan ellos. Entendiendo, en este caso, *ocuparse* como morir o matar.

9

Caracas, Venezuela, 1960

«Aprendimos a domesticar la pena y a veces hasta creemos que estamos bien, pero qué va, hombre, nuestra vida en Caracas es una gasa gigante empapada en tintura de yodo. Dejé mi amor propio en la isla, y un poco las ganas también. Procuro no desesperarme, sé que es parte del proceso. Nosotros no tuvimos más remedio que largarnos, la isla era una tolvanera cuando la dejamos. Emigramos cuando quedaban pocas moscas. Esa fue la señal.

Hoy Manuela me dijo algo a lo que no dejo de darle vueltas: "Estar separado de un hijo y ser feliz es como una sonrisa en una boca sin dientes". Intento transmitirle la idea de que adaptarse es la única manera de mantenerse cuerdo, que los que se adaptan se salvan, pero aún no he conseguido que el mensaje cale en ella».

Antucho sabe que su felicidad, la suya y la de su mujer, depende enteramente de las noticias que reciben de la isla. Los días de carta son días de fiesta, a Manuela se la ve contenta (todo lo contenta que puede estar sin su hija) y hasta se anima a alternar con otros expatriados con tal de poder enseñarles la foto de la niña y escuchar que mide y pesa más que la mayoría de los niños de su edad. Parece que vuelven a ser una familia. Ella cocina a fuego lento como si todos los días fuesen domingo. El edificio entero huele a ajo y pimentón, e incluso invitan a comer al señor Andrés, que vive en la habitación de abajo y llora mares cuando bebe. Pero entonces las cartas dejan de llegar y el calor se vuelve pegajoso y la luz insoportable, así que Antucho ya ha asumido que el peso del mundo no depende enteramente de su buena disposición y que el proceso de emigrar está lleno de baches.

Hace dos días llegó la última carta. Todavía resuena el eco de las palabras del maestro, tan concisas y espléndidas que nada tienen que envidiar a las de los libros que le ha dado por comprarse últimamente. Se pregunta cuánto habrá de fábula en su narración, si se permitirá a sí mismo expresarse con libertad o si, por el contrario, hará de mero transcriptor. ¿Omite las malas noticias y se centra solo en las buenas? Sea como sea, las cartas rezuman cotidianeidad y eso es lo único que unos padres quieren leer.

Antucho inspira el aire dulzón, que huele a remolacha fermentada, como si a última hora del día Caracas se convirtiese en un pote gigante. Mira a Manuela de reojo, le duelen los brazos y la espalda, pero no se queja. Se pasa una mano por el pelo, de la frente a la nuca, atiza un par de palmaditas a la colcha y emite un silbido susurrado —entre fricativo y sibilante— para que ella se siente a su lado. Lleva días esperando el momento propicio para hablar con Manuela. Si existe, puede que sea ese.

Manuela se arrima a él, en el borde de la cama. No hay otro sitio para sentarse, además de las dos sillas duras, de material laminado, de las que se acaban de levantar tras la cena. De momento, pasar de la silla a la cama es la única manera que tienen de cambiar de habitación.

—¿Qué pasa, a qué viene esto? No me gusta el misterio, ya lo sabes. Las cosas claras, a mí no me asustes, ¿estamos?

—No te asusto, mujer; de susto, nada.

A Antucho las gotas de sudor se le condensan en la frente y en la nuca. Cruza los brazos, endereza la espalda, coge aire, carraspea y abre la boca, por ese orden.

—¿Pasó algo? ¿Es la niña? ¡Virgen santa, mis padres! Lo sabía, sabía que no era buena idea dejar a una niña sola con unos viejos.

—Ya te dije que no, mujer, yo sé lo mismo que tú. Tienes que intentar tranquilizarte; desde que llegaste se te ha puesto cara de susto, como si siempre estuvieses preparada para recibir malas noticias. Eso no es vida, Manuela.

—¿Crees que me importa la vida?

—Pues debería; hemos cambiado de orilla para poder vivir mejor. Antes lo teníamos claro.

—He cambiado de opinión —susurra—, ahora sé que prefiero ser pobre que vivir arrodillada.

—Manuela, no digas eso… Y no llores.

—¡Ni se te ocurra decirme que no llore! ¡Lloro si quiero!

—Escúchame.

—¡No, escúchame tú! Si lloro es porque enseguida me di cuenta de que el cambio había sido para peor, y mira que era difícil.

Antucho se levanta. De nada sirven la paciencia y la comprensión cuando las personas no están dispuestas a escuchar. No sirven de nada, pero aun así habla.

—Es Leónidas. —Antucho agradece la templanza (puede que sea indiferencia) de Manuela al oír mencionar el nombre de su primo—. Se acercó a la obra el otro día, quería hablar conmigo.

Por primera vez Manuela muestra algo de interés. Sube una ceja y después la otra. Mirada estrujada y una media sonrisa zumbona.

—¡A saber qué quería ese! Nada bueno, seguro.

—Te equivocas.

—Sí, sí —dice, la desconfianza y el odio colándosele entre los dientes.

—Ya, eso creía yo también.

—A ver, ¿me lo vas a decir o me pongo a hacer otra cosa?

—Fue a contarme que le habían ofrecido un trabajo.

—¡Anda, mira que bien!

—No seas así, mujer. Él no nos ha hecho nada malo.

—¿Y qué trabajo es ese, si puede saberse?

Antucho carraspea en dos tiempos.

—Uno decente.

—¡Esa sí que es buena!

—Un trabajo que él rechazó —contesta antes de que ella se embale.

—Claaaro, ya se sabe que a los marqueses no les hace falta trabajar.

—Pero tuvo el detalle de ofrecérmelo a mí, y yo se lo agradezco.

Antucho tiene dificultad con las líneas rectas. Le habla a Manuela de una isla con nombre de mujer y de flor. De la construcción de un hotel. De que pagan el doble que en Caracas. De que tendrían una cabaña solo para ellos. Omite que le preguntó a Leónidas por qué no se iban a trabajar los dos juntos, que su primo cacareó (aunque el cacareo finalmente se le quedó a medias) que la plata no estaba allí, «en ningún trabajo decente, Tony». Y añadió: «Una vez que oyes el frufrú de los billetes y te acostumbras a su olor a cuero, primo, no quieres dejar de tocarlos». Lo dijo con tal seguridad que Antucho supo que lo había perdido para siempre.

—¿Qué me dices, Manuela? ¿Nos vamos a vivir a una isla?

Manuela permanece sentada en la esquina de la cama que hace de frontera entre el dormitorio y la cocina. Entrelaza con fuerza las manos, que huronean —convertidas en serpiente— en la faltriquera de su mandil.

—Vete tú, yo me quedo. No quiero más cambios, no quiero otra isla, solo quiero una dirección segura a donde lleguen las cartas.

Antucho no contesta. Aprieta la mano de Manuela y busca sus ojos. Ella no lo mira con desprecio —menos aún con compasión—, lo mira como una mujer harta de aguantar el peso de las ausencias.

10

Llegó nuestro primer muerto y vino a romper el mundo tal y como lo conocíamos hasta entonces. La muerte —por más esperada que sea— de alguien central en la familia obliga a los demás miembros a recolocarse en relación con los que quedan. También con el mundo. Una muerte, sobre todo si es la de una madre, inicia una nueva era dentro del microcosmos que es la unidad familiar.

Mis padres son un recuerdo que no puedo tirar, ojalá pudiese, ¿no es lo que se hace con la basura? En eso el inglés es mucho más valiente y conciso.

Junkies.

Eso precisamente es lo que eran los dos, mi padre y mi madre, solo que nosotros no fuimos capaces de tirarlos.

A mediados de los ochenta el consumismo visceral inició una carrera sin precedentes ni retorno. La abuela y yo vivimos como el acontecimiento de la década —y como una señal de progreso galopante— la apertura del primer hipermercado de la ciudad, que, además, estaba en el barrio. Con él llegó un viento huracanado de modernidad y progreso, de pan barato y comida precocinada. Por fin nos acercábamos al modelo americano y dejábamos atrás el tufo a país triste y arrinconado plagado de hombres bajitos con pantalones de tergal. A diario veía en la tele las colas kilométricas de los supermercados de la Unión Soviética —personas anémicas, de un blanco verdoso, con las cuencas de los ojos hundidas y el pelo transparente, pujando por un pedazo de carne podrida— y me sentía rico. El hipermercado nos dio, puede que por primera vez en la vida, un motivo de orgullo y la posibilidad de sentirnos importantes. Me fascinaba la dialéctica de las ofertas, y enseguida normalicé expresiones como «dos por uno» o «pague dos y lleve tres» con una naturalidad pasmosa, de nuevo rico.

La inauguración del hipermercado coincidió con el entierro de mi madre. Una hora de sermón seguido de una cascada de palabras de condolencia —predecibles, chiclosas— que ni a los abuelos ni a mí nos apetecía escuchar. Lo recuerdo con una nitidez lacerante. Los abuelos eran ya dos troncos independientes y helados, como arbustos muertos de tundra, convertidos en fuego solo cuando me miraban a mí. No fue hasta más tarde (tuvieron que pasar años) cuando entendí la gravedad de sus caras: la muerte de su única hija los situaba, de manera oficial, en el papel de padres de un niño de nueve años.

Aquel día me quedé con las ganas de ir al hipermercado. En términos de oferta, lamenté que el entierro no hubiese sido un dos por uno, por el bien de todos: de mi padre, que descansaría, junto a mi madre, de la tiranía a la que estaba sometido; de los abuelos, que no se merecían los desvelos y las arrugas prematuras; y por el mío, que por fin podría decir sin miedo a que me llamasen embustero que era huérfano de verdad, con todas sus letras y un diptongo que sonaba a victoria. Pero no sucedió, porque la muerte llega cuando llega, y volvimos a casa con una sensación agridulce, de descanso y muerte a medias, con mi saco de experiencias maternofiliales precintado al vacío y la herida de la lucha todavía abierta.

Nadie, ni el cura (él menos que ninguno), un hombre joven con coleta que llevaba sandalias en invierno y en verano, se atrevió a hablarme del cielo, esa palabra polisémica, tan irritante y convenientemente confusa. No tuvieron valor. Decía la abuela que cada uno lleva el duelo como puede o como le da la gana y que era de los pocos derechos que los pobres podíamos ejercer con cierta libertad. Ella misma se encargó de prohibir el luto en el pisito. Empezaba una etapa de alegría, dijo (aunque luego el tiempo nos demostró a los tres que estaba equivocada), pero creo que se refería a mi madre, no tanto a nosotros.

La noche después del entierro se empeñó en dormir conmigo. Me habló de la niña buena y obediente que había sido mi madre, tan respetuosa que hasta los trataba de usted, y yo le dejé que pensase que me lo creía. Habló hasta que nos quedamos dormidos. Pronunció su nombre decenas de veces: Míriam, Míriam, Míriam… Sus labios rebotaban después de cada eme final. Y siguió al día siguiente, y pasados unos días, aunque ya con menos intensidad. Una semana más tarde volvió a su habitación. Recuerdo sus palabras antes de arroparme: «Sé un hombre», dijo. No sé si se refería a hombre como contrapunto de mujer o de niño, antes nadie se esforzaba en que los niños entendiéramos, y tampoco preguntábamos, pero hice (o eso creo) lo que me pidió.

Todavía habla de ella si tiene el día. Creo que piensa que se lo debe; no es que pretenda blanquear los malos recuerdos, que son casi todos, solo trata de colocar lo bueno en la superficie. Mi madre se ha convertido en un vaso de leche: nos quedamos con la nata y condenamos su parte aguada a permanecer en el fondo.

En esa época el presente me costaba. Aún me cuesta, solo que ahora es pasado. Es una bola de petanca alojada en la boca del estómago. Decía el abuelo, en una hoja suelta y meticulosamente doblada, escondida entre las páginas de su diario, que mis padres olían a víctimas a la legua y que el propio tufo que desprendían los convertía en blancos fáciles. Ojalá dejasen de llamarlos víctimas, nadie puede odiar abiertamente a una víctima, no está bien visto. Y no es que crea que no lo hayan sido, en todo caso fueron víctimas que engendraron víctimas que a su vez engendraron otras víctimas.

Matrioskas de víctimas.

Me imagino a mi padre cantando «I Can't Get No Satisfaction» como si viviese en un musical. No había nada en el mundo que lo satisficiese. Ni personas ni cosas. Solo sustancias. Solo momentáneamente. Vivía de destellos de satisfacciones, cada vez más efímeras, siempre ansioso por pasar al siguiente nivel. Vivía una irrealidad con idas y venidas (limpio, recaída, limpio, recaída, recaída, recaída, recaída…). Mi padre se convirtió en un insatisfecho crónico, y eso no se cura.

Mi madre era diferente. Murió por nada, por un viaje cutre a la estratosfera a una edad en la que aún no se planea el futuro. Cayó en la emboscada por desconocimiento. Era joven y quiso vivir la época que le tocaba, y en su empeño no calibró las consecuencias porque las consecuencias no estaban escritas con letras de neón. Tengo la sensación de que habría sido alguien opuesto al ser que terminó siendo, y eso me produce rabia y una enorme tristeza. Pero hasta el más infeliz de los seres tiene su momento de oro, la cumbre a donde querría volver si pudiese.

La edad de oro de mis padres fue los diecisiete. Su año de reinado coincidió con la etapa de transición entre la infancia y la muerte (las suyas propias). Es triste pensar que si las cosas no se hubiesen dado como se dieron, si la heroína no hubiese irrumpido de la manera más rotunda en sus vidas, en algún momento su edad de oro habría coincidido con la mía, pero llegué al mundo para poner fin a la adolescencia de mis padres y ser testigo de su decrepitud. Puedo decir que he sido niño y adulto, pero no joven, al contrario que mis padres, que nunca llegaron a ser adultos. La gente opina (es lo que mejor sabe hacer), con la boca llena de una certeza sólida, que el mundo es de los jóvenes, lo que confirma mi teoría de que yo no he tenido mundo. Los ochenta no fueron mi época, tampoco la de la abuela (aunque conservamos intactas las cicatrices), sino la de los que eran jóvenes entonces. Y duró más de la cuenta. Todavía dura.

Ahora vuelvo a estar en el mismo limbo que entonces. No soy ni joven ni viejo. Mi crisis de los cuarenta me está arrollando a los cuarenta y seis. Me veo como un ser desleído, acabo de darme cuenta de que aquello para lo que me he estado preparando toda la vida es también lo menos excitante.

No tiene ninguna gracia tener esa certeza un segundo después de haber llegado a donde querías.

No la tiene.

Hace una semana acabé en urgencias. Se me había instalado un dolor punzante en el centro del esternón, tan agudo que di por hecho el infarto, y así lo grité, apuñalando las palabras, de pura aprensión. Me atendieron con prioridad. El médico de guardia me miró con un ojo cerrado —como si estuviese enhebrando una aguja— y me hizo el electrocardiograma de rigor, murmurando por lo bajo que no daba el perfil. Creo (porque los médicos hablan para ellos mismos) que sustituyó *infarto* por *ansiedad*, aunque el sonido me llegó distorsionado.

La decepción cayó sobre mí como un aluvión de cascotes. Si todavía seguía respirando, no lo sabía.

No sabía casi nada, y sigo sin saberlo.

La punta de los suicidas está situada a sotavento de las casas, para que si el viento rola fuerte (siempre de oeste a este) no haya que contar con más desgracias que la que en sí ya supone un suicidio. Eso decían los viejos, y tenían razón, a la vista de lo que después ocurrió.

La isla está hecha de arenisca y roca. Los pinos y eucaliptos fueron posteriores y nunca han dejado de ser intrusos, como si continuamente les recordasen a todos que si un día el nivel del mar sube las únicas que sobrevivirán serán las rocas.

La isla se adapta al mar, pero su vegetación no.

Lo mismo ocurre con las personas.

Hace años que la única casa habitada durante todo el año es la del personal del Parque, que es en lo que se ha convertido —de manera oficial— la isla. De mayo a septiembre la invaden campistas y visitantes despreocupados que llegan a bordo de la línea regular a pasar el día, subir al faro y pegarse un chapuzón solo para poder decir que ellos también se han bañado en un mar helado.

El turismo se ha profesionalizado hasta unas cotas dolorosas. Han creado normas que son estatutos. La isla está llena de letreros que prohíben caminar sobre las dunas, pasarelas de madera para que el parvulario en el que se ha convertido el mundo no se despeñe, observatorios desde donde ver las estrellas y las aves autóctonas, un camping (de nombre El Dorado, con sus duchas, su cafetería reluciente y sus fregaderos de loza), una caseta de información en la que atienden en varios idiomas, carteles repartidos de punta a punta donde se explican la fauna y la flora autóctonas. La isla desprende un aire de institución o museo, de punto de interés exótico y sobreexplotado, de photocall para instagrammers, y desde luego no necesita que nadie la publicite. Si alguna vez le preguntan a Ulises, su respuesta es siempre la misma: «Un paraíso de ratas del tamaño de conejos y la colonia más grande de gaviotas sacaojos». «¿El agua? Tolerable solo si eres ruso».

Ulises apoya su mochila en un expositor de metacrilato con patas de madera en el que han encastrado un dibujo de las constelaciones, que promete un viaje sideral al alcance de cualquiera gracias a la escasa contaminación lumínica. Se aferra con las dos manos a la barandilla de madera tratada con la que ha sido acordonado el borde de la punta de los suicidas, rebautizada hace años como destino *starlight*.

Los humanos olvidan con una rapidez sobrecogedora aquello que quieren olvidar, capas que cubren otras capas que cubren otras capas, viviendas sepultadas por otras viviendas, vidas engullidas por otras vidas.

Para Ulises toda la isla es familiar pero mucho peor que antes.

Su abuelo decía que los isleños tenían el copyright de la emigración y que terminarían marchándose todos más temprano que tarde, como así ocurrió. «De aquí nos expulsan, Ulises», decía. Y, efectivamente, de los isleños que poblaban la isla en 1986, la mayoría se mudaron a la ciudad y el resto acabaron muertos (de una manera u otra), pero nadie se planteó quedarse a vivir allí.

Ulises no está seguro de entender las palabras de su abuelo. No siempre eran lo que parecían, tenían volumen y dejaban eco, como cuando decía que lo importante no es llegar a Ítaca, sino el viaje. ¿Se refería a la vida? Se arrepiente de no haberle preguntado si se refería a la vida. Su abuelo era un filósofo natural, puede que demasiado cerebral para ser poeta, aunque, en esencia, probablemente lo fuese.

Él también escribe un diario. Una semana, cincuenta páginas al año, desde hace doce años. Eso se traduce en un total de cinco cuadernos hasta ahora. Lo que se escribe se comprende mejor. Ulises aún no ha comprendido, pero espera hacerlo algún día. Al principio escondía los diarios en una caja de metal que enterraba junto al único pino que sobrevive en la explanada del Chuco, para que, en caso de que le sobreviniese la muerte de manera repentina, nadie, ni su familia (sobre todo su familia), pudiese encontrarlos, y es lo más cerca que ha estado de tener una doble vida. Pero ha cambiado de opinión, así que meterá los diarios en un cajón de su despacho y ni siquiera lo cerrará con llave. Será un regalo póstumo. Llegado el momento, sus hijos por fin podrán tener el interlocutor que se merecen. Los hijos tienen derecho a saber por qué sus padres se comportan como lo hacen, aunque duda que de momento les interese; los hijos no están interesados en nada ni nadie que no sean ellos, sobre todo los que tienen su existencia resuelta y una asignación mensual para videojuegos.

Ulises, en cambio, vivía pendiente de su abuela.

Ha llegado a un acuerdo con Estela. Ella deja de ponerse nerviosa (le habría gustado decir *histérica*, le gustan las ondas que dejan las esdrújulas en el aire, pero finalmente decidió rebajar el nivel de crueldad, dadas las excepcionales circunstancias), y a cambio él romperá una de las reglas de oro de su visita anual a la isla (nada de comunicación durante toda la semana). La otra (nada de preguntas a la vuelta) se mantendrá. Se conectará cada noche, y, si todo en la otra orilla está en orden, Estela no volverá a saber de él hasta que pasen otras veinticuatro horas.

La visión de la ría es de lo más elocuente: algún carguero, pero ninguna vela latina. Ulises observa el mundo de enfrente como si la isla no fuese el mundo propiamente dicho. Se aferra a la balaustrada con fuerza. La tronzaría y gritaría al mismo tiempo si con eso lograse ver un rayo de luz. Palabras e imágenes que suenan a portazo. Puertas que se abren pero sobre todo que se cierran, algunas puede que para siempre. ¡Pum! ¡Zas! ¡Plas! Tiembla la tierra y tiembla su cuerpo. Tiemblan los muertos bajo sus pies.

11

En la isla, verano de 1986

Es temprano, Ulises no sabría precisar la hora (en la ciudad es más fácil calcular ciertas cosas). No le encuentra la gracia a la niebla. En general, a ningún elemento que le impida ver, porque lo quiere ver todo. Arrastra los pies, recién despierto como está. Su abuela friega los platos frente a la ventana de la cocina —como un mascarón de proa voluptuoso y cuarteado— mientras su abuelo los seca con sumo cuidado. Colaboran en silencio, se diría que resignados, como si estuviesen condenados a trabajar, sincopados, durante toda la eternidad.

—No quiero leche —protesta Ulises—. Sabe a vaca cruda.

—Y yo te digo que te la vas a tomar —contesta su abuela—. El desayuno es la comida más importante del día.

—No es comida, es desayuno.

—Cállate y tómatela.

Su abuelo señala el frutero con la cabeza.

—Tienes fruta, a babor.

Nunca dice derecha, izquierda, delante o detrás, dice «Pásame la sal, a estribor», dice «Coge la fruta, a babor», dice «Una avispa por la proa», dice «Los enemigos siempre vienen por la popa» (una de sus frases favoritas); se mueve en parámetros marineros a pesar de que hace muchos años que dejó de salir a la mar.

—Bébete la leche —repite su abuela, el pecho inflado y los incisivos al aire, con un tono de suficiencia tan atronador que ni Ulises ni su abuelo se atreven a replicarle—, a la sazón, es importante que seas un hombre con huesos fuertes, ¿estamos?

A su abuela le gusta decir *a la sazón* y terminar con una pregunta para asegurarse de que lo ha entendido. Ahora a él le tocará llenarse la boca de leche y escupirla en la arena cuando nadie mire. En el pisito (ha sucumbido al uso del diminutivo por unificar criterios, a pesar de que la palabra le da grima) deshacerse del desayuno es más fácil; basta con vaciar la leche en el fregadero para poner fin a la náusea, pero en la isla no hay agua corriente y, por tanto, tampoco un fregadero propiamente dicho. Allí personas y objetos se lavan como pueden.

Circuito cerrado, lo llama su abuelo.

Le enternece su empeño en hacer que las cosas parezcan mejores de lo que son.

Ulises espera, sentado en su cama, a que se despeje la niebla. Bufa. El día ya debería haber abierto. La niebla es uno de los mayores enemigos de un islote pequeño y escarpado: un paso en falso y todo podría acabar en desgracia. Por eso los días como hoy, en los que no se ve nada más allá de los pies, mucho menos la otra orilla, Ulises tiene que quedarse en casa.

Se mira las piernas. Su cuerpo ha iniciado una cadena de mutaciones sin precedentes. De un tiempo a esta parte se le han multiplicado los pelos en zonas inéditas de una manera exponencial —totalmente fuera de su control— y su voz ha empezado a sonar como si se le hubiese asentado un nido de jilgueros en la garganta. Nada permanece igual. Cada vez se le hace más difícil mantener su cuerpo a raya. Y está el color de su piel, de un tofe mate con una veladura blanquecina, y el pelo, que ahora tira a pajizo, un par de tonos más claro que cuando llegó.

Su abuela tiene razón: al cabo de un mes, todos son rubios y salados en la isla.

Es difícil ser paciente cuando la sangre se te ha calentado tanto que parece que tu cuerpo va a empezar a silbar. Ulises vuelve a la cocina, atraído por el murmullo de las voces.

—El mundo no está loco, qué va a estarlo, no tiene esa capacidad, boh —protesta su abuela—. Los animales y las plantas no están locos. Decimos *el mundo* cuando queremos decir *las personas*. Siempre echando balones fuera, brrr… No queremos reconocer que estamos todos locos, el *nosotros* nos cuesta. Bueno, a mí no, a mí no me importa llamar a las cosas por su nombre.

—Mujer, es una manera de hablar, lo que quiero decir es que cualquier día habrá una desgracia.

Sus abuelos dejan de hablar en el momento en el que él se asoma por la puerta. Odia que lo hagan. A Ulises le gustaría dar un puñetazo en la mesa y gritar que no es el niño inocente que todos creen que es, pero entonces estaría descubriendo una parte de él que de momento prefiere guardarse.

—¿De qué habláis? —pregunta como quien no quiere la cosa.

—De nada.

Su abuela es una experta guillotinadora de preguntas. Nunca dice nada. *Nada* es su respuesta favorita. Guillotina preguntas mientras barre sobre barrido. Barre porque no es capaz de estarse quieta.

—¿Es verdad que la isla está en guerra? —pregunta Ulises.

Percibe un amago de parálisis en sus abuelos que apenas dura un instante. Ella reacciona antes, es muy rápida, podría ser samurái si quisiera.

—¿Qué guerra ni qué guerra? —refunfuña.

—Por lo de la droga.

Ha sido una jugada maestra. Un golpe bajo. Es decir *droga* y algo se les remueve a todos. Ulises está cansado de hacerse el tonto. Para que su abuela no sufra. Para que su madre no crea que le da asco mirarla. Para sobrevivir en el colegio. Su abuela ha dejado de barrer. Se aferra con las dos manos —los nudillos sin una gota de sangre— al mango de la escoba, como una Circe exhausta.

—¿Quién te ha dicho a ti eso? —grita.

—Sé a qué se dedica Leónidas, y también sé que algunos dieron el salto. Lo sé todo —dice, a pesar de que no sabe casi nada y está temblando—. ¿Es verdad que nosotros sentimos primero las revoluciones porque somos pobres?

—¿Revoluciones? ¿De qué revoluciones habla el niño, Antucho?

Su abuela finge que se desespera. Fingir desesperación es de las cosas que mejor se le dan.

—La de los astilleros, la de la droga...

—La droga no es una revolución, es una lacra —contesta su abuelo.

Tenía que haber pensado antes de hablar. En los telediarios utilizan la palabra continuamente, siempre unida a droga, como si fuesen hermanas siamesas. Ulises nunca está seguro de emplear la palabra precisa; cuando cree que la tiene, resulta que hay otra más adecuada, intransferible, única. Su abuelo, en cambio, habla como si la lengua no tuviese secretos para él.

—Sé lo que hace Leónidas —murmura por lo bajo.

—¡Mantente alejado de ese! —grita su abuela (gritar también se le da bien).

—Tiene pinta de chulo, con ese sombrero y ese bigote.

—Ojo con los bigotes; los buenos y los malos a veces tienen el mismo bigote. —La entonación de su abuelo sigue siendo mullida, pero incorpora un timbre de advertencia.

—¿Te refieres a los guardias? Ellos también tienen bigote.

—Me refiero a que no te acerques a ellos.

Su abuela se desinfla. Es solo un instante, un movimiento invisible; él lo nota porque lleva toda la vida pendiente de sus gestos. Ella no es como otras abuelas. Su disposición con respecto al espacio que ocupa jamás podría resultar vulgar. Puede que sea por la rectitud de su espalda y la consonancia de la nariz y la boca (eso es determinante). O tal vez por la manera en que se remanga la chaqueta y en la que sus ojos reciben la luz...

¿La luz?

Ulises se levanta de un salto y echa a correr. De pronto ha perdido el interés en la conversación. Trota. Galopa. Intenta recuperar el tiempo perdido. Pica el sol por fuera y por dentro, puede que sean los infinitos gránulos de sal —invisibles, afilados— que se le clavan en la piel. No estaba previsto que de la planta de los pies le saliesen arpones. ¿Cómo iba a imaginar hace un mes esas volteretas en el pecho y en el estómago? ¿Cómo iba a pensar que la felicidad se escondía en una isla tan pequeña que más bien es un trozo de piedra pómez a la deriva?

Llega cansado, atragantado con su propia saliva, a las dunas de la playa grande, a tiempo de ver cómo Toya habla con un hombre de bigote (uno que no es Leónidas) afanado en quitarle con sus dedos las arenas del biquini. Onehuevo revolotea como una ninfa a su alrededor, salta primero sobre un pie y después sobre el otro; podría bajarse los pantalones y dejar al aire su anomalía y ninguno de los dos notaría su presencia.

A Ulises le gustaría desaparecer, pero ya es tarde para retroceder sin ser visto. Seguro que hay una explicación para que el hombre del bigote se acerque tanto a Toya y ella le sonría de esa manera tan pegajosa que parece que está a punto de convertirse en un charco de aceite. Es una sonrisa parecida a la de las mujeres del bar Orgía, a dos manzanas de su calle; son unos labios tatuados que sonríen por ellas aunque no quieran. Los niños de su barrio meten las cabezas en el callejón sin salida que huele a rata muerta y vuelven susurrando entre risas sofocadas. A Ulises el bar Orgía le provoca náuseas. Él contiene la respiración y mira hacia otro lado si no le queda más remedio que pasar por delante.

Toya acaba de verlo. Lo saluda con los ojos. El hombre se despide de ella pasando la mano por su hombro. Empuja las gafas de sol hacia el entrecejo. Es un tic, un guiño de chulo, Ulises conoce a unos cuantos como él. Piensa en su abuelo y en su falta de bigote. En quién querrá desmarcarse de quién. La vida es querer o no querer ser, pertenecer o quedarse fuera. Camina hacia las dunas como puede, derecho como un mástil, hueco por dentro. Toya echa a correr hacia el mar y Onehuevo la sigue.

—¡Vente, Uli! —grita Toya haciendo aspavientos con los brazos.

Ulises sacude la cabeza. Ya no le apetece nadar en un mar helado. De pronto la camiseta lo protege de algo. Toya entra y sale del agua. Lo mismo Onehuevo, siempre dos pasos por detrás de Toya. El día que ella deje de alumbrarlo, él se estrellará. Toya se sacude la humedad del pelo como Bo Derek en *10, la mujer perfecta*. Ulises no quiere mirar, pero los ojos se le van solos. Le avergüenza recordar que ha soñado con las dos. Onehuevo sonríe, desorientado. Mira hacia las rocas con los ojos cerrados, el pelo arremolinado hacia delante, en torno a su nariz. El aire de nutria aturdida lo predispone a las palizas, piensa Ulises. Los niños como Onehuevo no duran mucho en el patio de su colegio… Vuelven a ser tres. Tres es el número perfecto. Los números pares propician alianzas clandestinas, mientras que el tres los obliga a no dejar de mirarse por el rabillo del ojo.

—¿Qué es ese ruido? —grita Onehuevo.

Toya levanta la cabeza y frunce los ojos como si estuviese sintonizando una emisora.

—Qué animal eres, no es un ruido; ruido es lo que hace el generador. Son cormoranes. Los cormoranes producen sonidos, no ruidos.

—Para ya. Siempre estás corrigiendo a la gente —dice Ulises.

Toya se gira, sus ojos negros encendidos.

—¿Qué pasa, crees que lo hago para fastidiar?

Ulises odia ese tipo de preguntas; nunca es fácil responderlas con un sí y dejarlo ahí. Toya es solo unos meses mayor que él, no su madre, qué se ha creído.

—Solo digo que siempre estás igual. Fastidia un montón.

Ya es tarde para echarse atrás. Toya es de esas personas que siempre salen victoriosas de las discusiones (no necesariamente de la vida). Ulises sabe de lo que habla porque vive con alguien como ella. Un día su abuela se echó a la calle, encabezando a un grupo de madres desesperadas, megáfono en mano. Caminaron varios kilómetros hasta la explanada del ayuntamiento, en el centro de la ciudad, para exigir el cierre inmediato de una lista de bares donde se vendía droga. Corearon sus nombres. Del edificio salió un funcionario agitando los brazos y gritando —para estar a la altura del megáfono— que el alcalde no podía atenderlas, y que, en cualquier caso, esas no eran maneras de tratar un asunto tan delicado. Como era de esperar, su abuela no se calló (Ulises no conoce a ninguna abuela con unos reflejos tan rápidos ni con tanta rabia interior). «Mire, señor, no me podré permitir un apartamento en Torrevieja, pero le aseguro que mis maneras sí me las puedo permitir. ¡Arre coño si me las puedo permitir!», dicen que gritó.

—¿Quieres saber por qué lo hago?

En realidad, Ulises no quiere, ni siquiera buscaba una respuesta, no sabe por qué tuvo que replicar (tonto, Ulises, tonto), pero no le queda más remedio que decir que sí.

—Lo hago para que este no vaya haciendo el ridículo por ahí. No quiero que se rían de él.

Onehuevo sonríe, sin que de su expresión se pueda deducir que está avergonzado, enfadado o triste, tampoco agradecido. Ulises se arrepiente de sus palabras. Para ser sincero, él ni siquiera estaba preocupado por Onehuevo. Apoya la toalla en la roca más cercana, y, antes de que le dé tiempo a extenderla, un ser con forma de dragón enano —de un verde lima y patas agilísimas— se enrosca en ella y desaparece por la ranura que divide la roca en dos.

—Es un lagarto ocelado. Su nombre científico es *Timon lepidus* —explica Onehuevo.

—¿Te gustan los animales? —pregunta Ulises.

—No, me gustan los reptiles y las aves. Tengo suerte, en la isla hay mogollón.

Toya se levanta de un salto.

—Bueno, ¿nos movemos o qué?

De pronto a Ulises no le apetece moverse. Tampoco quedarse.

—Id vosotros, yo tengo que volver a casa —miente.

Toya se encoge de hombros y Onehuevo la imita. Es lo que hacen las sombras, siempre pegadas, siempre por detrás. Ella ha empezado a hablar del refugio de Leónidas, algo sobre estudiar sus rutinas, le parece que dice.

De alguna manera Toya consigue que el plan de matar a Leónidas suene a asunto serio y no a juego de polis y cacos. Acaba de mencionar a Paulino, el guardia. Le ha contado que estos días hay trasiego en la otra punta. Pronuncia *trasiego* como las mujeres del bar Orgía. Balancea el pelo hacia un lado y después hacia el otro, escurre el biquini con movimientos mecánicos y al hacerlo deja al descubierto una tira de piel más blanca. Le ha guiñado un ojo al hablar de Paulino. Hace un rato que ha empezado a oírla amortiguada. ¿Por qué sigue dándole vueltas al bigote? ¿Es importante? Parece que lo sea para sus abuelos, y ellos casi siempre tienen razón.

Casi siempre no es siempre, pero se le parece mucho.

—¿Qué dices, Uli? ¿Vamos?

A Ulises se le ablanda algo por dentro. Toya desnerva sus órganos como si fuesen filetes y los vuelve a tensar. Es difícil vivir sin estar seguro de casi nada. Observa las piedras redondas de la orilla. Ojalá él fuese una piedra —perfecta, lisa, dura (sobre esto nadie duda, y menos, la piedra)—, que brilla con el agua y se vuelve mate con el sol, día tras día, ola tras ola, así hasta la eternidad. Las piedras no viven asustadas por salir al mundo, no lloran a sus padres ni tienen miedo de volver a su barrio. Las piedras no se ven obligadas a actuar. Tampoco matan. Las piedras simplemente están.

—Me da igual. Como queráis.

12

Isla de Margarita, Venezuela, 1961

En la isla se mastica la sal. Y la arena. Y, en cierta proporción, se te queda dentro. Te vuelves duro y salado, y solo cuando te vas te das cuenta de que te has convertido en un pez, que ese pez vive fuera del agua, y que, como era de esperar, le resulta imposible respirar. Quizá Manuela tenga razón y todo esto (calamidades, en mayor medida) nos pase porque los peces no pueden salir de su mar.

Cambiamos el Atlántico por el Caribe.

Quince grados de diferencia son muchos grados para un mar.

Por eso llevamos la boca abierta a todas horas.

Despedirme de Manuela es lo segundo más doloroso que he hecho en mi vida. «Alguien tiene que quedarse», me dijo tan convencida que acabé creyéndolo yo también. Ella hace tiempo que dejó de reír, no quiere darse esa oportunidad. ¿Por qué iba a reír? Ríe el que tiene motivos, me dijo, y ella no los tiene, qué va a tener. Pero yo no podía rechazar el trabajo. En Margarita cobro tres veces el salario que ganaba en Caracas, y eso es mucha plata, m'hija (como dicen aquí, evaporando las vocales).

Al negarse a venir conmigo, Manuela ha metido nuestra emigración dentro de otra emigración, como esas cajas que contienen otras cajas, solo que en nuestro caso son maletas.

Y, con esa separación dentro de la separación, la vida se complica y la pena se hace difícil de sobrellevar.

Si ya éramos una familia desmembrada, ahora Manuela ha cogido los miembros que nos quedaban y se los ha echado a los cerdos.

Cualquier emigrante sabe que la comunicación con la familia es vital para que no cunda el desánimo ni terminemos perdiendo de vista el objetivo que nos ha empujado a emigrar. La comunicación debe mantenerse viva a toda costa, igual que la antorcha olímpica. A seis mil kilómetros, mi anciana suegra recorrerá el camino que lleva a la escuela (una cuadra, que Dios los perdone a todos por no haber encontrado un sitio mejor) en la otra punta de la isla. Esperará a que la marea baje, sorteará riscos y aullará de dolor con cada flexión de sus articulaciones —debido al reuma que padece desde hace años y que no mejora con la humedad—. Usará una hoz en verano por si las zarzas han cerrado el camino. Si es invierno, se expondrá a coger una neumonía, que es la segunda causa de muerte prematura en la isla, por delante de las complicaciones en el parto y por detrás de los suicidios. Llegará sin aliento, primero le contará al maestro las novedades (muertes, principalmente) y después se centrará en la niña. Exagerará algunos logros sin caer en la mentira y se callará algún contratiempo como que la niña tuvo unas fiebres horribles que los mantuvieron en vela durante dos noches sin saber si saldría de esa. El maestro, a su vez, exagerará lo que ya está exagerado (exageración de la exageración), no podrá evitar escribir algo de su cosecha, consciente del papel tan importante que juegan los ánimos en la vida del emigrante. Puede que su vanidad lo lleve a utilizar alguna que otra palabra florida. La carta llegará a la dirección de Caracas. Manuela me escribirá a la isla de Margarita contándome lo que su madre le ha contado al maestro y este ha transcrito (transcripción de la transcripción), resumirá los detalles más halagüeños y, al hacerlo, me privará de poder sacar mis propias conclusiones. En cambio, reproducirá al pie de la letra las palabras que no entienda (y que desde luego jamás han salido de la boca de su madre). En la siguiente carta le explicaré el significado de esas palabras, que previamente habré consultado en el diccionario, y pasaré a contarle cómo me van las cosas —una versión abreviada y amable— para que ella pueda contárselo a su vez al maestro junto con sus propias andanzas en Caracas —igual de abreviadas y amables, porque lo importante no está en esta orilla— para que él se lo transmita a mis suegros y mis suegros se lo cuenten a la niña.

Todo por la niña.

Y yo, que hace tiempo decidí no creer en Dios como pude haber decidido creer, ya no sé a quién encomendarme para que proteja a nuestra hija, porque, si algo malo le ocurriese en nuestra ausencia, sé, como que me llamo Antonio Losada, que será el fin del sueño.

En mi primera carta desde Margarita le cuento a Manuela que entiendo por qué la llaman la perla del Caribe, que esta isla no se parece en nada a la otra isla, ni a ningún otro lugar que yo conozca, y que salta a la vista que aquí han apostado todo al turismo para salir del hoyo. Al principio de los tiempos, mucho antes de que empezasen a construir edificios como el que yo mismo estoy encofrando, Margarita tuvo que ser muy bonita. Todavía lo es si miras al mar, de espaldas al Cerro Macanao. Qué lástima. Cuando se den cuenta, habrán perdido la isla. Será otra cosa más próspera, no digo yo que no, pero de lo que estoy seguro es de que ya no será una perla.

Mi llegada a Margarita fue como si la hubiese soñado, le escribo. No es exageración. Acababa de desembarcar, casi de noche, congestionado por el peso de la maleta (siempre la cargo a la espalda, cogida con una cuerda amarrada al asidero, de la que tiro a modo de polea, porque no me puedo permitir arrastrarla), desolado por haber dejado a Manuela en Caracas, sin saber cuándo volvería a verla. Maldita incertidumbre la de los emigrantes. No nos mata el trabajo, no señor, lo que nos mata es no saber cuándo podremos volver.

Caminaba despacio, por la maleta y el desánimo; ambos pesan mucho.

Hice una parada a pocos metros, todavía en el embarcadero, para coger fuerzas. Cuando levanté la cabeza, había un puñado de niños como surgidos de la nada. Entonaban de corrido una cantinela que al principio no entendí. Si era español, no lo parecía, si acaso sonidos derretidos, más suaves incluso que los de Caracas. Al oído le lleva un tiempo acostumbrarse. Lo mismo les pasa a los ojos: la primera vez que pisé La Guaira sentí que no estaba preparado para recibir la luz que venía de todas partes, y todavía pienso que si miro mucho al cielo a la larga me quedaré ciego. «¡Le cuento la historia, le cuento la historia!», cantaban los niños saltando ligeros. «¡Le cuento la historia, le cuento la historia!». Sonrisas zumbonas en bocas melladas. No me quedó más remedio que apoyar la maleta en el suelo. Debía de tener los ojos y la boca muy abiertos del asombro. Jamás había visto semejante descaro en unos niños tan pequeños. Creo que no dije nada, simplemente esperé. Cada niño se arrimó a un forastero. Por la pinta y la maleta diría que eran todos trabajadores rasos, como yo. «¡Le cuento la historia, le cuento la historia!», y venga con la matraca. Uno de los hombres —el más corpulento— empujó a su niño como si fuese un perro sarnoso. Lo lanzó con tanta fuerza que el pequeño se cayó de espaldas y a punto estuvo de acabar en el mar. Los demás hombres no tardaron en imitarlo, con mayor o menor violencia. Pude leer la desconfianza en los ojos de las bestias, de una fiereza que metía miedo. «¡Parad!», creo que grité (si no eso, algo parecido), pero los niños ya estaban lejos cuando reaccioné. Todos menos uno. El más pequeño se había escondido detrás de mi maleta.

Nos quedamos solos mi niño y yo. No salió de entre mis piernas hasta que empecé a caminar. Miré hacia abajo. Tendría cinco años, seis como mucho. Él también me miró. No sé si vio algo en mis ojos, pero lo cierto es que los suyos se ablandaron. Carraspeó un par de veces y entonó sin respirar: «Me llamo Miguel y le voy a contar la historia del fortín de la Galera, que comienza así: al entrar al fortín, usted verá esa laguna. Ahí fue donde se inmolaron doscientos margariteños para no ser esclavos del español Morillo. Delante de una pared azul usted verá una estatua del indio guaiquerí, que cruzó esta bahía de Juan Griego. Juan Griego fue un poeta que vino de Grecia con la mano derecha herida y un tabaco de dinamita en la boca para explotar el verdadero fortín…». El niño Miguel movía la boca y solo la cerraba cuando se quedaba sin aire. Estoy seguro de que no sabía lo que decía. Quise gritar que se callase. Que las palabras tampoco tenían sentido en mi cabeza. Que un niño no debería estar tan sucio ni en compañía de un extraño. Que su sitio, a esas horas, estaba en su casa y con sus padres. Que una hija no viene a este mundo para que la críen sus abuelos. Que nada bueno puede salir de todo eso.

Me desplomé en el suelo del embarcadero. Nunca había sentido una flojera como esa, las extremidades desnervadas y una cabeza que se va del todo. Abrí los ojos. Estaba solo, tendido sobre un charco de orina. Mi puño derecho, agarrotado, apretaba con fuerza una moneda, pero ni rastro del niño Miguel.

13

En la isla, marzo de 2020

Los que fuimos niños en la década de los ochenta creíamos en la posibilidad real de formar un grupo musical que terminase triunfando. No era un creer por creer, había motivos de sobra para tener fe. La ciudad se había convertido en un referente de lo que llamaron la Movida, lo que nos situó de golpe y porrazo, y contra todo pronóstico, en el mapa de la vanguardia y del mundo underground. Revoloteaba la idea de que cualquiera podía llegar a donde quisiese (aunque después la realidad nos puso a cada uno en nuestro sitio). No dejaban de brotar grupos y más grupos de jóvenes sin complejos mientras las calles se llenaban de cabezas altas y pechos hinchados. Lo sideral y lo absurdo, en una misma proporción, se apoderó de todos. A nadie parecían temblarle las rodillas, y al final, mira por dónde, sí que fueron buenos tiempos para la lírica.

Nosotros tres no queríamos formar un grupo musical; eso era para los niños que tenían resueltos los problemas básicos, o, dicho de otra manera, para los que tenían padres. Los niños como yo mirábamos a nuestros abuelos de reojo, con un miedo atroz a que les sobreviniese la vejez (flotaba en el ambiente la idea de que a partir de los cincuenta cualquiera podía morirse sin que eso se considerase un drama). Elegimos creer en el acto de justicia social que suponía matar al mayor enemigo de la sociedad y aquello nos dio fuerza y estatus ante nosotros mismos.

No he vuelto a creer en mí con tanto fervor.

La idea de matar a Leónidas había cuajado en mi cabeza. A veces tenía forma de rifle, como el que guardaban en su casa los abuelos isleños («Estamos expuestos», decían a todas horas, como si el capitán Drake estuviese a punto de saltar a tierra), otras veces tenía forma de cuchillo, aunque enseguida lo desechamos (por engorroso y porque teníamos escrúpulos); incluso llegamos a barajar el veneno, el más complicado de todos si pretendíamos que fuese una acción quirúrgica. No necesitábamos más que los flecos del plan para dar sentido a nuestros días, que en el fondo era como decir nuestras vidas. El verano de 1986 conocí la venganza, aunque a eso, como a tantas otras cosas, no le puse nombre hasta más tarde.

La abuela intentaba protegerme continuamente del exterior, pero era una misión imposible en un lugar donde la violencia siempre estaba preparada para debutar. En cuanto ponía un pie fuera del pisito, la realidad se abalanzaba sobre mí en forma de léxico carcelario, carreras de relevos de papelinas, motos gripadas sin tubos de escape, agujas ensangrentadas, nenúfares rosas aplastados contra la acera, contenedores quemados, balas de goma… Me ha costado hacer las paces con el lugar que me vio crecer (tal vez porque soy un vulgar producto del momento que vivió la ciudad, y a mí la vulgaridad me aterra), aceptar su pasado desconchado y pestilente. No he vuelto a pisar el barrio, pero, si alguna vez paso (siempre en coche) por delante de los bloques, los ojos se me achinan, la mirada se me derrite y solo soy capaz de distinguir una mancha pardusca gigante.

La peculiaridad de mi barrio —algo que, como arquitecto, siempre tengo en cuenta antes de empezar un proyecto— era la fealdad. Una fealdad moderada, convenientemente uniforme, que no daba la cara de un primer vistazo y de la que era imposible escapar. Vivíamos con la certeza de estar atrapados; nadie nos impedía salir del barrio, no hacía falta, mirases a donde mirases tropezabas con chavales que no iban a ninguna parte, solo daban vueltas al barrio como si siguiesen en el patio de la cárcel. Había un peligro real detrás de cada esquina y en cada portal, aunque el mayor enemigo de todos era invisible. La pena nos asediaba, pero nos negábamos a mirarla a la cara (algunos la maquillaban con una capa de chulería que en muchos casos se les iba de las manos), así que me resultó fácil convencerme de que nadie nos protegería como no nos protegiésemos nosotros mismos.

Al matar a Leónidas, borraríamos a los camellos de los parques y las esquinas (había puestos de avituallamiento por todas partes para recordarte que, si querías, allí estaban), la suciedad, el humo malo e incluso algunos cánceres (la media era muy superior a la de otras zonas de la ciudad). Acabaríamos con los futuros huérfanos, reales o funcionales, con la sangre en los portales, baños o descampados, con los epitafios prematuros y, en buena medida, con la cofradía de sidosos en que se había convertido el barrio. Leónidas era el vertedero que contenía todas las miserias y a las víctimas del mundo, y su fin supondría el comienzo de un mundo, si no mejor, más limpio.

Mataríamos a Leónidas y bailaríamos sobre su tumba.

Muerto, muerto, muerto. Tacón, punta, tacón.

Aunque nada fue gratis. Ni mucho menos. Del verano de 1986 salimos zumbados. Algunos, incluso muertos.

«Dice la directora del geriátrico que la abuela está un poco gruñona, que se ha empeñado en que la enfermera es una muñeca e insiste en que le quiten las pilas, pero que, por lo demás, todo bien», le cuenta Estela en su mensaje diario. A Ulises le gustaría que su mujer dejase de decir *la abuela* como si también fuese algo suyo. *La abuela* esconde un tufo a caridad que una mujer como Manuela Cruz no se merece. ¿Y qué si protesta? Si hay alguien que se ha ganado el derecho a protestar es su abuela (suya, no de Estela). Si tiene carácter es porque le hizo falta tenerlo, y, en parte gracias a eso, hoy él está a salvo, así de simple. De buena gana se lo soltaría a la directora a la cara. Pero ¿qué se puede esperar de un lugar que se llama Alta Mar?

Ulises espera unos minutos por si hubiese más mensajes.

Nada, al menos ninguno importante (de los otros, muchísimos). Trastea con el teléfono para consultar la predicción meteorológica. Vuelve al círculo diminuto que enmarca la foto de Estela y los niños. Coge aire y escribe: «Dile a la directora que se vaya a la mierda».

14

En la isla, verano de 1986

Es la primera vez que miente abiertamente. Acaba de hacerlo. En cuanto sus abuelos supieron que Leónidas paraba en la casa de Punta Batida, en el acantilado más al norte, el que mira hacia una América que ni siquiera se intuye —por más que todos se empeñen en decir «¡Mírala, mírala!»—, la prohibición de ir hasta allí para ver las estrellas les nació sola, acompañada de un humo enajenado que les salía de los ojos, así que a Ulises no le quedó más remedio que fingir que se conformaba con verlas desde la playa.

La casa esquiva de manera magistral los haces de luz del faro grande, pero eso no le impide aprovecharse de ellos. Ver sin ser vistos, una jugada maestra. A Ulises le parece que ese monstruo de hormigón es una incongruencia de las gordas —como su colegio— y que no tenía que estar ahí. Leónidas debería ir a la cárcel por quemar las venas de los jóvenes y por haber construido un engendro gris de tejado de uralita en la proa de la isla.

Llevan más de media hora acuclillados detrás de una roca convenientemente ancha y no muy alta que los mantiene ocultos de las personas (todos hombres) que se pasean por dentro y fuera de la casa. Podrían ser seis o diez, resulta difícil contar algo que no deja de moverse. La mayoría tiene bigote y fuma Winston. Esto lo supone, porque desde donde está Ulises no hay manera de saberlo y porque el mundo se divide entre los que triunfan y los que se tienen que conformar con fumar Ducados (sobra decir que esos hombres, a su manera, han triunfado).

El más bajo echa el humo hacia arriba, de eso está seguro, porque dibuja filigranas blancas en la oscuridad y porque la mente interpreta sola cuando ha vivido suficiente. Se cruza con otro hombre, y, de momento, poco más. Fue más excitante planearlo que vivirlo, como cuando el Negro decidió escaparse de casa y entre todos juntaron trescientas pesetas, dos bocadillos, varias chocolatinas que alguien robó en el hipermercado y una navaja, todo para acabar regresando a su casa al cabo de dos horas porque al final se lo había pensado mejor.

Ulises empieza a estar cansado y aburrido. Se lleva la mano al bolsillo del pantalón para cerciorarse de que sigue allí su navaja. Como buen equipo democrático, se repartieron las funciones. Esto lo dijo Toya: insiste en que todavía son una democracia joven y en que hay que reforzarla en el día a día hasta que esté asentada del todo. Ni a Toya, encargada de la linterna, ni a él les pareció buena idea que Onehuevo llevase un objeto punzante (ni siquiera al propio Onehuevo). Quizá cuando su comportamiento sea más predecible se le puedan encomendar tareas delicadas, pero de momento tendrá que conformarse con hacerse cargo de los prismáticos que trajo el abuelo de Ulises de Venezuela y que él, como buen camarada, puso a disposición del grupo. Su abuela dice que si hubiesen tenido prismáticos hace cuatrocientos años, la historia habría sido diferente. «El bueno de Drake no nos habría dado p'al pelo, eso nos pasó porque nos cogió dormidos». Utiliza el plural con efecto retroactivo, como si se hubiese echado a la espalda a todos sus antepasados desde la Edad de Bronce.

Ulises se pregunta cuánto tiempo tendrán que seguir escondidos. Si al menos pudiesen hablar entre ellos y oír lo que dicen los hombres, la espera se haría más llevadera. Como no puede hablar, se pone a pensar que hay que tener las ideas muy claras para evitar caer en la tentación de querer ser como esos hombres que se pasan el día bebiendo cerveza y fumando, tocándose el bigote y contando billetes que huelen a barrio y hacen frufrú. De lugares como ese no se sale si uno se aburre, el que entra ha de tener claro si quiere estar dentro o fuera (las preposiciones son importantes, pero los adverbios también). Aun así, son muchos los que se pelean por estar ahí.

Hace años a Ulises y a sus compañeros de clase les preguntaron qué querían ser de mayores. Varios niños (más de tres, eso seguro) levantaron las manos y respondieron, con los ojos llenos de chispas: «Nar-co-tra-fi-can-te» (la versión larga, con todas sus sílabas), aunque la mayoría bajó la mano en el último momento. Nadie pareció realmente sorprendido. Él, en cambio, solo tenía una palabra en la cabeza, una más corta, con su diptongo al principio, que terminó bajándosele a la boca.

—Chissssss.

Cada poco tiempo Toya los manda callar a pesar de que nadie está hablando. Que crujen las arenas al contacto con los pies, chisss. Que, aunque todo está en silencio, ella cree oír algo, chisss. Le fastidia esa superioridad suya, como si continuamente los estuviese salvando. Le fastidia y lo atrae, por eso no protesta y se queda quieto, las piernas dobladas como una pajarita de papiroflexia, insensibles ya por el entumecimiento.

—¡Se van!

Ulises finge una incomodidad que traduce en una mueca inútil —que nadie ve en la oscuridad— y un sonido simultáneo como de fuelle. Toya palpa su cara y baja las manos para pasarle los prismáticos.

—Mira —le susurra al oído.

Hasta ahora solo ha utilizado los prismáticos de su abuelo para poder ver los cormoranes y llegar a la conclusión de que son patos que se han revolcado en el petróleo que vierten los buques, porque ese color negro tan brillante e hipnótico es imposible que se dé en la naturaleza. Parece que los hombres han entrado en la casa. Ningún humano es inmune a la ceguera que provoca la oscuridad, por eso terminan yendo a la luz. En algún momento todo el mundo es una polilla para alguien. Ulises acerca los ojos a las lentes. Intenta contarlos, ahora que están todos quietos. «Solo son polillas, nada más que polillas», se dice. Los reflejos los convierten en el doble de los que son. Se arremolinan varias cabezas en torno a lo que parece una torre de bultos, eso es todo lo que puede precisar a esa distancia. Puede verlos porque el portón está abierto y porque no se esconden. El más bajo de todos, que por sus hechuras también parece el mayor, se desmarca del grupo y se planta en medio del hueco, con pose de centinela. La silueta mira al frente frunciendo los ojos. Exhala una bocanada de humo.

El parecido con su abuelo es innegable.

Sin sombrero ni gafas de sol, no parece el tipo de persona que llene ningún espacio. Podría ser un hombre que acaba de dejar a su familia en casa y apura un cigarro antes de salir a faenar hasta la mañana siguiente porque qué más le da morirse pronto. Un hombre que ya ni maldice la vida perra de los hombres de mar. Fuma y faena y ya está. Podría ser ese hombre, pero no lo es. Leónidas se peina el bigote, ya no frunce los ojos, mira con una serenidad escalofriante, juraría que a él. Tiembla Ulises, a pesar de que la suya es una posición de ventaja (él puede verlo, pero Leónidas a él no), y baja los prismáticos, incapaz de sostener su mirada por más tiempo. Traga saliva para deshacer la maraña que han formado sus cuerdas vocales. Tose hacia dentro, e inevitablemente un poco hacia fuera también.

—Chissssss.

El motor de una planeadora produce un ruido (nada de sonido, ya le ha quedado claro) a base de erres y ninguna vocal, que le deja los neurotransmisores zumbando. Es un corte de manga a la miseria y al destino. Es dejar de depender de lo que el mar te quiera ofrecer esa noche (un pez, mil peces, la muerte...). El himno de los que han dado el salto. Una cosa es saberlo porque la gente te lo cuente y otra muy distinta que el ruido se te cuele dentro. Las polillas tienen prisa porque saben que la luz se les va. El hombre más alto cierra el portón. Después, silencio y oscuridad. A Ulises la garganta se le estrecha. Hace unos años probablemente habría llorado, pero aprendió a controlarse en el entierro de su madre, y hasta hoy.

Se ahoga el motor. Vuelan los hombres. Acecha el tiempo. Empieza la función.

La cara de Toya brilla a la luz de la linterna. Es un brillo que exuda gotitas de victoria.

—¿Necesitáis más pruebas?

Ulises titubea. ¿A qué viene eso? Él no necesita pruebas, solo que dejen de tratarlo como a un niño y de decirle «Te lo dije» (pero con otras palabras) cuando lo único que quiere es acariciar la cara de Toya y besar su sudor.

—¿Y si vamos a la policía?

A veces hace o dice cosas que no quiere solo porque duda. No, no, no. Mal, Ulises, mal. Dudar no está bien visto. Dudar es lo peor. Como la primera vez que entró en el hipermercado, el día después de su inauguración. Fue con una niña de su bloque a la que llamaban Peggy, por su cara porcina. A su abuela aún le duraba el aturdimiento por la muerte de su hija, solo por eso lo dejó ir. No llevaban ni cinco minutos en el interior del híper (como pasaron a llamarlo todos al poco tiempo) cuando Peggy se metió una chapa del Che Guevara en las bragas. A él en un primer momento le entraron ganas de gritar «¡A la ladrona!» y después meter las manos en las bragas de Peggy para devolver la chapa —histérico como estaba—, pero en vez de seguir su instinto cogió él una, y después otras dos, y se las metió todas dentro del calzoncillo. Pequeñas acciones incomprensibles que indican que perteneces al mismo equipo y que, pasada con éxito la primera vez, la segunda te costará mucho menos.

Ulises no se esperaba la palmada de Toya en la espalda, ni la carcajada (es un decir, porque no sonó alegre).

—¿La policía? En un mundo perfecto, a lo mejor.

Ulises baja la cabeza. Puede que en el fondo creyese que nada de eso iba en serio, como cuando alguien dice que va a montar un grupo musical y a triunfar por el mundo pero no lo creen (¡ni de broma!), o como cuando planearon la huida del Negro; son cosas que se dicen porque lo divertido es planearlas y porque de vez en cuando todo el mundo necesita sentir que puede triunfar.

Es un juego. (¿Lo es?).

Son niños. (¿Lo son?).

A veces piensa que sí, pero no logra estar seguro del todo.

—¿Qué pasa, te rajas?

—¿Rajarme yo? ¿Qué dices?

Parece que Toya lee sus pensamientos. Es normal tener dudas. Matar le viene grande a cualquiera, sobre todo la primera vez.

—Mi abuela dice que uno de los hombres de Leónidas anda diciendo que a nosotros nos aparcaron en la isla como si fuésemos ciclomotores. —Onehuevo cierra los ojos y se rasca la cabeza para poder llegar a las ideas—. ¿O era un guardia?

Onehuevo está envuelto en muchas capas y eso despista mucho. Hay que ser paciente (lástima que los niños no lo sean) y esperar a que se le vayan cayendo una a una para que se pueda ver todo su esplendor. Quizá sea el tipo de persona que termine brillando sin que nadie, ni siquiera él mismo, lo prevea. O puede que solo sea algo que Ulises quiere creer y se quede así para siempre.

—Bueno, ¿seguimos con el plan o qué? —pregunta Toya.

Conque ciclomotores. A nadie le gusta que le señalen lo evidente.

—¡Seguimos!

15

Isla de Margarita, Venezuela, 1961

Mi compañero de barracón se llama José, el bruto que a punto estuvo de desgraciar al pobre niño en el embarcadero el primer día. De todos los compañeros que podía haber tenido, me tocó el menos limpio y el más charlatán. Habla tanto que siempre termina diciendo impertinencias, como que no le extraña que yo haya tenido que emigrar porque mi tierra es baldía. Le contesté que sería baldía pero que era mi tierra, y nunca se me llenó tanto la boca (en la isla, jamás) al decir *mi tierra*. He probado a no contestarle, pero a estas alturas ya sé que, si José quiere hablar, hablará.

José sobre todo se queja. Hace un rato iba por el aire diciendo cosas como «No te equivoques, aquello era malo, pero esto tampoco es que sea para echar cohetes», y después: «Si me tengo que quedar, me quedo, pero que nadie me pida que vaya contando por ahí las grandezas de esta tierra». Delira José. Otra cosa que le gusta decir es que algo que compartimos todos los que trabajamos en la obra es que nunca nos separamos de nuestra maleta de emigrante. Dice *maleta de emigrante* como si fuese una sola palabra, por más que le digo que entre nosotros puede ahorrarse *de emigrante*. En eso es como Manuela: no se permite desprenderse de su condición en ningún momento. A José le gusta la botella. El *ronsito* hace que la lengua se le suelte más de la cuenta y casi siempre termina llorando y cubriéndome de apapachos, como dicen acá. José llora mares por la patria. Como no sé qué hacer para consolarlo, le digo que la patria es un trozo de tierra sin importancia, que él tiene suerte de no tener mujer ni hija a las que echar de menos, pero a él eso le da igual, y venga a seguir llorando y bebiendo. Y está esa costumbre que tiene de ir escupiendo por la habitación; no consigo que deje de hacerlo, por más que le digo que en esta casa el suelo no es de tierra.

Mientras José habla, yo escribo.

Podría intentar olvidar, puede que hasta me convenga, pero no quiero. Lo que ocurre, para que parezca que ocurre, hay que contarlo; si no, puede que pensemos que al final fue un sueño.

En realidad, escribo para que la niña sepa.

Y para no acabar matando a José.

La vida en Margarita transcurre tranquila; el lugar es extraordinariamente hermoso, aunque a veces la diferencia entre paraíso e infierno es insignificante. Les pasa a todas las islas pequeñas, a las que son como rocas grandes atornilladas al fondo del mar. Atornilladas y aisladas. Tal vez porque pertenecen al mundo pero no son el mundo. Puede que por eso se llamen islas, ahora caigo.

¿Qué sería primero, isla o aislar?

Nadie tiene en cuenta a las islas a no ser que se quiera aprovechar de ellas o tengan ya cierto tamaño, entonces el efecto isleño se neutralizará, construirán aeropuertos y carreteras y ya nadie reparará en que están rodeadas de agua por todas partes. La isla de donde vengo es diminuta, de un tamaño ridículo, por eso siempre nos han dejado en paz (es de cajón ignorar lo que no se sabe que existe) o puede que no les interese mirarnos. Podíamos haber prescindido del Estado y decidirlo todo en asambleas y nadie se habría dado cuenta. Pero se fueron las moscas y nos tuvimos que ir. Ahora solo queda un puñado de viejos. Estoy seguro de que, cuando se mueran, la naturaleza se apropiará de la isla y volverá a ser como era en un principio.

El trabajo aquí no me mata, tengo bastante tiempo para pensar, escribir y pasear. Los niños ya no se me acercan; una vez que supieron que compartíamos hambre, perdieron el interés en mí. Me gusta oír su cantinela. Deseo que les vaya bien, aunque en alto farfullo palabras como *malandros* y *váyanseme al carajo*.

Echo de menos a Manuela, a pesar de que ya no la reconozco. Somos muy jóvenes para no reconocernos. Maldita sea la vida. Volvería a casarme con ella, pero ahora ella me odia. También se odia a sí misma, y a América más que a nadie. La quise desde siempre, aunque tuviese las caderas estrechas. Decía mi padre que los hombres de la familia se arrimaban a mujeres de caderas anchas para asegurarse de que no morirían en el parto. Manuela no se parece a las mujeres de mi familia ni a las margariteñas, y, a pesar de tener las caderas estrechas, sobrevivió al alumbramiento sin dar muestras de un sufrimiento mayor de lo normal. Un mal día soltó que podía haberse muerto y nada habría cambiado, que lo que hizo ella fue expulsar a la niña y largarse. Por más que le digo que su hija tiene unos padres y que esos padres somos nosotros, no me cree. Dice que hemos perdido el derecho a que nos llame padre y madre, que si la niña no es huérfana es porque tiene abuelos. El tema termina saliendo siempre en nuestras cartas.

Si uso el plural es porque son dos.

En la última, Manuela me cuenta que ha oído decir que Leónidas se pasea por Caracas en un Chevrolet. Manuela tiene buen ojo para las personas. Siempre miró a Leónidas con el ojo esquinado. «Tu primo embotella humo y se lo compran sin rechistar. Vendería a su madre si se la comprasen», me dijo un día. Puede que tenga razón. Ninguno de los que ha llegado al mismo tiempo que nosotros se ha comprado un coche; muchos tienen la ilusión de conducir uno de esos carros alargados, pero saben que eso sería mear fuera del tiesto.

Dejo de escribir por hoy. José se ha vuelto a bañar en *ronsito* («A donde fueres, haz lo que vieres», dice el muy sinvergüenza) y no quiero estar aquí cuando necesite abrazar a alguien.

Cogeré el sombrero y subiré hasta el fortín de la Galera.

16

En la isla, marzo de 2020

El nacimiento es un evento crucial que desestabiliza la balanza en la casilla de salida, y neutralizar esa desventaja es de las cosas más difíciles que existen. Yo nunca llevaba ropa de mi talla porque no era ropa comprada para mí, y por lo tanto no había sido pensada teniendo en cuenta mi cuerpo ni mucho menos mi gusto. Tampoco estrenaba material escolar al comienzo del curso. Cuando necesitaba un lápiz, el abuelo se sacaba uno —pequeño y mordisqueado— del bolsillo y hacía que pareciese magia en vez de lo que era. Me veía a mí mismo como un vertedero, pero asumía que debía cargar con lo que viniera porque era parte de mi herencia.

En el pisito vivíamos en un mundo de más o menos humedad, pero nunca de cero humedad. Por más que la abuela le sacase hierro al asunto de la condensación y repitiese que moho era el de la isla en invierno y no aquella ridiculez verdinegra, es difícil imaginar que sea posible vivir con más agua. Por no hablar de las continuas oscilaciones de una luz sucia y pobre, inconcebible para los estándares actuales, que hicieron del lector voraz que era un niño con episodios de cefaleas.

Neutralizar esa desventaja inicial es difícil, pero no imposible. Soy un buen ejemplo. Para empezar, está el asunto de mi nombre, que siempre da mucho que hablar. En el barrio todos tenían mote, era un bautizo obligado. Todos menos yo.

No sé si no le resultaba interesante a nadie o mi nombre ya era suficiente mote.

A lo largo de mi vida he oído de todo, que si Homero, que si Joyce… Yo mismo he tenido mis más y mis menos con Ulises. Hace un par de años, durante el cóctel previo a la ceremonia de entrega de los Premios Pritzker —a los que acudí como invitado y en cuyos corrillos nunca se sabe muy bien de qué hablar una vez agotados todos los tópicos del mundillo—, un anciano colega (escocés y sir, creo recordar) quiso saber los motivos que llevaron a mis padres a ponerme de nombre Ulises. Lo preguntó delante de un grupo de académicos, todos mayores y más reputados que yo. Les conté que a mis jovencísimos padres se les encendió la bombilla al leer el nombre en unos cromos de la serie de dibujos animados sobre la *Odisea* que venían con los bollicaos. En realidad, esto no podía ser porque *Ulises 31* se estrenó años más tarde, pero eso fue lo que decidí creer con siete años, sentado frente a un televisor en blanco y negro, y lo que les conté a aquellos académicos, faltando más o menos a la verdad. Una verdad que desconozco, y ahora ya es tarde para saber, aunque me inclino más bien por el nombre de una discoteca o un actor de película porno, porque mis padres jamás leyeron a Homero ni mucho menos a Joyce. Lo que importa es que me convertí en un tipo popular aquella noche. Todos brindaron conmigo, alguno incluso dijo: «¡Muy bueno, sí, señor!». Yo también levanté mi copa y me reí, por fuera, pero sobre todo por dentro, mientras pensaba que no hay como contar la verdad para que nadie te crea.

Y aquí sigo, sin poder esconderme de mí mismo, resignado a soportar un nombre estrafalario, aleatorio, que, dependiendo del día, o me cae mal o me ayuda a neutralizar mi falta de apellidos. No acabo de hacer las paces con él, pero al menos ya no me rebelo como cuando era un niño, cuando lo americano era la referencia y todos detestábamos nuestros nombres y los maquillábamos como podíamos. Si te llamabas

Antonio, Carlos o Ricardo, tenías suerte. Los Rickys se cotizaban. También los Charlys y los Tonys, con esas íes griegas que lo cambiaban todo. Un día oí a Leónidas llamar al abuelo T-o-n-y. Tan italoamericano que casi esperabas que se apellidase Macarroni; en cambio, yo estaba soldado a un nombre anacrónico que siempre me ha parecido demasiado rebuscado para unos padres que ni me planearon ni mucho menos se ocuparon de mí.

En 1986 todo era exuberante, el minimalismo no tenía cabida (el minimalismo surge cuando se está aburrido de todo, y no era el caso). La gente dejó de titubear. Lo fluorescente, el neón, las curvas, el látex, el bronceado se hicieron con el control. No sé si entonces lo veía así o si es producto de un revisionismo maniqueo (se ha dicho tanto de los ochenta que ya no sé), pero lo que sí recuerdo es la necesidad esquizofrénica de romper con un país que apestaba a Varón Dandy, lleno de hombres feos de mirada reprimida y corbatas anodinas. Y las ganas de gritar, como si la vida fuese todo el tiempo una botella de champán a punto de descorcharse. Recuerdo haberlo visto en las caras de los jóvenes, de los que eran diez años mayores que yo. Una generación alegre de curiosos y artistas.

La primera generación libre, confiada y malograda. Todo a la vez.

Ya no somos ese país ni esa ciudad; encapsulamos el barrio y lo lanzamos a otro lugar de una galaxia lejana. Lo que ha quedado es un holograma triste, un conjunto de bloques sutilmente remozados que conservan el aire lánguido de los fantasmas.

Las familias de mi bloque gritaban, cantaban, taconeaban, reían, lloraban y nadie protestaba porque asumíamos el ruido como parte de la vida (¿o era sonido, Toya?). Fuera, las motos como la del Chino petardeaban a todas horas, calle arriba, calle abajo (a veces me imaginaba que el barrio estaba amurallado). Las personas armaban un escándalo que hoy no toleraríamos. Hemos rebajado decibelios, algo que personalmente agradezco, pero en ese ir silenciándonos hemos perdido frescura e identidad comunitaria.

Ninguna de las abuelas que conocí entonces (la mía menos que ninguna) aspiraba a ser perfecta. No tenían que demostrar nada a nadie, bastante tenían con mantener a flote a una familia que se ahogaba cada dos por tres, no como hoy, que nos esforzamos mucho en que se nos vea la perfección (a veces tiene forma de coche, de barco, de piscina, de colegio, de smartphone o de fin de semana en Capri). Era impensable que la abuela me dijera que me quería, no como Estela, que regala *te quieros* a precio de saldo, que ni ella misma se los cree la mayor parte de las veces, pero, si aquello no era querer, no sé qué otra cosa podía ser. La comparación con el pasado me sale a todas horas, y cada vez que una dependienta me desea, con su tono cordialmente robótico, que tenga un buen día, como si viviésemos en una película de Doris Day, me digo que nadie en el mercado del barrio habría tenido el valor de venirle con esas a la abuela; habría sonado a recochineo.

Nadie permaneció indiferente ante el torbellino de los ochenta, era imposible. Por primera vez en años nuestra suerte estaba a punto de cambiar. No necesitábamos más que la ilusión, aunque fuese remota, de que todo iba a ir bien, con eso nos conformábamos. Y hasta cierto punto era normal, el margen de mejora era tan grande que no había motivos para ser pesimistas. Creo que cada uno a nuestra manera jugamos un papel. Aunque después, como suele pasar, resultó que fuimos lo que pudimos más que lo que quisimos.

Hijos que cayeron en una emboscada.

Abuelas que se convirtieron en Robin Hood.

Nietos que… Nietos que nada.

Como muchos niños del barrio, salí malparado de los ochenta (sentir que no era el único nunca llegó a aliviar mi angustia), por eso me agarré a los noventa como si la década fuese un árbol y permanecí subido a él mucho después de que hubiese pasado el huracán.

Durante un tiempo dejé de vivir en el presente.

El presente era un desfile de muertos.

Me enorgullece la testarudez con la que he esculpido mi destino. No me parezco a la mayoría (la minoría siempre tiene mejor gusto), no leo best sellers ni veo cine americano. Me temo que soy un esnob de libro. Tampoco me relaciono con personas de un mismo perfil para evitar sentirme atrapado. En realidad, esto lo ha apuntado mi psicoanalista; dice que lo hago para rectificar mi mal comienzo en la vida. Que busco desmarcarme de mis padres. Que me apoyo en el esfuerzo para no tener que depender de la suerte. Que por eso soy eficiente y vivo agendado, a pesar de mi naturaleza sosegada y poco ambiciosa. Amén.

Podría decirse que no tengo criterio; lo tuve, pero ya no.

Después de la muerte del abuelo, creció en mí la sensación de que le debía a la abuela una vida sin sobresaltos, y, como nadie me dijo qué era lo mejor para mí, tuve que decidirlo yo. Estudié Arquitectura para distanciarme de mis padres (venganza póstuma e inútil donde las haya). Quiero construirlo todo de manera consciente, aprender a domar las casas, despojarlas de alma, esterilizarlas para que no puedan engordar a base de pedacitos de miedos o desalientos, sin tener que renunciar al diseño. Y, si las cosas se dan mal, siempre puedo crear edificios lánguidos que jamás pondrán el foco en mi nombre. No busco la perfección del mundo, busco ser perfecto yo. La excelencia en mí. He sellado mis fisuras con una capa gruesa de éxito. Todo con tal de que no asome el pasado.

Todo mentira.

Mi relación con Estela forma parte del lote, excelente según los cánones occidentales de nuestro tiempo. Tenemos un nivel cultural similar, algo en lo que ambos estamos de acuerdo que es imprescindible para sobrevivir como pareja. Hablamos de todo menos de lo que nos duele de verdad. Nos turnamos de manera civilizada en las tareas del hogar. Discutimos sin levantar la voz sobre cada detalle insignificante relacionado con la crianza de nuestros hijos. Estela ha establecido —y a mí me ha parecido bien, como todo lo que decide— unas normas férreas con respecto al aspecto de los niños, ahora que están entrando en la adolescencia. Un catálogo de peinados en los que no se contemplan los degradados ni las asimetrías (por descontado, nada de piercings ni tatuajes), que nos hace pensar que nos preocupamos muchísimo por ellos. Compartimos una agenda con nuestras citas médicas y las de los niños, mantenemos relaciones sexuales asiduas (dos días a la semana de momento, aunque diría que estamos a punto de pasar a uno) y a final de año destinamos una cantidad de dinero —lo suficientemente suculenta como para apaciguar nuestras conciencias sin que nuestra economía se resienta lo más mínimo, desde casa, con un clic— a tres causas que trabajan con niños de entornos desfavorecidos, porque si en algo creemos fervientemente los dos es en la reinserción del individuo. Absolutamente todo lo hacemos de manera civilizada, y, si alguna vez tenemos un problema, lo llamamos el conflicto, como si Estela fuese Inglaterra y yo Belfast. Acabamos las frases el uno del otro, más ella las mías que yo las suyas. No soporto cuando lo hace ella, pero aún menos cuando lo hago yo. Sobra decir que no nos drogamos (el envenenamiento involuntario de Estela por codeína no cuenta), yo porque sigo queriendo distanciarme de mis padres y Estela porque cree que las drogas pertenecen a los mundos marginales y ni sospecha que la mitad de nuestros amigos consumen de vez en cuando. Pero, por encima de todas las cosas, era crucial para nosotros cavar un agujero profundo, plantar una familia, regarla todos los días y conseguir que enraizase. Hemos utilizado a otros seres para resarcirnos, les regalamos la mejor educación y unos dientes alineados, pero, a pesar de todos nuestros esfuerzos, vivimos en un estado de permanente tibieza. Hemos creado unas vidas tan asépticas que es imposible que crezca nada real, ni siquiera felicidad, sobre todo felicidad, signifique lo que signifique la felicidad. Nos hemos conformado con el regusto amargo del sucedáneo que es la prosperidad. Somos como dos siameses que comparten cerebro y alma, dos pedazos de plastilina que a base de mezclarse se han vuelto de un color gris pardusco.

Lo que pasa es que no termino de acostumbrarme a la presencia de Estela, a pesar de que llevamos diecisiete años juntos. Suena más inquietante ahora que lo escribo. Al principio creía que sería cuestión de tiempo; todos hablan de la convivencia como ese trámite que hay que pasar, pero la convivencia son los zapatos de mi primera comunión: por más que la abuela me obligó a caminar con ellos un mes antes, nunca dejaron de hacerme daño. Estela jamás lo expresaría así (es incluso más pragmática que yo) y, si unos zapatos le aprietan, insiste hasta que dejan de hacerle daño.

A este engranaje sofisticado y en apariencia perfecto se escapa mi semana en la isla, que nunca ha sido ni será tibia. Y es lo más cerca que estoy y estaré de ser libre.

A veces pienso que podía haber tirado hacia cualquier otro lado, uno más oscuro, y nadie podría culparme, pero elegí ponerme al abrigo de la ría.

Elegí a Estela.

El mar abierto me recuerda más que nunca lo que no soy.

Ulises contempla la otra orilla, las piernas colgadas al borde del acantilado, sentado en un suelo de tierra que no admite más agua mientras se pregunta cuántas posibilidades existen en una vida de que un microorganismo mantenga secuestrada a una ciudad, a un país, a un planeta entero. En su conexión diaria, Estela le contó que nadie puede salir a la calle a no ser que sea estrictamente necesario, para lo que se ha de llevar un salvoconducto. Pronunció *salvoconducto* con tal naturalidad que Ulises pensó que se debía a una interpretación novelesca de la realidad. «Si no me crees, búscalo en las noticias, pero, ah, claro, no pue-des», alargó tanto el diptongo que prácticamente lo pulverizó.

Salvoconductos aparte, hace tiempo que conviven con un lenguaje belicista, aunque está seguro de que solo él repara en esos términos. Estela ignora que están en guerra a pesar de haber sido bombardeada, ¿y qué hace él para sacarla de la oscuridad? Na-da.

Ulises se lleva los prismáticos de su abuelo a los ojos. No había vuelto a colgárselos desde que salieron de la isla, escopetados, derrotados (el lenguaje belicista se le enquista en la garganta). Su abuela nunca quiso volver, ¿para qué? ¿Para estar sola en el lugar del que huyeron en busca de una salvación que nunca llegó? Parece que el puerto sigue su ritmo habitual, las chimeneas con su humo, los cargueros con su carga. Dirige los prismáticos a la boca de la ría y se detiene en Alta Mar. Si tuviese el telescopio de la NASA, podría ver si su abuela se cuenta las manchas del color del café con leche de las manos, si ha olvidado que ya lo ha hecho y se las vuelve a contar, si le grita a la enfermera por su abuso de diminutivos y superlativos —tan irritante— o si duerme porque es la manera más eficiente de pasar el día y todos los días que le quedan, pero a esa distancia solo distingue un borrón gigante de óxido.

Nada como tomar distancia para ver las orillas como son. Nada más grotesco que construir un barco para que permanezca en tierra y llamarlo Alta Mar.

El lema resulta evidente: morir sin necesidad de zarpar.

Una racha de viento empuja a Ulises hacia atrás. Al bajar los prismáticos le parece ver que algo se mueve. ¿Una bolsa que ondea en una roca? Podría ser, nada permanece quieto en esa punta, es una ley física. Limpia las lentes del salitre y las ajusta. Un trozo de plástico gigante —de un verde desvaído, como el de las algas al sol— se dobla sobre una espalda de la que brotan brazos. Parece que alguien sin mucho que perder ha decidido que lo que el mundo necesita es un puñado de percebes, y puede que no le falte razón, porque en época de guerra siempre hay quien come muy bien.

Recolección heroica, la llaman.

En realidad, todo en la isla es heroico. Que se lo digan a sus abuelos y a todos los que se fueron antes y después que ellos. Lo suyo, en cambio, de heroico no tiene nada. La heroicidad es incompatible con el estado de bienestar.

17

Tocaron a muerto y estuvieron así durante un buen rato. Ulises nunca había oído esa cadencia fúnebre a base de martillazos graves, y al principio lo puso en guardia, con las orejas apuntando hacia arriba, como si necesitase saber de dónde venían los golpes.

La iglesia no está lejos del Chuco. Dice su abuela que, a menos que haya un muerto, no se oficia misa, que no viven curas en la isla desde 1977 y que, en cuanto quedó garantizada la libertad de culto, el último salió por patas alegando un descenso drástico de la densidad de población católica como para que mereciese la pena el dispendio de la diócesis (la ratio para asegurar la misa dominical estaba en seis feligreses, dos más de los que había entonces), cosa que más tarde ratificó el obispo. «Yo ya no quería estar con Dios, por qué iba a querer si Dios nunca quiso estar con nosotros, y, de todos modos, ya no vivíamos aquí. Pero los muertos son otra cosa».

Cuando se muere alguien, la manera de proceder es siempre la misma: la familia se lo comunica al sacristán. Se llama Nicanor y toca las campanas como si fuese Thor. Nicanor corre al embarcadero y comunica el óbito al capitán del barco de línea que cubre el trayecto a la ciudad. A veces pasan horas, sobre todo en invierno, cuando la naviera reduce el número de trayectos a dos, el de las nueve de la mañana (ida) y el de las seis de la tarde (vuelta). Si el deceso ocurre en verano, el recado llegará antes. En cuanto atraca el barco en la ciudad, un miembro de la tripulación mandará llamar al párroco de la colegiata y este se encargará de mandar a alguien para que oficie el funeral.

Nunca nadie en la isla ha contratado servicios funerarios, el aislamiento histórico los ha convertido en autosuficientes durante todo el proceso, de principio a fin. Aquí entierran a los muertos con sus propias manos. Nada de nichos de mármol o granito, de esos que parecen rascacielos a escala; familiares y vecinos cavan la tierra y entierran la caja, hecha de tablones sin pulir ni barnizar. Sobresale, como mucho, una cruz de hierro o una pequeña lápida de piedra para que el que lo desee pueda tener su epitafio.

Los muertos ajenos duelen más en la isla. «Lo malo une más que lo bueno, hace que respiremos a través de la misma herida, queramos o no», dice su abuela. Por eso asiste a los entierros una representación de cada casa, aunque no se hayan querido ni respetado ni sean familia (en algún grado todos lo son, llevan la consanguinidad escrita en sus caras), a menos que alguien rompa esa cadena y decida no ir, en cuyo caso la familia del muerto se reservará el derecho a corresponder en la misma medida. Esta opción es excepcional, señala, y desde luego poco recomendable.

Hace un rato llegó Melita, fatigada hasta la extenuación. Corrió hacia donde estaba su abuela, balanceando sus bracitos, farfullando frases entrecortadas. Entre jadeo y jadeo, a Ulises le pareció entender que decía:

—Mala cosa.

—¿Qué dices, mujer?

—Suicidio —susurró Melita, y subió el tono para añadir con excitación—: Y ya se sabe.

Los capilares de las mejillas de su abuela reventaron y formaron un charco de sangre que se le extendió por debajo de la piel.

Se llamaba Braulio y tenía los ojos hundidos. Cada uno se fija en lo que se fija, y quizá lo único que podía decir ella del muerto es que, aunque tenía ojos, estaban muy al fondo. Más tarde su marido contó, en un tono muy bajito, como si no fuese su intención compartirlo con nadie, que el pobre hombre se había deslomado trabajando en Caracas, de albañil primero y de cortador de telas después, que se casó allá y tuvo hijos, aunque nunca dejó de aullar por la tierra, y que no fue hasta después de morir su mujer, hace un año, que tomó la decisión de despedirse de sus hijos y retornar para morirse.

Se ve que iba en serio lo de morirse.

En efecto, están todos a pesar de que no hay ningún familiar al que expresar condolencias.

Todos son treinta y dos, si los cálculos no le fallan a Ulises.

El cementerio es más grande que la capilla. Para él tiene todo el sentido, porque hay más muertos que vivos y ya siempre va a ser así.

No puede decirse que la llegada de Leónidas, con el sombrero en la mano, causase revuelo (según ha podido observar, para que haya revuelo en la isla la cosa tiene que ser muy gorda o muy tonta), pero se produjo un fenómeno extraordinario: el grupo, que hasta entonces formaba una masa homogénea, se dividió en dos; se abrió un pasillo —como cuando el mar se convirtió en dos mares— y los vecinos se situaron a un lado o al otro. Una parte de los que estaban a la izquierda, como era el caso de Melita y sus abuelos, se pasó a la derecha para alejarse de él. El resto no se movió, de manera que los equipos quedaron más o menos compensados (aproximadamente, unos quince a cada lado). El único que se quedó en el medio, como si fuese Jesucristo, fue Paulino, el guardia. La mayoría cuchicheó y Melita y su abuela incluso escupieron a su paso. Toya y Onehuevo se quedaron fuera del reparto de equipos, apoyados como dos gárgolas estupefactas en el muro de piedra que rodea el cementerio. A ellos se les acaba de unir Ulises.

Solo un grupito reducido entra en la capilla, casi todas mujeres. Durante los quince minutos que dura el oficio, Ulises no le quita el ojo de encima a Leónidas por si en cualquier momento le diese por empezar a pegar tiros. Lo mira a él y después a su abuelo, a él y a su abuelo, varias veces. El cura farfulla, atropellado. A Ulises le llegan palabras sueltas como *nuestro hermano Braulio, Venezuela, sus hijitos, descanse en paz, cristiana sepultura, perdón de Dios* y, por último: «¡Que pierdo el barco!».

Al no haber familiares del muerto, se ahorran el pésame. Ojalá se lo hubiesen ahorrado en el entierro de su madre, pero bien que se pusieron todos a llorar y a darle besos y a tocarle la cabeza e impregnarle la ropa con un tufo a perfume rancio mezclado con incienso. Lloraron todos menos su abuela, porque a ella ya se le habían gastado las lágrimas y se le había quedado la cara llena de surcos como ríos secos africanos. Podría decirse que se le acabó la sal, y el agua también, lo mismo que a Ulises, al que por edad se le suponía rebosante de sales minerales. Algunos comentan entre ellos «Pobre hombre, toda la vida trabajando para esto» (lo que más), pero enseguida se disuelve el corrillo y a otra cosa mariposa.

Su abuela dice que allí nadie dice una verdad a no ser que estén en el cementerio, en cuyo caso escupirán certezas como puños. En la isla no ocurre como en otros sitios, en donde la muerte ablanda a las personas y acaban mintiendo de la manera más repugnante, diciendo «Pero qué buena era», «Pero qué carita de ángel», aunque haya robado a sus padres tantas veces como para no recordar cuántas y haya traído al mundo a un hijo al que nunca —ni una sola vez— llevó al colegio. Ulises prefiere el modo isleño; aquí, si alguien ha sido un hijo de puta dirán «Qué hijoputa» (sin *de*), y como mucho le concederán un «Que Dios lo perdone», pero desde luego nadie llorará.

La verdad por respeto a la muerte.

Pero sobre todo a los vivos.

—¿No lo sabías? En la isla se suicidan de tres en tres.

Toya habla con tanta naturalidad de todo —principalmente de la muerte— que Ulises no sabe cómo reaccionar. Sopesa si reírse abiertamente, pero termina diciendo:

—Ah, vale —intenta sonar igual de natural, pero la naturalidad no puede ser intencionada, es una contradicción.

—¿Sabes o no sabes?

—Sí. Bueno, no.

—Que primero se mata uno, después otro y después otro. Uno, dos, tres, en poco tiempo, se entiende —contesta Toya.

—Para que sea un patrón tiene que haberse dado al menos tres veces —se lo inventa para estar a la altura, pero qué va a saber él de patrones—. Uno, dos, tres. Uno, dos, tres. Uno dos, tres. Tres de tres, se entiende.

Toya levanta los hombros como si no le importase nada lo que él pueda decir.

—Y yo qué sé, tengo catorce años, no me queda más remedio que fiarme de lo que dicen los viejos.

—Mi abuela dice que es verdad —salta Onehuevo— y que dentro de poco se matará otro, y después otro, y antes de que acabe el verano serán tres.

Ulises no dice nada, pero piensa. Y más tarde, cuando se haya ido a su casa y se sienta seguro con sus abuelos, las personas que más lo quieren y que más han querido a su madre también, volverá a pensar que a nadie debería extrañarle (siempre habrá alguno que dirá «Vivir para creer» o «Si no lo veo, no lo creo», pero serán la excepción) que Leónidas, León, el rey de la isla, el hijoputa que quema las venas de los jóvenes, acabe saltando desde la punta de los suicidas, porque será el segundo, puede que el tercero, de una serie de tres y ya nadie se preguntará los motivos.

18

Isla de Margarita, Venezuela, 1963

Manuela vino a Margarita y todo cambió de color. De momento solo se quedó una semana, pero tengo la esperanza de que pronto se vendrá a vivir conmigo. Quería ver el lugar con sus propios ojos porque no hay nada más falso que una postal, me dijo. Y razón no le falta.

Me pasé los siete días mirándola de reojo, tanto que se me levantó un dolor de cabeza terrible que aún me dura. Creo que la tranquilizó comprobar que no se parece en nada a nuestra isla, a pesar de que ya se lo había dicho de todas las maneras posibles. Hacia el final, la frente se le fue destensando, hasta sonrió varias veces, y eso no lo había visto yo desde hacía mucho tiempo, desde antes de que naciese la niña, cuando éramos pobres pero felices porque teníamos un sueño, porque queríamos formar una familia, porque creíamos que era lo mejor para nosotros y porque el dinero no lo es todo pero a nosotros es lo que nos hace falta para ser felices. En el fondo ella también se da cuenta de que no podemos seguir así, que treinta y dos años es una edad temprana para renunciar a la esperanza.

El primer paso fue echar a José. No es mal hombre José (borrachín, sucio y charlatán y el fruto de su desgracia, pero malo no). Manuela insistió en que nos podíamos permitir no tener que compartir barracón, que no le debía nada a José y que bastante teníamos con lo nuestro como para hacernos cargo de lo de otros.

Creo que se refería a la desgracia.

Sé que Manuela se vendrá a Margarita porque la conozco y porque se le escaparon varios *tenemos* y *podemos*. Creo que necesitaba dejarme claro que no habrá más críos, dice que ella no quiere tener errores, sino hijos, y que los hijos o se crían con sus padres o son errores (de sus padres, se entiende). No es que no la comprenda, tener un hijo aquí sería una deslealtad intolerable hacia nuestra hijita, pero también creo que estar lejos de la niña la está volviendo tarumba.

No la culpo, yo mismo me habría trastornado si no hubiese descubierto que escribirlo me mantiene cuerdo.

El último día terminamos discutiendo. Me sentía a gusto con mi mujer; estábamos contemplando el mar desde el castillo y me dio por decir que nosotros no podremos soltar amarras mientras nuestra hijita esté al otro lado, que si no fuese por eso yo sería el primero en coger un machete y cortar el cabo de un golpe seco. A Manuela le irrita que diga esas cosas, me echa en cara mi desarraigo, me dice que no me duele la tierra y yo le contesto que la tierra no puede ser enfermedad y medicina, que eso es imposible. Entonces a ella se le llenan los ojos de diminutas centellas de sabiduría y me contesta: «Sí que puede».

La culpa la tiene la distancia (¡maldita, maldita, maldita!), que nos nubla el sentido y al cabo de un tiempo todos, los que se quedan y los que se van, empiezan a pensar cosas raras. Los que nos vamos, que a los que se quedan no les crece la barba ni se les cae el pelo ni cambian de peinado ni se compran ropa nueva ni les salen arrugas ni se les estiran las piernas ni los brazos ni menguan ni se les pone una joroba que los obliga a mirar al suelo ni se mueren ni nacen (nuestra hijita, por ejemplo, sigue siendo pequeñita como en la última foto y los padres de Manuela igual de sanos y fuertes como para seguir criando a la niña). Y a los que se quedan les ocurre lo contrario: mi suegra vive con la angustia de no reconocer a su hija, de que ya no le interesen sus historias ni le hagan gracia sus bromas ni la entienda porque se le haya olvidado hablar isleño, de que le salgan canas y se convierta en una vieja como ella —o incluso mayor— y se muera, hasta el punto de que le ha transmitido a Manuela ese miedo. Y a mí me entran ganas de gritarles a todos que no estamos muertos —quizá antes de venir lo estábamos— sino trabajando. Mucho. Muchísimo.

Resulta que a este comecome se le ha unido un hecho inesperado: el maestro se ha echado moza (esto se lo dijo de pasada Leónidas a Manuela, no sé cómo se las arregla mi primo para enterarse antes que nadie de todo lo que ocurre en la otra orilla), y todos sabemos que nadie que no se haya criado en la isla quiere irse a vivir allí.

Si el maestro se va, nos quedaremos sin escribano, y ese sí que es un problema.

Los dos estamos de acuerdo en que para que Manuela se pueda venir a Margarita, tengo que encontrarle un trabajo. Esta mañana me pasé por el hotel Bella Vista, un edificio colosal que alberga a esa gente que viaja para gastar o gasta para viajar, no estoy del todo seguro. El encargado me pareció un hombre amargado y sombrío, de esos que miran hacia arriba, sobre todo cuando hablan con uno. Supongo que tendrá sus razones, igual que yo tengo las mías para mirar hacia abajo; uno casi siempre tiene razón para ser como es. Me soltó una cantinela de corrido: «Imprescindible buena presencia, ha de ser amable y educada, honesta y limpia». Solo al pronunciar *limpia* me miró a los ojos.

Al salir del hotel me tropecé con José. Pobre hombre, iba trazando zetas al andar; no sé qué farfulló cuando pasé a su lado, solo que escupió cuando lo sobrepasé. Sentí lástima por él, y por un momento incluso pensé en llevármelo a casa, pero después me acordé de Manuela y me pareció ver centellas en sus ojos, así que miré hacia otro lado como si la cosa no fuese conmigo. Tardé en darme cuenta de que no estaba solo. A una distancia que cada vez se iba acortando más, una mujer negra, de carnes apretadas, gritaba, furibunda: «¡Dame mi plata, *tierrúo!*».

A ella se le entendía de maravilla.

Hice como que la cosa no iba conmigo y seguí caminando hasta la pensión Asunción, la única de por aquí que tiene teléfono. Había quedado en llamar a la casa donde sirve Manuela. Tan desanimada han debido de verla sus patrones que le han ofrecido una conferencia —que le descuentan de su salario— un día por semana. No es que la consideren de la familia ni ninguna de esas milongas que pregonan algunos patrones; las clases están muy bien diferenciadas aquí y allá, y no hace falta que nadie diga nada, pero el caso es que las llamadas han mejorado nuestros ánimos de manera considerable.

Lo primero que me dijo, con una voz tan lastimera que llegué a pensar que había ocurrido una desgracia en la isla, fue que habían matado al presidente Kennedy. Parece ser que la llamaron corriendo los señores para que se uniese a ellos delante del televisor. Me contó, fascinada, que la había impresionado la entereza de Jacqueline, que había logrado sostener a su marido sin que en ningún momento se le llegase a caer el sombrero. «Qué coraje y qué elegancia, tenías que verla», dijo. Después me puso al día de la última carta del maestro y la muerte de Kennedy dejó de importarnos.

Leónidas estaba en lo cierto: el maestro se casa y deja la isla, aún no, dice, la próxima primavera, pero su carta —más sentida y menos ceremoniosa que de costumbre— ya suena a despedida. Insiste en que la niña salga de vez en cuando y vea algo de mundo, y se apresura a aclarar que con *mundo* se refiere a la ciudad. Tal vez los días que su abuelo cruce para cobrar el giro postal, sugiere. Es una niña muy lista y curiosa (al leer esta parte a Manuela se le quebró la voz, algo que no le ocurrió en ningún momento mientras me contaba lo del pobre Kennedy) y necesita más estímulos que los que la isla le puede aportar (¿y qué le va a aportar la isla, si en la isla no hay nada?). Además, se rumorea que pronto habrá línea regular de barco, quizá no todos los días, pero ya es algo. El maestro aún no se despide de nosotros (espera poder enviarnos cuatro o cinco cartas más y recibir otras tantas), pero recalca que es bueno que comprendamos que mientras el mundo avanza la niña no puede quedarse parada. Termina con una frase —como si no pudiese evitar enredar las palabras— que se ha quedado zumbando en mi cabeza: «No se ama lo que no se cuida y no se cuida lo que no se ama».

Qué fácil es hablar, señor maestro. Yo amo a Manuela y por eso quiero cuidarla, pero ella no me deja.

19

En la isla, marzo de 2020

Mi padre murió con cuarenta y dos años, cuando yo tenía veinticuatro. De todas las maneras posibles de abandonar este mundo, se fue de la peor: dejando un reguero de desconfianza, fianzas sin pagar, despidos procedentes, atraco a sus propios padres, rabia e impotencia, rendición, y finalmente de sangre hasta desplomarse en el portal de los abuelos —la jeringuilla todavía clavada en el antebrazo—, a pesar de que hacía tiempo que no le abríamos la puerta. Creo que aún no le he perdonado el daño gratuito de la traca final, como si no hubiese causado ya suficiente dolor. De vez en cuando todavía veo (a pesar de que no quiero) cómo la policía acordona la acera, los vecinos aporrean la puerta y se abalanzan sobre la abuela, la cubren de abrazos pegajosos y palabras predecibles (es difícil impedir que la gente termine diciendo lo que ha venido a decir, por más que nos irrite), y entre todos convierten el pisito en el centro neurálgico de la comidilla y la compasión ese día y los días que siguieron.

Yo acababa de licenciarme y sentía la exaltación propia del que vislumbra su porvenir, tan lleno de expectativas y de premios internacionales. Podría decirse que mi primer éxito colisionó con el último gran fracaso de mi padre: una muerte prematura que a todos, a mí el primero, se nos antojó tardía.

Apenas tengo buenos recuerdos de mi vida con él. Puede que uno. Quizá el día que apareció en el colegio, como sacado de una escena de *Flashdance*, sea lo más parecido a un buen recuerdo (para la mayoría será todo lo contrario, pero yo no soy la mayoría). Sé que está mal avergonzarse de alguien por su aspecto, pero, incluso en el contexto de la exuberancia de la época, cualquier niño de diez años habría querido morirse si su padre se hubiese presentado en el aula con una cinta en la cabeza y el arcoíris entero de las rodillas a los tobillos. Por supuesto, los profesores se negaron a dejarme marchar con él, pero a mí se me escapa siempre una sonrisa al pensar en aquello. Supongo que porque es mejor que recordar sus uñas largas y su pelo grasiento o la vez que la abuela tuvo que devolverles a los vecinos de abajo el balón robado que él me había regalado unas horas antes. Eso me avergonzó durante muchas semanas.

No hubo duelo tras su muerte ni nada que se le pareciera. La abuela y yo estábamos exentos de tener que pasar de nuevo por la tortura que suponía un duelo. Hacía tiempo que nos habían convalidado el dolor por todos los años de sufrimiento y la docena de veces que creímos o quisimos creer —con las palmas de las manos unidas apuntando hacia arriba— que esa vez sí se moriría.

La muerte de mi padre fue solo una más de una espiral de muertes con las que ya nos habíamos familiarizado. Su entierro no tuvo nada que ver con el de mi madre, entonces todavía éramos ingenuos y creíamos que nuestras vidas se podían enderezar, que estaba a tiempo de poder criarme más o menos bien (dentro de la precariedad) en el seno de una familia obrera de una ciudad que, en cuanto te descuidabas, te clavaba los dientes.

Yo nunca aspiré a pertenecer a una familia perfecta, no era tan insensato como para soñar con algo tan alejado de la realidad como la felicidad. Todas las familias tienen singularidades, lo singular no tiene por qué ser malo; es un deje especial al acabar las palabras, los ojos que tiran a violeta, la inteligencia por encima de la media, la sensibilidad artística; es el jardín de una esmeralda, un diamante negro, el lunar pequeñísimo —casi un punto— en el párpado de Toya o el labio fruncido a la nariz de Onehuevo.

La singularidad de mi familia consistía en la aniquilación de sus miembros.

Le he estado dando vueltas al asunto y creo que la principal diferencia entre las biografías de mis padres son los años de más que vivió mi padre con respecto a mi madre, lo que al final se tradujo en más cansancio, más arrugas, más canas, más sufrimiento, más odio.

Finjo que he superado el pasado (¿no es eso lo que hacen las personas civilizadas?), aunque insiste mi psicoanalista en que asumir no es lo mismo que superar. No lo es en absoluto, al parecer. Hace unos días me sorprendí a mí mismo trasteando con una de esas aplicaciones que permiten ver cómo envejecería una persona joven. Guardo una foto de mis padres cuando aún tenían sonrisas dentadas y mejillas como manzanas royal gala, en la que miran a la cámara sin sospechar que en un futuro cercano ya no serán reconocibles, envejecerán, se deshidratarán de golpe y vivirán atrapados entre el mundo de los vivos y los muertos porque están a punto de entregar su alma al diablo y ya no podrán recuperarla.

Empecé por mi padre, que, de mis muertos, es el que menos me duele. Ahora tendría sesenta y dos años. Dejé que la aplicación hiciese su trabajo y esperé mirando al techo —los ojos cerrados, el diafragma paralizado—, instantes en los que pensé en desinstalar la aplicación y olvidarme para siempre de jugar a ser Dios. Pero no lo hice. Clic. Ya. Abrí los ojos en tres tiempos para minimizar la impresión y me encontré cara a cara con un señor respetable y pulcro, diría que incluso culto, con pinta de periodista o escritor, y que, ¡oh, sorpresa!, olía a limpio. Todo eso me dijo la foto. También que era un buen padre y un mejor abuelo.

Durante unos minutos permanecí sentado en una posición extraña, un tanto forzada, el teléfono tirado en el sofá, la mirada puesta en el televisor apagado (o eso creo, porque ver no veía nada). Esa acción desató una serie de fantasías que me costó soltar y de cuyos efectos todavía me estoy recuperando. Incluso llegué a soñar que llamaban a la puerta. Era domingo y, por lo tanto, lo normal es que fuese mi padre, menudo delirio. Corrí a abrir. El hombre de la puerta se limpiaba los pies en el felpudo y sonreía haciendo alarde de una dentadura completa. Llevaba el periódico bajo el brazo y una bandeja de pasteles atada con varias cintas de seda en la otra mano. Por alguna razón, la escena no terminaba de parecerme verosímil. Di tantas vueltas en la cama que me enredé con la sábana. Había algo en aquella figura que me decía a gritos que ese no era mi padre (soy un experto en notas discordantes, distingo en el acto cuando algo no tiene que estar). No eran los implantes dentales ni el olor, casi visible, a suavizante de talco que desprendía su ropa, yo sabía que no pintaba nada un sombrero de sheriff en la cabeza de aquel hombre perfecto que rozaba la edad de jubilación y se comportaba como si fuese mi padre.

Después de eso, ya no me atreví a probar con la foto de mi madre.

Menos aún con la del abuelo.

Llaman a la puerta. Cuatro golpes. Y después otros cuatro. El número de golpes es importante. La intensidad también (a mayor violencia, más premura, se entiende).

Un golpe no es nada, casi podría decirse que no existe, nadie llama a la puerta con un solo golpe, un solo ¡pon! no produce ningún efecto; podría causarlo una racha de viento, una rama o un animal, incluso la mente. Lo aislado siempre induce a pensar que no se ha producido.

Dos golpes ya quieren decir algo, manifiestan una intención; el que llama (es evidente que existe un sujeto) clama que lo oigan (¿para qué va a repetir el golpe si no?), pero no hay indicio de urgencia en ser atendido.

Tres golpes equivalen a «¡Abra la puerta ahora mismo, no me importa lo grosero que pueda parecer!», lo que provoca un estado de alerta más que justificado en quien está al otro lado.

Más de tres golpes son una ambulancia exigiendo paso en medio de la autopista, un grito desgarrador que pide u ofrece auxilio, que dice «Voy a matarte o a salvarte», son un martillo o un cuchillo. Nadie permanece impasible cuando aporrean su puerta con más de tres golpes.

Dos series de cuatro topetazos secos en una isla deshabitada son el preludio de un infarto. Que se lo digan a Ulises.

—¿Quién es? —Le habría gustado sonar más firme, pero la voz sale como quiere y a él le salió atragantada.

—¡Personal del Parque!

No debería haber abierto las ventanas. Las ventanas abiertas son una invitación a llamar y preguntar qué se supone que hace ahí cuando debería estar en su casa. El cuerpo se le desinfla solo en parte. Arrastra un miedo irracional a la policía, de cuando vivía en el barrio y las luces azules le descomponían el cuerpo, a pesar de que la cosa no iba con él (no iba con él, pero sí con sus padres, y, aunque en el fondo deseaba que todo acabase para poder vivir tranquilo, llegado el momento no era capaz de decidirse. Que vengan. Que no vengan. Que se los lleven. Que no los encuentren. Policía mala. Policía buena). La policía patrullaba el barrio con cierta frecuencia —mucho más que en otras zonas de la ciudad y mucho menos de lo que deberían—, aunque todos sabían (la policía, la primera) que con su presencia no se arreglaba nada. En cuanto aparecía, las ratas volvían a las cloacas y solo quedaban a la vista abuelas encorvadas que arrastraban carros de la compra de felpa.

El personal del Parque no es la policía, pero actúa como si lo fuera. Quizá Ulises tendría que haber pedido un permiso para pernoctar, puede que ya ni le permitan vivir en la casa porque la isla sea solo para turistas (él nunca está al día de ninguna norma que no esté relacionada con su trabajo, del resto de las normas se ocupa Estela).

—¡Un momento! —grita.

Podría abrir ahora mismo, no está en la ducha (¿qué ducha?) ni terminando de vestirse ni secándose las manos ni nada que le impida abrir la puerta inmediatamente, solo intenta posponer lo inevitable. Ulises coge aire y gira el cuello hacia un lado y hacia el otro. Carraspea un par de veces y mueve los labios como parte del calentamiento. Hace días que no habla con nadie y teme que su boca no responda.

—Buenos días.

Son dos. La ausencia de uniformes lo tranquiliza.

—Buenos días. —Ulises podría añadir «¿Desean algo?», pero le suena a saludo de mayordomo, «¿En qué puedo ayudarles?» (demasiado anglosajón), «¿Qué se les ofrece?» (demasiado anticuado, ya nadie habla así); sin embargo, se decanta por la pregunta más absurda de todas—: ¿Ha pasado algo?

La sonrisa de los hombres —institucional, inmediata— le dice que su pregunta ha sido un error. Pues claro que ha pasado algo (torpe, Ulises, torpe). Ha pasado todo lo que podía pasar. Ulises está acostumbrado a pensar con rapidez y a cambiar los planes sobre la marcha, a analizar el lenguaje verbal —pero sobre todo el no verbal— para saber que es mejor no entrar en la habitación de su madre cuando tiembla tanto que parece que en cualquier momento va a volver a echar espuma por la boca. Para no molestar a su abuela cuando está llorando porque sabe la vergüenza que le da que descubran que es una mujer sensible. Para sentarse al lado de su abuelo —los dos callados— porque no hay lazo más fuerte y porque sabe que a su abuelo se le da mejor escribir que hablar.

Para saber que es tarde para rectificar.

—Supongo que estará enterado de la situación actual.

—Claro, claro, ¿y quién no? —Ulises intenta sonar animado, los ojos achinados, los hombros más subidos de lo normal, pero el tono le sale triste.

Los hombres se miran entre ellos, parece que estén echando a suertes quién de los dos hablará antes.

—Precisamente, por eso venimos a decirle que tiene que abandonar la isla —suelta el más bajo.

A Ulises la espalda se le llena de gotas de sudor, y la garganta, de saliva.

—No puedo —contesta.

Los hombres vuelven a mirarse. Ahora no esperarán a ponerse de acuerdo, hablará el más rápido.

—Creo que no lo entiende —dice el alto.

—Claro que lo entiendo.

—Oiga, tenemos orden de que se desaloje la isla —dice el otro.

—Pero ¿se dan cuenta de que estamos en una roca deshabitada? ¿Se dan cuenta de que aquí el aislamiento es forzoso?

Los hombres se vuelven a mirar.

—Deje que lo consultemos —dice uno, y el otro asiente—. No cierre la puerta, ahora volvemos.

Los hombres se alejan unos metros. Ulises oye una voz que habla con otra que no puede oír porque está al otro lado de un teléfono lejano (con toda probabilidad sobre una mesa de un despacho con varias banderas, cada una con su mástil y su pedestal). Mientras hay negociación, hay vida, se anima. Sería un varapalo tener que abandonar la isla antes de tiempo. Los hombres avanzan hacia él, se aclaran la voz a la vez, convertidos en un monstruo bicéfalo de caderas soldadas.

—Lo hemos hablado con los de arriba. La verdad es que nadie sabe muy bien qué decir porque es la primera vez que se nos presenta un caso así.

A Ulises le gustaría decirles que ni es un caso ni es suyo y por eso están con los ojos y las bocas entreabiertas como si los acabasen de apuñalar por la espalda y fuesen a vomitar sangre, pero se traga las palabras.

—Ustedes dirán.

—Puede quedarse, pero no podrá abandonar la isla hasta que... —El más bajo carraspea antes de continuar—: ¿Sabe qué es una cuarentena?

20

En la isla, verano de 1986

La ciudad enfrente. Al fondo, muy al fondo, América. Una gaviota chilla en alguna parte. Tumbado en una roca de la azotea —los brazos detrás de la nuca, sus ojos convertidos en dos gajos de limón—, Ulises espera a su abuelo. Sabe que en cualquier momento saldrá con una taza de café. Como todos los días, se sentará y mirará a lo lejos y nadie sabrá en qué piensa. Tendrán una conversación que empezará él porque su abuelo escribir escribirá mucho, pero hablar es otra cosa, requiere un ánimo que él no tiene. Sin embargo, sabe escuchar. No es fácil encontrar mayores dispuestos a olvidarse de que es un niño. De vez en cuando tendrá que repetirle alguna palabra porque de Venezuela se trajo una medio sordera, que en la boca de su abuela suena como si hubiese metido unas maracas en la maleta.

Tiene buen carácter su abuelo; a veces puede parecer que no, pero solo porque no se esfuerza en mostrarlo. Quizá no lo necesite, quizá el mundo ya no le resulte interesante o se haya acostumbrado a estar solo y por eso rehúye la compañía. Es difícil adivinar qué piensan las personas —incluso los más allegados— si ellos no quieren que los demás lo sepan, no basta con querer saber, no es algo que dependa de uno. A Ulises le gustaría poder interpretar esa cara de preocupación y la falta de concreción en su mirada.

—Malos tiempos para la lírica, ¿eh? —se le ocurre decir a Ulises. A veces repite frases que oye aquí y allá y se queda esperando una reacción.

Ha conseguido llamar la atención de su abuelo, no es como otras veces que sigue la conversación con los ojos puestos en América.

—¿Se te ha ocurrido a ti eso?

No debería repetir lo que no termina de entender, es difícil explicar lo que no se entiende, Ulises maldice su ocurrencia.

—No, pero creo que es cierto.

—¿Sí? ¿Por qué, a ver?

—Por todo lo que está pasando, ya sabes, con el paro y la droga...

—Pero ¿tú sabes qué es la lírica?

Ulises se encoge de hombros.

—Más o menos. Bueno, no mucho.

Como era de esperar, su abuelo sí que entiende la frase y por eso es capaz de explicarla:

—Es la expresión de sentimientos y emociones profundas. ¿Sigues pensando que son malos tiempos para la lírica?

—No sé, ¿y tú? —pregunta.

—Yo no.

—¿Por qué?

—Porque en época de guerra la gente se lanza al vacío y se atreve a ser lo que no se atrevía cuando tenían más o menos garantizada la vida, lo he visto. Se hacen propuestas de matrimonio sin pensar, algunos hombres se ponen falda y un clavel en la oreja, otros se fugan, los *coitadiños* se dan a la fornicación... —Lo mira como para asegurarse de que lo entiende—. Explota la vida, Ulises, es el ahora o nunca.

—¿Estamos en guerra?

Su abuelo tarda en contestar; parece que él, un niño de trece años, no siempre pregunta tonterías, parece que sus palabras obligan a su abuelo a tener que pensar.

—Digamos que no necesitábamos la droga como al final de la Gran Guerra no necesitaban una pandemia.

—¿Pandemia?

Su abuelo apoya la taza en el suelo y le frota el pelo. Tiene un cuerpo menudo, pero el cuerpo no lo es todo; solo hay que ver la fuerza que proyecta Leónidas con un cuerpo igual de menudo que el de su abuelo.

—No tienes que preocuparte por eso, Ulises, eran otros tiempos.

Ulises agradece que en la isla no haya televisores, así no tiene que oír (se oye aunque no se quiera, esa es una de las peores condenas) las explosiones de los coches bomba, el crecimiento exponencial del censo de sidosos en el mundo, a Margaret Thatcher hablar con esa voz de jilguero repipi, tan irritante que traspasa la voz de cualquier intérprete de la ONU… El mundo sin tele es un mundo mejor, un mundo en el que nadie lo invita a ver una película de zombis que le recuerdan demasiado a sus padres pero que termina viendo para no ser el chaval sensible, muerto de miedo, diferente al resto.

Lleva un rato preparándose para contarles a sus amigos la idea. Es brillante y es suya, y, si pudiese tener una forma geométrica, sería redonda. Pocas muertes impresionan más que un suicidio. Las personas dicen «¡Qué horror, Virgen santa!» y frases por el estilo mientras cuentan que se encontraron colgado a fulano, se incrustan una mano en la clavícula y ponen los ojos en blanco, pero nada les impide explicar que estaba azul y se había cagado.

Ulises espera en la puerta de El Dorado a que lleguen sus amigos. El abuelo de Toya le aseguró mientras secaba vasos que nadie va a usar —porque en El Dorado no entra casi nadie y a los que entran el abuelo de Toya no quiere atenderlos— que tenían que estar a punto de llegar de casa de Melita. Por primera vez a Ulises le molesta que sus amigos estén juntos, sin él; los perdona por el tiempo que llevan siendo amigos y porque ellos no pueden hacer nada para borrar el pasado (nadie puede).

La isla está más despejada, sin ese movimiento que más que verse se sabe que está porque el eco llega limpísimo. Se rumorea que Leónidas ha cruzado el charco. Lo que hace en Colombia Leónidas lo saben todos aunque nadie lo diga. En realidad, a su abuela no le importa hablar, solo guarda silencio el que tiene miedo, y ella lo perdió hace tiempo —mucho antes de que su hija se ahogase en un charco de espuma, los ojos desahuciados—; por eso dijo, al aire, mientras tendía la ropa, para que lo recogiese el que quisiese: «Ya está ese hijoputa comprando, hasta que acabe con todos los chavales no va a parar, y aquí nadie mueve un dedo». Y al cabo de un rato: «Si los de arriba no hacen nada, tendremos que movernos nosotras».

Si emplea el femenino es porque son mujeres las que se enfrentan a los tipos como Leónidas. A Ulises le enternece que su abuela se siga persignando y le dedique un beso final al cielo, a pesar de que ya no cree en Dios ni le ha servido de nada hasta ahora. Él no lo entiende, como no sea que hay cosas que se hacen por costumbre y uno ya no es capaz de decidir cuándo parar. A veces incluso reza en alto y pide por los hijos de las demás. Que se salven si es para siempre. Que se mueran si van a recaer (en ocasiones dice nombres concretos, el del padre de Ulises el que más). Que Dios los perdone por el daño que hacen a sus madres. Que los hijos de puta ardan en el infierno. Si su abuela no se enfada más con su hija muerta es porque sabe que nadie le puso el brazo en el pecho a modo de barrera ni le advirtió que pronto se convertiría en un trozo de carne masticada.

Las palabras de su abuela le dan alas a Ulises (las palabras y haber visto a su madre hablar como si gimiese, por eso al final ya nadie entendía lo que decía). Echa a andar porque los trece son una edad mala para estarse quieto. Sale al encuentro de sus amigos para contarles cuanto antes la idea que le arde en la cabeza y apenas lo deja respirar. El olor a marea baja le rasca la garganta. Se pregunta si las dunas son tan elegantes como él las ve o si serán montículos de arena sin más; no siempre es fácil distinguir lo hermoso de lo vulgar, a veces la diferencia es un segundo, un milímetro, unos ojos, una edad.

La luz se ensucia por momentos. Titila el primer destello en la otra orilla. Suenan voces.

A Onehuevo se le pone una cara de listo tonto o de tonto listo. Puede que ir por la vida pareciendo que no se entera sea su gran baza y nadie lo haya descubierto aún. Toya aprieta los dientes y mira a Ulises con los ojos medio cerrados. «Lo sé, Uli, llegamos tarde; la abuela de este, que es una pesada», le dijo Toya nada más alcanzarlo, y él le quitó importancia moviendo la mano hacia abajo. Después se sentaron al abrigo de las dunas y se pusieron a comer pipas de manera compulsiva (cli, cla, cli, cla, cli, cla, casi sin respirar, no hay otra manera de comer pipas), y, cuando ya no quedó ninguna en la bolsa, Ulises se aclaró la voz y se quedó con cara de ir a contar algo, sin que de su boca saliese una palabra.

—¡Dale! —dice Toya.

—Hay una manera de que no parezca un asesinato. —Ulises duda si decir *homicidio* (sabe que la diferencia es la intención, pero ¿cuál es cuál?), y en el último momento renuncia a la palabra. Hacerse el listo puede ser un arma de doble filo con personas como Toya o su abuelo, que saben tanto. Si solo estuviese Onehuevo, hablaría de otra manera.

—Eres mogollón de pesado —dice Onehuevo.

Ulises lo mira como se mira a un inferior. Una cosa es que Toya (la esbelta, lista y mayor que ellos Toya) hable desde un púlpito porque puede, y otra que Onehuevo, el chico del labio leporino al que ellos adoran de una manera casi maternal, se pase de la raya.

—¡A que te parto la cara, imbécil!

Onehuevo baja la cabeza y se lleva las manos a la nuca como si estuviese acostumbrado a esquivar golpes.

—No te pongas así, Uli —dice Toya.

—¿Queréis que os lo cuente o no?

Cada uno asiente a su manera, Toya con un movimiento mínimo de cabeza, Onehuevo con un «sí, sí» descarrilado, sus ojos sin atreverse a mirar todavía.

—He encontrado el crimen perfecto.

Sus palabras surten el efecto deseado, los dos lo miran ahora como suplicando que siga.

—¡Dale!

A las expresiones de estibador de Toya, Ulises se ha tenido que acostumbrar para no quedar como un niño de mamá (es un decir, claro está). Carraspea antes de continuar:

—Hacer que parezca un suicidio. —Ulises aparenta seguridad, aunque hace un rato que le tiembla el párpado derecho como si emitiese mensajes morse (corto, corto, largo, corto, corto, largo)—. Ya sabéis, la tontería esa del tres.

—No es una tontería, listo —dice Toya—, un poco de respeto, ¿vale? Los viejos saben porque han vivido mucho.

—Vale, como quieras. ¿Qué tal si hacemos que sea el segundo muerto? Para que no se nos adelanten los otros dos, digo, y no se nos quede cara de imbéciles.

—Ya, sí, cuatro suicidios son demasiados; nadie se lo creería.

Finalmente estuvieron de acuerdo en que lo difícil sería llevar a Leónidas hasta la punta de los suicidas, pero que en cuanto lo tirasen ya podrían relajarse porque los cuerpos se desintegran, si no al caer desde una altura de doscientos metros, sí al batir contra las rocas un par de veces. Se levantaron y siguieron con otros temas hasta que Toya reparó en un pun-

to concreto y rojo —del tamaño de una moneda de cien pesetas— en su short azul clarito y ya no quiso seguir hablando
porque lo único que quería era llegar cuanto antes a su casa.

Más tarde, con el paso de los años, Ulises volverá a ese
momento y tendrá la certeza de que fue al final de ese día
(puede que incluso recuerde el momento preciso, en el que
sentía pinchazos en la vejiga y una euforia desmedida, Toya
azorada por la mancha de sangre menstrual en su short) cuando pensó por primera vez que matar podía llegar a producir
placer.

21

Isla de Margarita, Venezuela, 1964

En mis ratos libres estudio el diccionario con detenimiento. Intento entender bien lo que leo. Me lleva mi tiempo. Asimilo en silencio cada palabra y, cuando por fin he absorbido todos los sonidos, cada uno con su propio color, la repito en alto. He encontrado un placer indescriptible en dar con la palabra exacta. Ya no me sirve una aproximada, tiene que ser exacta. Es lo más parecido que hay a ver la luz después de haber vivido en una cueva. Ahora incluso soy capaz de sustituir palabras por conceptos.

Cuanto más leo, más me sacudo la derrota.

Manuela me escucha con la frente muy fruncida mientras teje una chaqueta para la nueva maestra. Somos como dos ratones ciegos: estamos, pero no nos miramos.

A Manuela Margarita la está asfixiando. No es capaz de ver las ventajas de un aire más puro y una vivienda más barata (o, si las ve, no las dice). Al principio todo eran ojos abiertos y labios y cejas relajados, pero en cuanto recorrió la isla varias veces empezó a decir que, vista una palmera, vistas todas, y que el bullicio de Caracas la entretiene más. Yo me adapto a vivir en el paraíso igual que en el infierno, doy cualquier lugar por bueno después de un tiempo, aunque prefiero Margarita. En cambio, me cuesta respirar dentro de casa. Estamos tan pendientes de las noticias de fuera que nos olvidamos de vivir nuestra vida, eso es lo único que no cambia. Intento convencerla de que la risa provoca más risa y que mucha risa provoca momentos felices, pero no me escucha. Hemos caído en un juego inútil y cruel: yo venga a intentar complacerla, ella venga a pincharme en la herida, la herida venga a abrirse y yo venga a intentar complacerla. Empiezo a no poder con el peso de saber que fui yo quien la convenció para venir.

«Todo está cambiando muy rápidamente», me dijo el otro día. Y razón no le falta. La llegada de Manuela a Margarita coincidió con los temidos cambios en la otra isla. El maestro se casó y se fue a vivir a la ciudad. Nos mandó una carta larguísima deseándonos suerte en nuestro periplo (nombre masc., «del latín, *periplus*, del griego, *periplous*, viaje de circunnavegación, se aplica particularmente a los antiguos») e insistió en que la niña necesita ampliar sus horizontes más allá de la isla. Yo también lo creo, aunque los horizontes no siempre son fiables (América era nuestro horizonte y al final no fue para tanto). La carta incluía unas letras —medio cuadradas, escritas por unos dedos menudos, sin experiencia—: «A mis queridos padres, con todo mi cariño, Míriam».

Como muestra de agradecimiento por su servicio durante estos años, Manuela le tejió al maestro una bufanda kilométrica (Manuela teje en trance) que iba camino de ser un puente que uniese América y la isla, y cuando se dio cuenta de su fantasía tuvo que deshacer la mitad.

La marcha de don Maximiliano ha provocado una serie de giros; siempre pasa, ningún cambio viene solo. El puesto lo ocupa ahora una maestra ni joven ni vieja (la peor edad, según Manuela), una víctima de la depuración franquista (esto no nos lo dijo ella, sino el maestro, en una última confidencia). Se ve que como no la fusilaron en su momento la tienen danzando de infierno en infierno. Manuela no deja de repetir «pobre mujer» a todas horas, y «a todo hay quien gane, también en las desgracias», pero creo que está contenta de que sea una mujer.

La carta del maestro nos ha abierto los ojos y eso nos ha llevado a nuestro primer logro en la vida. Lo escribo y aún me parece mentira. El caso es que hay cuatro niños en la escuela, nos dijo, y es el máximo número de niños que va a haber. Ya no quedan matrimonios jóvenes en la isla, los últimos fuimos nosotros. Solo hay viejos criando niños, abuelos a los que no les queda más remedio que vivir aunque estén deseando saltar al mar. Los niños isleños son una especie en peligro de extinción, y bastante malo es ya que nuestra hija crezca sin padres como para que también crezca sin niños. Por eso nos hemos decidido a comprar un piso pequeño — ¡qué digo pequeño, diminuto!— en un barrio obrero desde donde se ven las grúas del puerto. Albergo la esperanza de que haya un puesto para mí cuando regrese, pero me lo callo. La idea es que en dos o tres años los padres de Manuela se vayan a vivir a la ciudad para que la niña pueda ir a un colegio grande y ampliar sus horizontes, como dice el maestro, y, en cuanto podamos (ni un minuto después, ni un bolívar más), reunirnos nosotros con ella.

Hace un mes pagamos la entrada del piso. Sin la ayuda del maestro nosotros no habríamos sabido ni por dónde empezar. Menuda complicación de papeles y notario y no sé cuántos requisitos más, ni aun habiendo leído todas las palabras del diccionario entiende uno casi nada. Lo llaman burocracia (nombre fem., «exceso de trámites que retrasa la gestión o resolución de algo, especialmente en la administración pública. Papeleo»). A Manuela le gustó la palabra y la repite siempre que tiene ocasión. Burocracia por aquí, burocracia por allá. El otro día soltó —como si hubiese nacido con el concepto en la boca, la espalda erguida, la cabeza apuntando al techo— que la burocracia le levantaba dolor de cabeza. Quise ponerla a prueba. «¿En qué sentido?», le pregunté, pero ella, que es más lista que nadie y sabe cómo mantenerme a raya, me contestó: «En el sentido de que me tengo que tomar una aspirina».

Es la primera vez que tenemos algo que nos pertenece —a nosotros, Antucho y Manuela, pagado por nosotros, Antucho y Manuela—. Lo digo y me parece que no es verdad, que no era nuestro destino tener nada y que con la compra del piso estamos cambiando nuestra biografía.

Empiezo a encontrarle el sentido a esto. Ojalá Manuela lo viese como yo en vez de empeñarse en seguir arañando la tierra.

Lo cierto es que podríamos acortar nuestra estancia en Venezuela si quisiéramos, pero también me lo callo. Me callo muchas cosas últimamente. Dicen que Leónidas va ofreciendo préstamos a intereses muy bajos. Bajísimos. No sé en qué andará metido mi primo, solo que nadie regala duros a pesetas (menos aún, él), y que hay regalos que es mejor rechazar porque son bumeranes (qué bonita palabra, *bumerán*), así que no nos queda más remedio que seguir trabajando acá para terminar de pagar el pisito, como ha empezado a llamarlo Manuela.

22

En la isla, marzo de 2020

Nadie hablaba de precariedad cuando yo era pequeño, no sé si porque la dábamos por sentada o porque no nos hacía falta ponerle nombre a todo. La precariedad era pegajosa y olía a penicilina y a sangre seca. Vivíamos inmersos en ella, pero no la mencionábamos, al menos en nuestro círculo. Es un decir, porque los abuelos y yo no teníamos círculo; íbamos del colegio al pisito y del pisito al colegio, y del mercado al pisito y del pisito a las manifestaciones, en el caso de la abuela. Ella no tenía amigas, las llamaba compañeras. Se veían en la calle y no había término medio, o susurraban sonidos escuálidos que solo oían ellas o gritaban con el estómago en la mano: «¡No somos locas ni terroristas, somos madres muy realistas!».

El abuelo ni siquiera salía del pisito. Yo entonces ignoraba que su clamoroso desapego a la vida se llamaba depresión, pensaba que tal vez había visto todo el mundo que su cabeza podía absorber y ya solo le quedaba sentarse en el sofá a esperar a que le llegase la muerte.

Uno de los momentos cruciales en mi vida llegó años más tarde, a los dieciocho. Los abuelos siempre habían hablado de mi universidad. Utilizaban el posesivo y yo jamás los corregía (no se contradice a un aval). Los chicos de mi barrio no iban a la universidad, quizá uno o dos por bloque cada cuatro o cinco años. No es que no tuviesen aspiraciones, es que creían

—y era verdad— que no se las podían permitir. Pero yo pensaba en los mismos términos optimistas que mis abuelos, mi yo del futuro siempre era universitario, así que hablábamos de qué sería de mayor, pero no de cómo íbamos a pagarlo.

Empecé a inquietarme hacia el final del bachillerato, consciente de que una beca no sería suficiente para sufragar mis gastos. Seguía esmerándome en sacar una buena nota media, sin que en casa se mencionase cómo iba a poder costearme una carrera en una ciudad que no era la mía. El abuelo ya no estaba con nosotros, así que, a la hora de la verdad, la universidad peligraba.

Llegué al pisito un mediodía, después de haber consultado la lista de aprobados de la selectividad. Fue un milagro que no me desmayara, histérico y rebosante de náuseas como estaba. Mi media de nueve con cinco me abría las puertas a la carrera que quisiese o pudiese pagarme.

Habría sido patético haber conseguido abrazar la excelencia para nada.

Me encontré a la abuela cantando «Negra sombra» como una faraona de alabastro con una espumadera en la mano, feliz y aparentemente insensible a mi zozobra. Nos abrazamos y bailamos para celebrar mi éxito, ella sin soltar la espumadera en ningún momento. Puede que incluso se le hubiesen llenado los ojos de lágrimas o tal vez fuesen dos oasis, no estoy seguro, porque desde hacía tiempo la abuela tenía una incapacidad —que creíamos crónica— para llorar. Recuerdo vivamente cómo un reguero de aceite saltó por los aires y fue a parar, convertido ya en lamparón, a mi camiseta nueva de Los Ramones (mi pertenencia más valiosa entonces). Pasaron los minutos y la alegría se convirtió en desasosiego (solo para mí, la abuela seguía igual de contenta). Hacía tiempo que se había ablandado conmigo. El peligro de que me malograse había pasado, mis notas eran la confirmación. Hasta se animó a descorchar una botella de champán que guardaba desde hacía años.

Yo ya no sonreía, empezó a parecerme de mal gusto brindar por la muerte de un nonato, que es lo que era mi yo universitario. La abuela debió de notar mi abatimiento, porque me preguntó —de la manera más dulce que sabía— por qué había dejado de sonreír. Las notas no podían ser la meta, sino el pasaporte, le dije, puede que con otras palabras. Entonces ocurrió algo glorioso. Me obligó a levantar la copa, la llenó de champán hasta el borde y exclamó, más serena que solemne: «América paga». Y después: «Ese fue el trato».

Tardé en digerir sus palabras. Y su risa de loca.

América siempre había sido esa mujer (los continentes son mujeres) trituradora de familias y, por lo tanto, nuestra relación con ella, triangular. Pero resulta que la mujer malvada que nos había desmembrado era rica y nos nombraba sus herederos, así que ya no había razón para odiarla —no se odia a un benefactor—. La abuela no lo veía así, por supuesto. Para ella era muy simple: América había servido para pagar mi universidad y punto.

Para mí fue una sorpresa de las buenas, los abuelos nunca dieron muestras de tener más dinero que el justo para sobrevivir sin necesidad de pedir. Nosotros jamás comimos en un restaurante ni nos fuimos de vacaciones (nadie en el barrio lo hacía) y de pronto podía costearme una carrera fuera de casa sin tener que trabajar al mismo tiempo. Me quedé mudo, creo que incluso lloré. Si es cierto, como dijo mi psicoanalista años más tarde, que llevaba mucho tiempo convertido en una olla a presión, ese fue el momento en el que me desenroscaron un cuarto la válvula de escape.

La abuela estaba feliz. El orgullo y la emoción adquirieron textura de purpurina en su piel. Recuerdo que brillaba como nunca. Levantó los brazos e improvisó una muiñeira. Mientras recogíamos la mesa, achispados por las burbujas del champán, murmuró que el abuelo era como las patatas. «¿Las patatas?», le pregunté. «Las patatas», dijo como si yo tuviese que saber.

Y, como no daba muestras de entender nada, sentenció: «La planta de la patata da el fruto después de muerta».

Con el paso del tiempo creció en mí la idea de que al fin América había cobrado sentido y que cuanto mejor me fuese en la vida más habría merecido la pena.

La redención de mis abuelos dependía de mi éxito.

Y eso hice: triunfé todo lo que pude.

Por primera vez estoy cansado. No es que crea que la deuda ya está saldada y por fin puedo olvidarme del pasado; jamás pensaría en el esfuerzo de los abuelos en términos económicos. Estoy realmente cansado. He llegado a los cuarenta y seis sin haberme parado a pensar qué me mueve y qué aborrezco. Tal vez empiece a pensar en mí y me coja un año sabático. Puede que me vaya a una zona en guerra o me dedique a observar a mis hijos con afán antropológico, que hable con Estela y terminemos admitiendo que lo nuestro tenía potencial pero no cuajó y que lo mejor será empezar a buscar la felicidad en otra parte. O puede que después de días de negociaciones, de algún alto el fuego y de analizar nuestra relación desde todas las perspectivas, decidamos concedernos la oportunidad que merecemos, pero ya sin refranes ni diminutivos.

Ulises mira el reloj. Las siete de la tarde es una buena hora para llamar a Alta Mar. Quiere adelantarse a Estela, su abuela es cosa suya, parece que ella no acaba de entenderlo. Ayer le contó que se había pasado el día cantando «Matar hippies en las Cíes». También que se había muerto una ancianita (*an-cia-ni-ta*, con una sílaba de más) en Alta Mar. Lo dijo —el tono desmayado, la voz compungida— y a él le dio la risa. «Lo siento, es que es tan ridículo», dijo. «¿Ridículo?», le preguntó ella (seguro que abriendo mucho los ojos, como cuando quiere que se le note su desconcierto). «El nombre», le dijo él, aunque estaba seguro de que ella sabía a qué se refería. El humor es lo que más echa en falta en Estela. Tolera su infantilismo, y ese proteccionismo exacerbado. Incluso le habría perdonado alguna infidelidad, pero la falta de humor los ha dejado sin oxígeno. «Se presta a bromas», insistió él. El humor ya no es humor cuando tienes que explicarlo. «Las mayúsculas no existen en la lengua hablada, eso marca la diferencia. Escucha, escucha. ¿Dónde está tu abuela? En alta mar. ¿De dónde dice que llama? De alta mar. ¿Dónde murió? En alta mar. Es un nombre de lo más inconveniente. De tan inconveniente es cómico, ¿no crees?».

Después de eso, ella dijo que tenía que preparar la cena y colgó.

El número de Alta Mar es una de esas extensiones kilométricas que parecen cuentas bancarias. Atiende al teléfono una voz algodonosa, parecida a la de Estela en el timbre, pero con el deje inconfundible de ultramar. Ulises quiere saber cómo está su abuela. «Manuela Cruz», explica. Normalmente la mujer al teléfono contesta «Por supuesto, espere un momento» con diligencia robótica y lo deja con una pieza de Vivaldi —una de las *Cuatro estaciones*, ni idea de cuál, a él le suenan todas iguales—, pero esta vez dice:

—Su abuela está bien.

Todos tienen bien definidas sus funciones en Alta Mar, jamás se exceden lo más mínimo. La recepcionista no facilita información, para eso está la doctora Abreu. Ulises se pregunta si cada paciente (¿o es cliente? ¿A partir de una cantidad al mes se los empieza a considerar clientes?) tiene asignado un médico o si es una mera artimaña lingüística.

—Perdone —la interrumpe Ulises—, quiero hablar con la doctora de siempre. Se para en el último momento antes de decir *nuestra*; detesta a los que creen que poseen a las personas solo porque pagan cantidades astronómicas por un servicio, pero nada de eso: ni la doctora es de su abuela ni él es el arquitecto de nadie.

—Lo siento —se disculpa la mujer—, la doctora Abreu está ocupada.

Ulises no sabe si sentirse decepcionado o aliviado por tener que compartir doctora con otros usuarios, pero su impulso es mostrarse firme.

—No voy a colgar hasta que me deje hablar con ella.

—Pero, señor, no sé cuándo podrá hablar con usted, será mejor que llame más tarde.

—Ha dicho que mi abuela está bien. ¿Por qué sabe que mi abuela está bien? ¿Es que antes estaba mal?

Con la segunda pregunta, Ulises ha empezado a subir la voz.

—No, no, señor, cálmese. Su abuela nunca ha estado mal. Le digo que está bien, sé que está bien.

—¿Cómo lo sabe? —Ulises grita abiertamente ya.

—Señor…

Por supuesto, ahora cae. Qué torpe ha sido, nadie cuenta si no es con un propósito.

—¿Señor?

Alta Mar es una granja de gallinas enjauladas en plena ola de calor.

—Entiendo —contesta—. Lo que usted quiere decir es que han hecho recuento y por eso sabe que mi abuela está viva.

Al otro lado de la línea, silencio.

23

En la isla, verano de 1986

«Leónidas no está, pero vendrá para la fiesta», oyó que decía Melita con una certeza demoledora, como todo lo que dicen en la isla. Ni un *creo, quizá, parece que, puede ser, veremos, tal vez, a lo mejor*; los isleños disparan presentes y futuros como balas y sobreviven sin condicionales.

Con la ausencia de Leónidas, Ulises y sus amigos han aparcado el asunto de su muerte. Hace días que ninguno lo menciona, como si de pronto no importase y fuese lo más cerca que han estado y van a estar de aquel disparate de infancia. ¿Y si no necesitan un plan letal para sellar su amistad? Puede que al principio lo necesitasen, pero ya no. Lo que es seguro es que ninguno será el primero en expresar su arrepentimiento, en caso de que lo haya (Ulises solo puede hablar por él). Llevan tatuada la arrogancia de los huérfanos, aunque tal vez Onehuevo menos (el labio pesa mucho). Si Leónidas no volviese, no tendrían que matarlo. No sería como si se hubiesen rajado, simplemente pasaría a ser aquello que quisieron hacer (de verdad que quisieron) y el destino les impidió llevar a cabo.

Todo iba bien, no como otras veces que piensa que las cosas van todo lo bien que pueden ir, teniendo en cuenta sus calamitosas circunstancias: su padre aún no se ha muerto y su vida depende enteramente del tiempo que vayan a vivir sus abuelos. Es extraña la consciencia de la felicidad en el presente; siempre había creído que de eso uno se daba cuenta en el futuro, pero ahora Ulises puede afirmar sin dudar que es feliz y que, por lo tanto, nunca antes lo había sido.

La vida en la isla transcurre tranquila y libre. Para su propia sorpresa, la oscuridad ya no lo asusta como cuando era un crío estúpido y apocado. Come mucho. Toma el sol. Ni siquiera encuentra el mar helado. Picotea toneladas de pipas mientras comparte confidencias con sus amigos (con sus abuelos, menos). Onehuevo les confesó que de vez en cuando aún se mea en la cama; Toya, que su madre entró hace poco en su habitación y le dio un beso —algo perfectamente normal, si no fuese porque la madre de Toya está muerta—; él, que una vez robó en el hipermercado, aunque, después de lo de Toya, ninguno pareció demasiado impresionado. Y, como pasa siempre, todo iba bien hasta que se estropeó.

Hay una gran diferencia entre ocultar una verdad para ahorrarle a alguien una realidad incómoda y poner cara de no querer decir pero estar deseando soltarlo hasta que a uno no le queda más remedio que preguntar. Fue así como se enteró Ulises de que su abuela no había cruzado la ría para comprar un mandil y dos sartenes, sino para interesarse de primera mano por la salud —si Dios quiere, la muerte— de su yerno, el padre de Ulises, porque a la mujer que casualmente echaba una mano al abuelo de Toya en El Dorado se le transparentaban tanto los pensamientos que casi no hizo falta que hablase (y, aun así, habló, por supuesto que habló). Para cuando Melita, que estaba al lado de Ulises, quiso reaccionar, la mujer ya lo había escupido todo, exclamaciones y gorgoritos incluidos.

La isla no es un buen lugar para esconder nada, ni noticias ni el linaje de uno, de eso ya se había dado cuenta Ulises. Desde que llegó no han parado de caerle, a babor y a estribor, frases corrosivas como excrementos de gaviotas, los ojos entornados, las palmas de las manos incrustadas en las clavículas: «Igualito igualito (dos veces *igualito*) que tu madre, que en paz esté, que falta le hacía» o «Que Dios le perdone a tu madre todo el sufrimiento que esparció en esta vida» (hay que ver qué poco rigor léxico, como si el sufrimiento fuese un fertilizante) o «Cuánto tiene que haber llorado la pobre Manuela», si todo el que conoce a su abuela sabe que ella jamás llora por sus desgracias, solo por las de los demás, como cuando ve en la tele a las madres de la plaza de Mayo, con las pañoletas blancas en sus cabezas, sus pancartas y su voz incansable —sobre todo su voz, con esa entonación cantarina pero firme, muy firme— clamar justicia para sus hijos. Llora mares frente al televisor mientras susurra: «Pobres madres, pobres hijos, al infierno los hijos de puta», pero Ulises sabe que en el fondo es ella, Manuela Cruz. Es su hija, Míriam. Son los Leónidas del mundo.

La idea de ir a esperar a su abuela al espigón fue de Toya. Tenía ganas de estirar las piernas, dijo. Fueron, a pesar de que Ulises no quería tener que preocuparse antes de tiempo por la cara de su abuela. Está cansado de interpretar sus gestos. Las cejas muy juntas y la frente arrugada quieren decir que ha sido una falsa alarma, una recaída de tantas, nada que haga pensar que no seguirá habiendo muchas más. Si trae los ojos y la boca hacia abajo, la cosa pinta mal pero no es en absoluto definitiva (en palabras de su abuela: «El desgraciado sigue dando por culo»). Si le brillan los ojos y la piel, quizá sea la noticia que llevan esperando y por fin puedan descansar todos y vivir ni demasiado inflados ni totalmente desinflados para siempre, que, según dicen, es el mejor estado.

A las ocho llegó el último barco, la cubierta convertida en una melé de savia joven y pieles muertas. Hasta doce campistas contó Ulises. Se los veía a la legua —la libertad en los ojos, en la boca y en los brazos, las camisetas deshilachadas y un amasijo de bártulos oxidados y lonas ajadas—. Su abuela fue la última en salir. Toya estiró el cuello como si quisiese verlo todo. Onehuevo se había sentado en las escaleras del espigón e intentaba pescar un alga con un palo, como si la vida no fuese con él.

Ulises levantó la cabeza, pero solo porque Toya empezó a darle codazos en el costado. Tuvo que abrir mucho los ojos y después entornarlos como si estuviese ajustando un visor. La cara de su abuela lo desconcertó. Los codazos de Toya, también. No es que supiese qué esperar, casi nunca lo sabe. La miró como se mira lo ajeno. No parecía que estuviese triste ni contenta, tampoco enfadada; era su cara de siempre, una cara de mujer cansada y vieja, condenada a seguir remando. Arrastraba un carro de la compra del que asomaba una bolsa de triángulos isósceles verdes y negros. Eso sí que se escapaba a toda lógica: su abuela y él entran en El Corte Inglés cuando tienen que ir al centro, pasean y miran, incluso una vez ella estuvo a punto de probarse un vestido, pero ni se les ocurre comprar nada allí.

—Tú sabías algo.

—¡Qué iba yo a saber, Uli!

—¿No?

—Bueno, sí.

Los tres rodean un radiocasete negro de tamaño grande, muy alargado, como algunos que ha visto Ulises en el barrio.

—¡Buah, doble pletina! Es que ni yo me lo creo.

A Ulises la alegría le sale por la nariz en forma de cosquillas, como cuando bebe cocacola. ¿Cómo iba a imaginar que en vez de traer la noticia esperada su abuela traería algo mejor? Los días torcidos a veces se enderezan. Nunca le han regalado nada a Ulises como no sea un mapamundi o unos calcetines. Doble pletina es todo lo que se le puede pedir a un radiocasete, y, si lo apuran, a la vida.

—Con cuidado, a ver si se va a rayar con la arena —les grita a los otros.

146

—Viene con pilas, Uli —dice Toya —. ¿Lo encendemos o qué?

Ulises asiente, paladea el momento glorioso, qué suerte tiene, qué maravillosa la vida. Toya gira la rueda que sintoniza los diales, se produce un sonido de folios que se arrugan.

—¿Dónde se coge Los 40 Principales?

Ulises levanta los hombros. ¿Cómo va a saberlo si nunca ha tenido un radiocasete? A Toya se le pone cara de concentración; Ulises ya no duda de su belleza: ella es perfecta. *You are so beautiful to me*, Toya. El crujido va y viene. De pronto el sonido se vuelve más y más nítido:

> *Llego a la isla.*
> *Lo saco de la tienda.*
> *Le doy en la cabeza.*
> *Le corto un brazo.*
> *Le arranco una pierna.*
> *Le saco las uñas.*
> *Le muerdo una oreja.*
> *Matar hippies en las Cíes, oohhh.*
> *Matar hippies en las Cíes, oohhh.*

A Ulises le invade un torbellino de corrientes que chocan entre ellas a la altura del pecho. Por un momento duda. ¿Y si nada es verdad y resulta que está soñando? Él nunca ha formado parte del mundo (si acaso de las cunetas del mundo), tampoco sus amigos. Entonces, ¿cómo es posible que una canción hable de ellos?

24

Caracas, Venezuela, 1966

En el fondo siempre supe que Margarita era temporal. Todas las islas pequeñas terminan siéndolo, es una mera cuestión de posibilidades y de sentirse cercado. De vez en cuando Manuela dejaba caer la pregunta, que más que una pregunta era un fantasma, palabras susurradas hacia dentro, de las que yo solo oía *chance, volver, Caracas* porque no quería entender. Margarita era un oasis dentro de nuestra emigración (eso lo sentía yo, no así Manuela). Ignoré sus palabras cuanto pude y alargué nuestra estancia en la isla hasta que ya no fue posible vivir en ella.

Ocurrió cuando terminamos la construcción del hotel. No recuerdo haberme sentido más desgraciado desde que llegamos (antes sí, muchas veces, por eso nos fuimos). La vuelta a Caracas coincidió con una revelación aciaga (adj., «que conlleva desgracia y causa tristeza o sufrimiento). Mis compañeros ya se habían dado cuenta, y Manuela también, pero yo no quise verlo hasta entonces. Hacía tiempo que había empezado a perder oído y la cosa no parecía que fuese a terminar ahí.

Mi potencial sordera y ver a Manuela feliz (relativamente feliz, puesto que seguíamos en Venezuela) despertó en mí un sentimiento inesperado. Me llevó un tiempo entender que era resentimiento (nombre masc., «sentimiento persistente de disgusto o enfado hacia alguien por considerarlo causante de cierta ofensa o daños sufridos»). Cómo es la vida, de pronto mi desgracia coincidía con la felicidad de mi mujer; así es la permanente colisión en la que vivimos de un tiempo a esta parte: somos los únicos tripulantes de una gamela en medio del océano y ni siquiera podemos ponernos de acuerdo sobre cuándo y hacia dónde queremos virar.

Ser consciente de la situación agrandó la brecha, aunque Manuela y yo jamás hablamos de brechas, pero si una cosa sé después de todos estos años trabajando en la construcción es que las brechas siempre van a más. También que se pueden tapar, pero no deja de ser una chapuza.

Me costó dejar Margarita más que la otra isla. De allá salí con una ilusión muy grande que ahora soy incapaz de sentir. Empiezo a pensar que si no nos hubiésemos empeñado en ahorrar para la entrada del piso podríamos haber pagado un pasaje para traer a nuestra hija y ahora estaríamos esforzándonos en ser felices aquí, ¡qué digo!, ni siquiera tendríamos que esforzarnos, la felicidad nos saldría sola y al cabo de un tiempo nuestra hija derretiría las zetas y evaporaría las vocales y la miraríamos como quien mira a la cara al progreso. Seguro que con ella aquí dejaríamos de intentar ver la otra orilla detrás de la línea del horizonte, con esa cara de tontos que se nos pone a todos de tanto bizquear. Incluso puede que hasta nos animásemos a montar nuestra propia tienda, como están empezando a hacer algunos con bastante éxito, por cierto. Pero hemos elegido no soltar amarras ni echar el ancla y eso no nos deja avanzar.

La vida en Caracas supone una bajada de estatus, a pesar de que eso parecía imposible. Ahora trabajo el doble y me pagan la mitad. Doy dos pasos hacia delante y uno hacia atrás. Manuela, en cambio, ha dejado de cuidar a los hijos de los demás y ahora despacha en una tienda de telas.

El resentimiento, por lo que se ve, tiene forma de tijeras.

Hace una semana hice algo inaudito (adj., «que causa asombro, sorpresa y extrañeza»). Resulta extraño sorprenderse a uno mismo, preguntarse: «¿A que no te esperabas eso de ti?» y responderse al momento: «Pues más vale que lo asimiles, porque ese eres tú». Salí del trabajo y eché a andar por la avenida Urdaneta, crucé Baralt hasta llegar a La Candelaria. No andaba por andar, como hago otras veces, para evitar pensar. Tenía un objetivo, una voz que me gritaba que debía hacer algo, lo que fuese, para salir de las arenas movedizas en las que se ha convertido nuestra vida en Venezuela. No dejaba de darle vueltas a la idea de que todos —personas y países— avanzan, nuestra hija crece, sus abuelos envejecen, los que se han quedado prosperan y nosotros apenas nos movemos (bolívar a bolívar, eso no es avanzar). Me sentía cansado de aguantar sin rechistar, de vivir de espaldas al petróleo, de comportarme como el perfecto emigrante —íntegro, cabizbajo, mártir—, necesitaba convencerme de que no hay nada malo en querer acortar el sufrimiento de una familia, en creer que lo malo termina convirtiéndose en bueno si el fin lo es. Todo eso me decía mientras buscaba el Cumbé.

La primera vez que oí hablar del Cumbé fue en la Hermandad. Alguien había preguntado por Leónidas, algo que todos hacemos más o menos de manera cíclica porque nos mata la curiosidad. La vida de mi primo es un misterio; sabemos que se ha enriquecido, los más ilusos elucubran (verbo tr., «especular o imaginar cosas sin tener mucho fundamento racional») sobre si debe su ascenso al transporte de café, pero hasta los tontos saben que con el café uno no se compra una estación de servicio y no sé cuántas propiedades más. Por fuerza tiene que andar metido en negocios turbios. Es evidente, porque a ninguno de nosotros nos da la plata para comprarnos pisos (en plural) y aún menos una estación de servicio, pero lo cierto es que nadie es capaz de concretar en qué consisten esos negocios.

Cuando ya me marchaba, se me acercó Damián, un joven de Muxía, de ojos muy vivos y la *bravura* torpemente tatuada en el pecho. No es una manera de hablar, pude ver la palabra —de un azul casi negro— con mis propios ojos, él mismo me la enseñó, orgulloso, la be y la uve intercambiadas, pobre chico; no quise señalarle el error, dado lo irreversible del asunto, para que pudiese seguir sacando pecho. Esperó a que estuviésemos fuera y me ofreció un cigarro. Lo acepté a pesar de que no fumo. Hay cosas que se hablan mejor fumando, y mejor todavía fumando y bebiendo, pero para beber ya no se nos dio la situación. «Dicen que cuando está en Caracas se pasa el día en el Cumbé», me lo dijo tan bajito que tuve que pedirle que me lo repitiera. «¿El Cumbé?», pregunté. «Un bar pequeño a donde solo van los de acá», me contestó.

El Cumbé resultó ser un de vagón de tren. Calculé unos dos metros de ancho y quince de fondo. Entré sin dar muestras de ninguna actitud concreta, intentando parecer una persona cansada de la vida (en realidad era cierto) que se dejaba caer en el primer bar que encuentra porque lo único que busca es beber para dejar de pensar. Ni siquiera estaba seguro de que allí dentro estuviese Leónidas, simplemente confié en que así fuese porque los malandros se adueñan de los locales y solo salen de ellos para hacer fechorías. Pedí un *ronsito*, lo bebí de un trago, pedí otro y lo reservé. No quería mirar al fondo oscuro y estrecho, mucho menos preguntar por nadie, confiaba en que me viesen ellos, como así fue.

No tardé en oír una carcajada sonora (tenía que serlo para que yo la oyera). Me giré porque no hacerlo habría resultado sospechoso. Cualquiera se habría girado: si oyes a alguien llorar o reírse de manera escandalosa te giras, es casi una norma.

Eran seis o siete, todos hombres serios, impasibles, medio muertos en un mundo de humo y tinieblas. Menos Leónidas, que por sus ojos parecía que iba a empezar a volar de un momento a otro. Saltaba a la vista que había una jerarquía (nombre fem., «organización de personas o cosas en una escala ordenada y subordinante según el criterio de mayor o menor importancia o relevancia dentro de la misma»). Podía deducirse con un simple vistazo, en parte porque, aunque los gestos de los hombres pretendían ser sutiles, no lo eran en absoluto. Nadie es tan sutil como cree, menos aún si llevas todo el oro de la cuenca del Cuyuní colgado del cuello. Pero mi primo no era el pez gordo que yo imaginaba, sino alguien que está a las órdenes de alguien que está a las órdenes de alguien que a su vez está a las órdenes de otro, alguien.

Me hice el sorprendido, como había ensayado que haría llegado el momento. Él se levantó y se acercó a la barra. Los hombres lo miraron —las frentes drapeadas, los labios torcidos—, se sentó a mi lado y posó su brazo en mi hombro, como en los viejos tiempos, como cuando éramos rapaces y me juraba que seríamos los dueños de la isla (no decía reyes, decía dueños). Miré de reojo a los hombres, que ahora tenían las bocas entreabiertas y las orejas levantadas.

Leónidas empezó a disparar siglas, fechas, fronteras y países (puede que dijese *Colombia*, aunque el ron hizo que algunos detalles se evaporasen), datos que llevaban a otros datos que llevaban a otros datos. Un policía muerto al día como forma de presión por parte de la guerrilla —con la que ellos no tenían nada que ver, «claro que no»—. «Nosotros (no decía *yo*, decía *nosotros*, de esto me acuerdo muy bien porque me pareció que se agarraba a la organización para parecer más importante de lo que era) no estamos detrás de esto, pero alguien tiene que venderles armas, y, si no lo hacemos nosotros, lo harán otros. Otros se llevarán la plata, ¿entiendes, Tony?».

Por supuesto que lo entendí.

Una montaña de armas y, en la cima, dinero. Mucho dinero.

No recuerdo cómo volví a casa, me refiero a que sé que volví andando, como siempre, pero no por qué calles. Si pasé por alguna avenida o callejuela, no lo recuerdo, tampoco si bordeé la ciudad para hacer tiempo y pensar en todo lo que me había contado Leónidas, y de paso esperar a que se me pasasen los efectos del *ronsito*, o si recorrí el camino de siempre, las calles conocidas en las que no tenía que pensar porque mis pies ya me llevaban a ellas sin pedirle permiso a mi cabeza.

Le dije a Leónidas que me lo pensaría. Me sorprendí pidiéndole una semana, él con su brazo colgando todavía de mi hombro, como en los viejos tiempos, solo que nada era ni remotamente parecido. Leónidas ya no me parecía divertido ni lo admiraba por tener lo que a mí me faltaba. Ahora yo debía decidir si acortaba el sufrimiento de mi familia o dejaba que la vida siguiese su curso, algo que, para ser sinceros, nos estaba resultando insoportable. ¿Merecía la pena o sería como ese tipo de decisiones que se toman para aliviar el presente pero te amargan el futuro y al final no te dejan vivir? Manuela no tendría por qué saber nada, así no la comprometería, yo solo cargaría con todo el peso de la decisión. Pondría condiciones, eso sí: trabajaría hasta alcanzar la cantidad necesaria, ni un bolívar de más... ¿o eran dólares? Debía tener clara la cifra y no dejarme tentar más de la cuenta, algo que supongo que es fácil que pase. Quizá podría colaborar esporádicamente, un viaje tal día, una entrega tal otro, así no tendría la sensación de pertenecer (verbo intr., «formar parte de un conjunto o grupo»), solo de colaborar (verbo intr., «realizar trabajos de manera habitual sin formar parte del personal»). Hay una gran diferencia.

¿La hay?

¿Y si me aferraba a una razón como a la rama de un árbol? No me costaría demasiado: el tiempo nos está atropellando y no somos capaces de llegar a ninguna parte. Esa es buena. Apuesto a que el Dios en el que he decidido no creer me perdonaría (aunque no veo por qué habría de preocuparme entonces su perdón).

La cabeza me daba vueltas, esa noche y los días que siguieron, aún ahora, aunque menos. Llegué a convencerme de que yo jamás sería responsable de ninguna guerrilla, la guerrilla ya estaba ahí mucho antes de que yo llegase. Ya no era yo el que pensaba, la cabeza era mía, pero la voz era de Leónidas. «Un policía por día», recordé. Un policía que tendría una mujer y una hija (tal vez se llamase Míriam) que cada mañana se despedirían de él con un abrazo prolongado por si acaso no volviesen a verlo. Maldije al policía, a la guerrilla, a Leónidas, las armas y la plata. Los maldije a todos y después me maldije a mí. ¡La idea de que solo yo me vería involucrado me parecía ahora tan ridícula! Podía oír los murmullos de la isla a pesar de estar lejos (en una celda o bajo tierra, con toda probabilidad), Manuela perdería a su marido, mi hija perdería a su padre y el objetivo por el que nos separamos para poder vivir juntos en el Atlántico norte se iría al traste. Todo lo que fui y sería después de eso se borraría de golpe (la gente, ya se sabe, solo se queda con lo malo o lo muy malo). De nuevo chocaba con el fracaso. Y al fracaso había que añadirle algo incluso peor: la vergüenza.

Me fui a cama sin cenar. Le dije a Manuela que me dolía la cabeza. Ni siquiera tuve que mentir.

Ayer me reuní con Leónidas. En el mismo lugar, rodeado de la misma gente. Intento imaginarme a esos hombres durmiendo, pero no puedo. Me salió compadecerlos, podía hacerlo porque ya había tomado la decisión, al menos me quedaba eso.

Allí estaba con mi primo, sentados los dos en la barra del Cumbé, quién sabe si por última vez, sintiéndome pesado y a la vez ligero. Me comporté de un modo extraño. Le supliqué que me entendiese. No venía a cuento. Por alguna razón era importante lo que él pensase (¿no nos importa a todos lo que opina la gente que nos ha visto crecer, no vivimos exclusivamente para no defraudarlos?). «¿Entiendes que no habría acudido a ti si no estuviese desesperado?», le pregunté. Puede que incluso lo zarandease hasta oír que decía que sí. Pidió un *ron-*

sito para mí y me di el gusto de rechazarlo. El *no* se mantuvo en el aire como los aros de humo que salían de la boca de Leónidas. «¿Entonces?», me preguntó levantando las cejas. «Entonces, nada», respondí. «¿Nada?». Su frente perdió tensión y en bajo añadí: «Que Dios me perdone».

25

En la isla, marzo de 2020

He terminado desovillando mi historia familiar a fuerza de oír a la abuela hablar para otros, como si cualquiera tuviese derecho a saber antes que yo. No saber o saber tarde es la historia de mi vida. Incluso ahora. La abuela soltaba lastre en las entrevistas —la llamaban con cierta frecuencia a finales de los ochenta y principios de los noventa— o cuando algún valiente se atrevía a preguntarle, algo que casi nunca ocurría porque la gente no quiere volver a su casa con las desgracias de los demás pegadas a la ropa.

Coincidiendo con uno de los programas de ayuda a emigrantes retornados promovido por el Gobierno autonómico, el profesor de Geografía de tercero A (mi curso en 1989) dedicó varias clases a tratar el fenómeno de la emigración en nuestra comunidad. Pinceladas torpes de quien habla de oídas, enseguida me di cuenta. Datos que medían la diáspora en números, cuantificación de zonas de origen, países destino y fechas que sonaban a realidad de enciclopedia, pero que no desprendían ni un átomo de verdad. Una lección ventilada a base de conceptos abstractos que repetí como un papagayo nada más llegar al pisito.

Los términos *transculturización, rotura del cordón umbilical* y *desarraigo desmesurado* encendieron a la abuela, que ya de por sí se encendía con facilidad. Al instante amenazó con ir al instituto a explicarle unas cuantas cosas «al mequetrefe ese que se cree que sabe algo solo porque lo leyó en un librito».

La abuela era muy vehemente cuando se le metía una idea en la cabeza (ya no, es como si por fin hubiese hecho las paces con nuestra vida). No dejaba de repetir que tenía que poner los puntos sobre las íes, ir y contar la verdad «sin paños calientes», una de sus frases favoritas de todos los tiempos, como si la verdad fuese el origen del universo y lo que en última instancia nos salvaría de nuestro destino. Tenía un punto mesiánico la abuela, de profeta del Antiguo Testamento o chamana en cuerpo de meiga. Durante varios días el asunto me quitó el sueño; me la imaginaba tirando granadas a su paso por el pasillo de aquel segundo piso de techos altos que olía a sudor y a goma de borrar, pero, como no dejaba de insistir, no me quedó más remedio que hablarle al profesor (si alguna vez supe su nombre, lo he olvidado) de la obcecación de la abuela.

A finales de los ochenta ningún padre o madre se ofrecía a hablar en las aulas, aún coleaba el viejo sistema. El bombero o policía o panadero que se presenta, uniformado, en el instituto de su hijo para charlar de manera distendida ante un grupo de chavales de miradas derretidas era algo que solo veíamos en las películas americanas y que, para mí, definía, junto con la crema de cacahuete y las Nike Air Max, el progreso en mayúsculas. Los americanos eran más informales, podían permitírselo porque no tenían nada que demostrar, no como nosotros, que acabábamos de salir del cascarón y la naturalidad nos costaba.

La abuela cumplió su amenaza y fue la primera tutora legal (todavía me duele el término) en pisar el instituto en calidad de ponente.

No se anduvo con rodeos. Recuerdo su discurso palabra por palabra. La gente pintaba América como la gran salvación, pero para ella había sido solo una fábrica gigante que le había permitido dar de comer a su hija. Y punto. «El que no ha luchado contra la angustia de un futuro no sabe lo que es. Para luchar contra eso hay que ser muy hombre», dijo, «entendiendo por *hombre* hombre y mujer», aclaró. A los que afirmaban que a los gallegos Madrid entonces les parecía más lejos que Caracas o Buenos Aires les gritó —a pesar de que no estaban allí, la mirada fija en el profesor— que qué deformación espacial ni qué niño muerto, que seis mil kilómetros en línea recta era la distancia de una orilla a otra. A los que se pasaban el día hablando de la *terriña* cuando estaban en América y de América cuando estaban en la *terriña*, que eso era no tener las cosas claras. ¿Transculturización? ¿Transculturización de qué, hombre? La transculturización esa se traducía en arepas para cenar una vez por semana. Fin de la historia.

La visita de la abuela me ayudó a desenredar algunos misterios del segundo gran drama de mi familia, el que estaba directamente relacionado con mi madre. El primero había sido, sin lugar a dudas, el hambre. El tercero nació del abandono, y de eso en buena medida tenía la culpa América.

América como causa y efecto, paradojas de la vida. Verdades como balas que por una vez a mí me parecieron margaritas porque no hay nada peor que no saber.

Hubo un antes y un después de la visita de la abuela al instituto. Digamos que su charla abrió otras charlas que abrieron otras charlas entre nosotros. Por no hablar de la repercusión inmediata que tuvo sobre mi reputación; pasé de ser «el tipo ese que ni fu ni fa, si te digo la verdad» al nieto de «la vieja enrollada con un par de ovarios como melones, tronco». Hasta ese momento nunca me había sentido orgulloso de ningún miembro de mi familia (quizá del abuelo, aunque de un modo más sosegado).

La abuela entró en el instituto como un torbellino y su gracia me salpicó de lleno.

Creo que ese día empecé a mirarla con otros ojos, y así hasta hoy.

Llamar a su casa se ha convertido en un trámite tedioso. Pasado el primer minuto de saludos, Ulises solo piensa en colgar. En realidad, es ridículo que tengan que hablar todos los días, ni Estela ni los niños salen de casa (ni nadie, al parecer). Ella rellena sus silencios con historias rocambolescas o insustanciales, no tiene término medio. Le cuenta que su smartwatch ha contabilizado diez mil pasos a lo largo del pasillo y que ha hecho un bizcocho y compota de pera para todo el año, que está pensando en hornear pan como si fuesen amish o puede que ni lo hornee ni lo compre y así de paso rebajan hidratos, que al paso que van se pondrán todos como obuses. Está pendiente de las noticias, teletrabaja un poco (no mucho porque la cosa está bastante parada con los proveedores). Como todos los días, ha salido a aplaudir al balcón a las ocho de la tarde, tanto que todavía le arden las palmas de las manos. «La sanidad y la educación, primero», sentencia, porque lo que mejor se le da a Estela es repetir frases que oye aquí y allá. Ha insistido en que también saliesen los niños, pero se han negado (menos el pequeño, que llora mientras aplaude). El encierro sin duda les está pasando factura, le cuenta, «no todos tenemos la suerte de estar en un espacio abierto» (no dice «Como tú, Ulises», pero no hace falta). Se las ha arreglado para que le lleven la compra a casa. «Dígame usted si yo no soy vulnerable», le dijo al encargado de las compras online, «sola con tres niños, sin un marido…», alarga la última palabra de manera obscena.

—Por cierto —dice de pasada—, la abuela está imposible, vamos a tener que cambiar de enfermera, a esta pobre la pone como un trapo, nadie se merece un trato así, la verdad.

A Ulises le entran ganas de preguntarle por qué siempre está de parte de los demás y nunca de su abuela (su abuela, la de Ulises, no la abuela del mundo, que es lo que parece cuando Estela la nombra). Si acumula manías es porque tiene muchos años y un pasado difícil. Si Estela supiese el ejercicio de contención que hace su abuela para no reírse de ella, cambiaría de opinión. Pero, por más que le dice que no le hable como si fuese un bebé sordo, Estela sigue en las mismas.

—Voy a llamar a Alta Mar y decirles que borren tu número de contacto. —A Ulises las palabras le salen sin haberlas pensado antes.

—¿Cómo dices?

—Que voy a llamar…

—Te he oído.

—¿Y bien?

—Quiero que me lo expliques.

—A partir de ahora me ocupo yo.

—Perfecto.

Estela hace que se lo toma como una descarga de trabajo, una recompensa por el tiempo invertido en la abuela de su marido, que en realidad no es nada suyo, pero Ulises sabe que es lo peor que le puede haber dicho a su mujer porque ella lo verá como lo que realmente es: un castigo.

—Y otra cosa.

—Sí, claro. —Su voz suena despreocupada, aunque probablemente se esté mordiendo el labio o pellizcándose las palmas de las manos o arqueando los pies hacia fuera.

—No me llames a no ser que suceda algo. Faltan solo tres días para que vuelva a casa. Supongo que no pasará nada si no hablamos hasta entonces.

26

En la isla, verano de 1986

Toya dice frases que lo dejan de piedra. Ulises no tiene claro si pretende llamar la atención o es que ella es así de estrafalaria. Ahora dice que le gustaría haber nacido negra, que las negras tienen más cualidades. «Salta a la vista», cacarea. Ni Onehuevo ni él se atreven a preguntar cuáles son. Y, como lo de ser negra ya no va a poder ser, le gustaría acostarse con un hombre negro y tener una hija (no dice *hijo*, dice *hija*) para que al menos ella sí sea negra. Lo que ya ha decidido, explica mientras se aclara la garganta, es que cuando cumpla dieciocho años se borrará sus apellidos y los cambiará por uno solo: Belafonte.

Toya Belafonte.

Ulises no sabe qué le molesta más, que hable de acostarse con un hombre (algo que él aún no es) o que sea negro (algo que ni es ni podrá llegar a ser). Y, por si fuese poco, no para de preguntar absurdeces hipotéticas como quién de los tres se va a morir antes y cómo quieren que sean sus entierros. ¡Sus propios entierros! Ulises no entiende por qué tienen que darle vueltas siempre al mismo tema si la muerte ellos la tienen muy presente (no la suya, los niños son de las pocas personas que se libran de ella, y él no la contempla ni siquiera como un evento futuro del que nadie se libra). Se niega a imaginársela, por eso se calla. Onehuevo le sigue el juego a Toya, dice que le gustaría que en su funeral soltasen cormoranes (¡como si fuesen palomas!) y que prefiere que lo entierren bajo una roca (¡como si fuese posible!) para que los lagartos ocelados se tumben a tomar el sol sobre ella.

Qué hay dentro de la cabeza de Onehuevo es una incógnita para todos.

—Pues yo voy a triunfar —dice Ulises por decir (se siente ridículo, pero ¿no va esto de expresar fantasías?).

—Triunfar, triunfar, ¿y en qué quieres triunfar? —pregunta Toya. Su tono no llega a ser de burla, pero a Ulises le molesta de todas formas.

—Aún no lo he pensado, solo sé que voy a triunfar. Bueno, quiero, aunque no creo que pueda.

Toya inicia una carcajada, pero se le queda al borde de la garganta como un graznido de gaviota, sonoro y desagradable al oído.

—No se espera nada de nosotros, así que puede que triunfemos —se ríe—. Bueno, yo no, yo voy a morirme joven, no sé si me merecería la pena triunfar.

Ulises se niega a escuchar ni un segundo más la idea de la muerte de Toya, quiere decirle que se calle, que no la soporta cuando le da por decir crueldades, pero lo único que le sale es preguntar:

—¿Tienes pensado suicidarte o qué?

—¡No! —Por suerte, el grito de Toya parece sincero—. ¿Estás tonto, Uli? Claro que no, es solo que lo presiento, no puedo evitar presentir cosas, pero tranquilo, eh.

—Estoy tranquilo, por mí puedes hacer lo que quieras. —A Ulises las mentiras le salen como balas, miente para defenderse. No está tranquilo, es de cajón, ¿cómo iba a estarlo si piensa que puede perder a Toya?

—¿Y de qué te vas a morir, a ver, lista?

—¿Cómo quieres que lo sepa?

El viento sopla fuerte en el Chuco. Más que viento es una bofetada interminable. Significa lluvia, puede que sea inminente o que no llueva hasta pasadas unas horas, pero la amenaza está ahí. Un grupo de gaviotas (cleptoparásitos, las llama su abuelo) sobrevuela sus cabezas. Las gaviotas saben —mucho antes que ellos— que va a llover. Ulises no entiende cómo, pero lo saben, por eso vuelven a tierra gritando despavoridas, jhiiuaa, jhiiuaa, que debe de ser algo así como *que llueve, que llueve.*

Siempre hay algún día de lluvia y frío en verano, son anticipos del otoño o descansos del verano, pero a todos se les llenan las bocas de maldiciones con muchas jotas —igual que a las gaviotas—, como si fuese la primera vez que ven llover.

Ulises corre con el radiocasete pegado al pecho. Experimenta un sentimiento de protección tan agudo que lo lleva a hacer lo que sea con tal de salvarlo. El radiocasete tiene un padre que se preocupa. Qué suerte la de los dos. Toya camina a su lado y Onehuevo los sigue varios pasos por detrás, con la boca abierta y los brazos caídos. De vez en cuando se para, se dobla en dos mitades y se incorpora como si la maniobra lo ayudase a seguir.

—¿A dónde vamos? —pregunta entre jadeos.

—A casa de este —contesta Toya.

Ulises apura el paso, pendiente arriba. Sus amigos lo siguen. El olor agrio a roca mojada se le mete muy dentro. La lluvia, como la mayoría de las desgracias, se huele antes de que aparezca. El olor sube, convertido ya en polvo de granito humedecido. Mete el radiocasete debajo de la camiseta y echa a correr.

Nadie entra en el Chuco sin que se entere su abuela. Nadie hace nada sin que ella lo huela. Si no se enteró a tiempo de lo que estaba pasando con su hija fue porque estaba muy ocupada criando a su nieto. Ulises lo sabe, por eso ahora él está muy pendiente de ella. En la azotea, remangada entre dos tinas rebosantes, una de espuma y otra de agua más o menos jabono-sa, como una madona pintada en un lienzo cuarteado, Manue-la lava y después aclara una montaña de ropa. Aunque está muy claro lo que hace, Ulises siente que tiene que preguntar:

—¿Qué haces, abuela?

—Tonterías, eso es lo que hago.

Toya y Onehuevo se ríen. Ulises no, su relación de mutua protección no le permite tomarse a broma sus desvaríos. Los desvaríos de su abuela son señales luminosas.

—¿Tonterías?

—Lavar la ropa cuando va a llover es una tontería.

—Entonces, ¿por qué lo haces?

—Porque estoy nerviosa.

—¿Nerviosa por qué? —Siempre hay un punto en el que tiene que decidir si se preocupa o no, para todo hay un prin-cipio, también para la locura. Ulises ha oído que llega una edad en la que los viejos empiezan a perder la cabeza, y su abuela ya pasa de los cincuenta.

—Por todo.

En su opinión, todo y nada son lo mismo si no se aclara qué es todo.

—¿Todo?

Su abuela sopesa si hablar, los ojos se le han quedado pas-mados y su boca forma un círculo muy pequeño lleno de plie-gues apretadísimos, como si fuese a fumar. Es raro que vacile, no es su naturaleza vacilar. Ulises sabe que, si se trata de algo importante, su abuela no hablará, ella solo se explaya con ton-terías como que la ropa no se va a secar porque está a punto de llover.

—No me hagas caso. Venga, merendad algo.

Las abuelas lo arreglan todo con la comida. Que estás abu-rrido, come. Que la chica que te gusta no te ve como tú quie-res que te vea, come. Que te acabas de romper una pierna, come. Que tu madre está a punto de morir, come. Que no te quiero contar lo que me ronda la cabeza y por eso hablo de la lluvia, come, come, come.

La comida no será la solución, pero al menos los salvará de morirse.

Ulises mueve el brazo para que sus amigos lo sigan. Toya se acerca a la ventana y exclama «Qué chula la habitación», pero a Ulises le parece que quiere decir que lo bonito está fuera.

—Desde aquí seguro que esperaban a los invasores.

—¿Invasores? —pregunta Onehuevo.

—Invasores.

—¿Como en *Astérix*?

—Sí.

—¿Existió Astérix?

—Y qué más da.

Onehuevo pone cara de no creer, el labio inferior descolgado.

—Si tuviésemos un telescopio superpotente veríamos América; con los prismáticos de mi abuelo solo se ve la ciudad.

Toya permanece callada, Ulises no sabe si es de esos silencios que proclaman éxtasis o desconfianza, y no saberlo lo incomoda. Ahora le parece que susurra «Ya está», aunque tampoco podría jurarlo. Ulises la mira esperando una explicación, odia que la gente diga «Ya está» y no explique nada más. No debería obligarse a los demás a jugar a adivinar, es de arrogantes. Una cosa son las palabras y otra los pensamientos. Hay que hablar con claridad, si no, para qué. Si Toya no habla, a Ulises no le va a quedar más remedio que preguntar. Apostado junto a la ventana, muy pegado a Toya, con la boca entreabierta y el labio superior pinzado de un lado, Onehuevo es la viva imagen de no entender.

—Ajá —dice Toya.

Y dale.

—¿Qué? —pregunta (gritando casi) Ulises.

—Desde aquí se ve to-do.

A Ulises le fastidia no haber caído él en la cuenta de lo conveniente que es su ventana. Camina hasta el arcón de madera reconvertido en mesilla y cómoda (dos en uno, así es todo en la isla) donde apoyó el radiocasete. Pulsa un botón y al instante se abre una de las caseteras. Abre la otra por el placer de escuchar el sonido del éxito y el capitalismo doméstico. Toya se gira —los ojos iluminados—, juraría que ha vuelto a decir «Ya está». A Ulises empieza a cansarle ese modo enigmático, a base de palabras tan inespecíficas que podrían significar cualquier cosa.

—Piensa... Para algo tenemos doble pletina.

Ulises no le corrige el uso del plural porque no es su estilo pasarle por las narices nada a nadie, pero espera que sus amigos entiendan que, cuando vuelva a la ciudad, se llevará el radiocasete consigo (los hijos tienen que estar con sus padres). La culpa la tiene su abuela, por decir, nada más poner un pie en tierra: «Hala, ahí tenéis». La gente no se expresa bien y luego vienen los malos entendidos.

—¿No?

—¿Qué? Me estás poniendo de los nervios.

—Podemos grabar.

—¿Grabar?

—Claro.

—¿A Leónidas?

—Sí.

—Pero necesitamos una cinta virgen.

Onehuevo explota. Es oír *empalmado* o *virgen* y le entra la risa floja.

—Bah, pasamos —dice Toya, medio desinflada—, es mogollón de peliculero.

—Ya, esto no es Norteamérica.

—Para nada.

Tras un minuto de silencio por la idea que no cuajó, Ulises enciende el radiocasete. Una voz rasgada, optimista en extremo, anuncia el número uno de Los 40 Principales.

—¿Y esto?

Usa jafas de sol (qué movida)
Usa jafas de sol
Fai un sol de carallo
Fai un sol de carallo
Fai un sol de carallo

—Unos zumbados —contesta Toya.
¿Y ellos tres?
Ulises sabe qué son: tres víctimas y una razón.
Una gaita suena a lo lejos.
Caballo. Caballo. Caballo.
Tacón, punta, tacón.

27

Me acuerdo del Cumbé cuando estoy tan cansado que me duele la piel y el patrón me recuerda —con la codicia espumosa asomándole por la comisura de los labios— la suerte que tengo de poder trabajar aquí (nunca sé si se refiere a la obra o al país y tampoco lo pregunto). Cuando llega una carta escrita por la niña y de pronto nos trata de usted. Cuando me acuerdo del borracho José y envidio su valentía por vivir la vida que le da la gana sin pensar en mañana. Cuando veo que otros han decidido quedarse en este país y por eso se compraron una tiendecita y te enteras de que les va muy bien y por fin se los ve relajados mientras yo sigo petrificado. Cuando leo en las noticias que cayó otro policía y me siento culpable como si le hubiese disparado yo.

Pienso en el Cumbé y me desinflo.

Hay una gran diferencia entre alivio (nombre masc., «sensación de tranquilidad que le queda a una persona al ser liberada de una preocupación, una molestia, un dolor, etc.») y felicidad (me niego a definir la felicidad, no se puede).

Pienso en el Cumbé, pero no he vuelto a pasarme por allí.

De vez en cuando Manuela y yo vamos a tomar algo a un barcito sencillo, de nombre As Burgas, propiedad de un matrimonio de Orense. Allí no hay malandros ni pechos sepultados por todo el oro de las minas de Tumeremo y Guasipati, nadie derrite las zetas ni evapora las vocales, allí las jotas se convierten en equis y todos se conforman con sus vidas con una alegría sosegada.

Manuela dice que es cuestión de tiempo que ella retorne. Puede que esto no ocurra hasta dentro de unos años, pero va avisando. Manuela siempre está a punto de retornar, y yo no me atrevo a decirle que ese día ya será tarde para nosotros, incluso para ella. Qué lástima, Venezuela es el país ideal para vivir, cualquiera puede verlo, pero para eso hace falta una predisposición que ella no tiene. Me he dado cuenta de que no se puede retener a alguien que no quiere quedarse ni obligarlo a ser feliz, así que, llegado el momento, no me opondré a que se vaya.

El verbo *retornar* parece creado para nosotros. Los expatriados que triunfan no retornan, vuelven de vacaciones con un traje de lino clarito y un sombrero de llanero. Retornar es el salto que das a la otra orilla cuando te pegan una patada en el culo.

La emigración, en último término, culmina en un diccionario.

Yo siempre quise formar una familia, una que naciese de mí, a partir de mí, y no volver a pensar en el lugar de donde vengo, pero me he dado cuenta de que hay que recordar para poder olvidar. Solo por el principio se entienden las vidas, y yo hace tiempo que sé que lo que te hacen de niño te lo hacen durante toda la vida.

Crecí salvaje porque nadie se ocupó de mí. Mi padre se murió en la mar y fue lo mejor que nos pudo haber pasado a mi madre y a mí. Pero aquella mujer líquida con la que me quedé era la prolongación del mar. Ni siquiera se esforzó en quererme. Ni en tratarme mal. No lloraba ni reía. Tampoco se enfadaba. Vivía un poco por vivir, como si no le quedase más remedio que dejarse llevar. Y, como ni ella misma tenía claro si estaba viva, no cocinaba ni me lavaba ni se ocupaba de vestirme. La muerte la acechaba continuamente, tanto que a veces me preguntaba si no sería un fantasma.

La transición entre la vida y la muerte de mi madre fue tan sutil que casi no nos dimos cuenta de que se había muerto, de modo que, cuando se tiró desde la punta de los suicidas, a ninguno —a mí el primero— nos sorprendió. No noté su ausencia (cuando vivía, sí, muchas veces), no hubo un antes y un después de mi madre: la diferencia entre su vida y su muerte realmente no existió. Yo a veces lloraba porque no quería haber nacido de ella y envidiaba a los hermanos que no tenía porque ellos no existían y yo sí. Es muy duro compadecerse de uno mismo.

Siento lástima por el niño que fui.

Nací un mes después que Leónidas. Ser quintos —además de primos— en una isla tan pequeña como la nuestra es de los lazos más fuertes que hay. No es fácil desprenderse de esa unión, es algo que siempre va a estar ahí.

Después de la muerte de mi madre, me fui a vivir a su casa.

Si no me morí de hambre y de frío fue gracias a mamá Concha (como empecé a llamar a mi tía, la madre de Leónidas). Estaban solos y eran igual de pobres que nosotros, pero tenían claro que formaban una familia. Creo que ella se daba cuenta de lo diferentes que éramos su hijo y yo. Él daba por sentada la familia, por eso no hacía nada por cuidar a su madre. Yo, en cambio, me pasaba el día intentando complacerla; si había que pelar patatas (la base de nuestra alimentación entonces), yo me ocupaba; si nos mandaban ir a buscar la leche a la otra punta de la isla —no importaba que el viento me tirase y que tuviese que subir las rocas a cuatro patas—, me ofrecía yo.

Un día —tendría seis o siete años— entré llorando en casa. Una racha de viento me había arrancado la lechera de la mano. Cuando la cogí del suelo ya era tarde. Me quedé mirando la leche, convertida en charco. A decir verdad, yo no veía un charco. Yo era el charco. Mamá Concha debió de leer mi miedo; me acercó al fuego, me quitó la ropa y me dijo, mirándome a los ojos: «Nadie se va de esta casa porque se le caiga la leche; si se te cayó la leche es porque fuiste a buscarla, ¿estamos?».

El amor siempre será para mí unas manos ásperas afanadas en quitarme la humedad del cuerpo al calor de la lumbre.

Mamá Concha reía, bebía galones de aguardiente de orujo, lloraba y se enfadaba, sobre todo con Leónidas. Fue un gran cambio, acostumbrado como estaba a la ausencia de vida. Ella todo lo hacía a lo grande. Mamá Concha no conocía la mesura (nombre fem., «contención o freno en la conducta»). Cuando se murió, lloré como no había llorado nunca, y fue Leónidas el primero en ofrecerme consuelo. A veces pienso en ella (en mi madre, nunca; no se piensa en quien no existió) y tengo la sensación de que al final la vida se corrigió a tiempo.

Mamá Concha me enseñó que importa más una persona que una casa o una orilla.

Ojalá Manuela y yo no tuviésemos tan presente que vivimos en otro país. Cambió mucho Manuela, y eso que lo más difícil nosotros ya lo habíamos hecho. Siempre me ha parecido un milagro que en un islote como el nuestro Manuela estuviese ahí para mí y yo para ella. Tenía todo lo que buscaba en una mujer, pero la emigración lo echó a perder, como si fuera de la isla nuestra unión no funcionase.

Yo pensaba que con sus padres y la niña instalados en la ciudad mejorarían los ánimos, pero los peligros no desaparecen, solo cambian de forma. Se mudaron nada más cerrar la escuela, como acordamos cuando compramos el pisito: el día que se fuese el último maestro sabríamos que era el momento de abandonar la isla, igual que lo supimos la primera vez, cuando empezaron a irse las moscas.

Con el cambio de residencia ha cambiado también el modo de comunicarnos. Nuestra hija tiene doce años y lee y escribe como una maestra, pero aún no podemos hablar de ciertos asuntos con ella, por eso mandamos instalar un teléfono en el pisito.

Hablar con ella supone la mayor alegría desde que estamos aquí. El primer día que oímos su voz tardamos en dormirnos. No dejábamos de decir cosas como «Qué mayor está, y qué bien habla», «¿Te pareció que estaba acatarrada?», «Su voz es idéntica a la tuya, ¿verdad?» (eso se lo digo yo a Manuela y a ella le encanta), «Crees que es feliz?» (eso ya nos lo preguntábamos antes del teléfono, en realidad nunca hemos dejado de preguntárnoslo). Entre llamada y llamada transcurre nuestra vida. El teléfono nos acerca a nuestra hija, y gracias a él pudimos corregir que siguiese llamándonos de usted, lo que, por el contrario, nos alejaba. La última vez que hablamos con ella nos contó que ya no cogía tanto el ascensor (las primeras semanas la criatura se pasaba el día subiendo y bajando, del portal al pisito y del pisito al portal), se ve que el progreso se normaliza después de un tiempo.

Manuela sigue carteándose con la maestra. A la pobre la han trasladado a una aldea de la montaña de Lugo y no tiene quién le escriba. Sorprende que su única amiga viva a más de seis mil kilómetros de distancia. Ahora mismo está tejiendo un poncho para ella. No tengo claro si Manuela teje para pensar o para dejar de pensar, y sospecho, aunque me hago el tonto, que por las noches desteje para poder seguir tejiendo al día siguiente.

Nadie sabe a ciencia cierta dónde está Leónidas. Mi primo se ha convertido en una especie de leyenda entre la colonia de expatriados; algunos dicen que se marchó a Colombia y otros que va y viene, pero ninguno habla abiertamente de guerrilla ni de armas ni de un policía que ahora mismo se está despidiendo de su mujer y su hija sin saber que no volverá a verlas. Cada vez que oigo su nombre es como si me pellizcasen el hígado. Pero ni con esas soy capaz de ver a Leónidas como lo ven los demás. Conozco bien a mi primo y por eso sé que haría lo que fuese para que no me faltase nada.

Podría estar trabajando con él si quisiese.

Todavía puedo.

Nunca antes había sido tan consciente de que mi destino depende de un sí o un no.

28

En la isla, marzo de 2020

Crecí creyendo que tenía que proteger a los abuelos en la misma medida que ellos me protegían a mí. Era un cuidado silencioso y, en buena medida, egoísta. Yo no quería acabar en un orfanato, ese era mi principal objetivo entonces. Había visto suficientes películas sobre huérfanos como para hacerme una idea de que aquellos edificios espectrales —llenos de mugre y camas de hierro— eran poco menos que el infierno. Creo que la abuela compartía mi temor: estoy seguro de que pensaba que, si llegaba el momento que ninguno deseábamos, al menos debía estar sano y fuerte para afrontarlo. Podría decirse que buscaba mi supervivencia a toda costa, solo así se entiende (entendía yo entonces) semejante desfile de suplementos vitamínicos y botellas de calcio de cuello alargado por toda la casa.

En 1982, la abuela me llevó al cine de la parroquia. El olor a naftalina y perro mojado de aquellas butacas es uno de mis recuerdos de infancia más vívidos. «Echan *Annie*», me dijo con su sonrisa de gamela. En aquella época todo el mundo hablaba de Annie, la alegre —a pesar de su desdicha— y pelirroja huérfana de pelo encrespado. Como las Navidades anteriores me había tocado en la tómbola de la parroquia una edición ilustrada de *Oliver Twist*, empecé a preguntarme si querrían decirme algo, si la misma parroquia no estaría detrás del asunto y pretendía prepararnos, a mí y a los que estaban como yo —que eran unos cuantos en el barrio— para un futuro, no muy lejano, en el que tendríamos que empezar a valernos por nosotros mismos. Tal vez fuese su manera de decirnos que hoy estábamos bien (todo lo bien que podíamos estar, dadas las circunstancias), pero que nuestras vidas relativamente mullidas pendían de un hilo porque nuestros abuelos no iban a ser eternos. Se me metió en la cabeza —muy dentro muy dentro, como un perdigón encapsulado que no te mata pero está ahí— que el musical había sido escrito para nosotros, igual que las parábolas que leía el cura y que nunca estábamos seguros de si hablaban de María Magdalena o de nuestras madres.

Para mí no había duda: Annie me gritaba desde el otro lado de la pantalla que en cualquier momento yo podía llegar a ser ella.

Con el paso de los años dejé de preocuparme. Había conseguido sobrevivir a la infancia y llegar a la edad adulta acompañado de al menos un progenitor. Pasados los treinta, y hasta los cuarenta años, aún conservaba (todavía hoy) a mi abuela, y ese es el mayor logro de mi vida, aunque no sea mérito mío.

Ya de mayor, me sorprendió enterarme de que amigos con infancias felices —coronadas por la presencia de unos padres volcados en sus crianzas y en sus futuros— también habían visto *Annie*. Pero ¿por qué?, recuerdo que pensaba. Ojalá lo hubiese sabido cuando era un niño y me preparaba para sobrevivir como el misérrimo Twist en las calles de una ciudad ennegrecida por el humo malo. Andado el tiempo, todos terminaban confesando que sus padres los atiborraban de Redoxon y Calcio 20. La diferencia es que ellos lo vivían entre risas y a mí aún me dura el miedo.

El año pasado, con motivo de mi cuarenta y cinco cumpleaños, llevé a mi familia a Londres a ver *Annie The Musical*.

Compré los billetes de avión y las entradas (platea central) con mucha antelación. En realidad, fue un regalo para mí. Quería observar la reacción de mis hijos ante el drama de los pobres huérfanos en aquel submundo de mugre y óxido. Podría decirse que pagué por ver sus caras y que no reconocí en ellas el miedo a acabar como Annie, como si la orfandad no fuese con ellos.

Fue conmovedor comprobar que daban a sus padres por sentados, unos padres que morirían viejos y a los que les daría tiempo a vivir la floración de al menos otra generación. Todo eso vi en sus ojos y en sus bocas. Solo mi hijo pequeño lloró, en parte debido a su alta sensibilidad (diagnosticada), que le hace ponerse en la piel de todos los seres que sufren en el mundo. Aunque era más bien la compasión ajena del que tiene la certeza de que eso a él no le ocurrirá.

Le cogí la mano y lloré con él.

Aunque pueda parecer extraño, Ulises nunca ha manifestado interés en contrastar la información que se dispone a buscar. No se contrasta lo que se cree a pies juntillas o se quiere creer, da igual lo que digan los demás. Es muy fácil hablar desde un diván y vomitar verdades cuando lo único cierto es que Ulises estaba allí y su psicoanalista no.

Googlea *lluvia de ranas* y contiene la respiración. Figura un amplio registro de entradas, no solo en la primera página; no es como si hubiese tecleado *gallifantes sin cabeza*, en cuyo caso aparecerían las palabras, pero nunca juntas ni por ese orden.

Elige la primera de la lista. Dice: «Estas lluvias suelen estar compuestas por peces o ranas, aunque también se recogen episodios de precipitaciones de aves de pequeño tamaño. A veces, debido a la virulencia del fenómeno, los animales acaban desmembrados, esparcidos en un radio de varios kilómetros. Otras veces sobreviven al golpe, e incluso se han llegado a registrar lluvias de ranas encapsuladas en bloques de hielo». Un poco más abajo Ulises lee cómo un físico francés desarrolló una hipótesis que más tarde fue aceptada y reformulada por la comunidad científica. André-Marie Ampère, que así se llamaba, afirmaba que en ciertas épocas los sapos y las ranas deambulan por los campos en gran número, y que la acción de vientos violentos puede capturarlos y desplazarlos a grandes distancias. Más recientemente, sigue el artículo, se redactó la explicación científica del fenómeno, que tiene que ver con las trombas marinas. En efecto, los vientos que se arremolinan debajo del meteoro son capaces de capturar objetos y animales gracias a la fuerza ejercida por el viento. En consecuencia, estas trombas o tornados transportan a los animales a gran altura, incluso podrían secar completamente una charca y dejar caer lejos del agua la fauna contenida en ella. Esta hipótesis, concluye, aparece reafirmada por la propia naturaleza de los animales (pequeños y ligeros), generalmente surgidos del medio acuático, como batracios y peces.

¿Qué tiene ahora que decir, doctor sabelotodo?

La euforia lleva a Ulises a fantasear con el perdón de su terapeuta, pero la euforia se va igual que viene. Sabe que eso no es bueno, es mejor cuando está un poco lánguido y le da por recordar y echar de menos, como mejor es caerse de una escalera que de un sexto piso.

Inclina la cabeza a babor, y luego a estribor (después de un tiempo en la isla, se impone sin querer el léxico marinero de su abuelo). No puede pasarse toda la vida no queriendo saber. Lo más difícil es empezar y él ya ha dado el primer paso. Si estuviese Toya, le daría una palmadita en la espalda. Teclea *lluvia de ranas* y añade el nombre de la isla para acotar la búsqueda. Si hay o ha habido algo, Google lo sabrá.

Sus ojos discriminan lugares y fechas a gran velocidad. En 1892, en Birmingham, llovieron sapos blancos; en Essen (Alemania), en 1896, cayó una lluvia de carpas congeladas;

en Buenos Aires, en 1952, miles de ranas (también congeladas); en julio de 1962, en Maryland, cayeron cientos de patos muertos después de una tormenta. En Frías de Albarracín (Teruel), en 1988, durante una tormenta cayeron también miles de ranas que estuvieron deambulando varios días por el pueblo, y más recientemente, en 2007, en la pedanía alicantina de El Rebolledo, llovieron ranas diminutas del tamaño de una uña. Ahora bien, ni rastro del fenómeno extravagante en la isla, quizá porque hasta que se convirtió en Parque no existía para el mundo —ni siquiera para la orilla de enfrente— y es de cajón que no se registra lo que no existe.

El recuerdo siempre proporciona una razón para seguir creyendo. Pero los recuerdos pueden ser chocolatinas derretidas.

Ulises sabe lo que vio.

(¿Lo sabe?).

«Peces y ranas —repite—. No vayas a dudar ahora, ¿eh, Ulises?».

29

En la isla, verano de 1986

El sol traspasa la piel de Ulises capa a capa. Se imagina su cuerpo como una superposición de láminas prensadas. Cada capa que atraviesa le produce un cosquilleo que al llegar al centro se intensifica y se traduce en algo muy parecido a la euforia. Toya pegó la toalla a la suya como si fuesen novios y toma el sol en silencio, boca arriba, igual que él. Onehuevo cava un hoyo en la arena, en eso invierte su tiempo siempre que bajan a la playa; Ulises sospecha que su amigo cree que puede llegar a Nueva Zelanda y que si no lo dice (como otras barbaridades que sí dice) es más por mantener el secreto que por otra cosa.

«Es día de limpiar casas».

Con esas palabras exactas y no otras parecidas echó su abuela a Ulises del Chuco, y Melita, a Onehuevo y a Toya de su casa en la otra punta. En la isla, en vísperas de fiesta se limpian las casas a conciencia, se quitan las telas de araña de todo el año, se les pasa un abrillantador a los muebles (cuatro, en el caso del Chuco) y se friegan las copas (vasos rayadísimos, en el caso del Chuco) a pesar de que no esperan a nadie porque las familias hace tiempo que se desmembraron o se murieron —o emigraron, que a todos los efectos es como desmembrarse o morir—. Aunque no tenga ninguna lógica, el protocolo se mantiene sin que nadie se lo cuestione (no cuestionarse una tradición es precisamente lo que la sustenta). También se airean las casas de los pocos emigrados que vendrán a la fiesta, se limpia la iglesia y se le pasa un paño —nunca húmedo, para no atraer a la lluvia— al patrón de la isla, san Agapito.

Las abuelas pululan como si fuese lo que se espera de ellas. Dicen *casas* y *airear*, pero a Ulises le parece que en realidad aprovechan para ordenar su mundo y purificarse ellas por dentro.

Es buena cosa la tranquilidad, se repite, todavía incrédulo. ¿A ver si va a ser verdad lo que dicen algunos —casi todos gordos con anillos y buenos coches— sobre que la vida merece la pena?

La vida merece la pena si es lejos del barrio; si no, no. Del barrio y de su padre y de los que son como su padre. Sería maravilloso poder barrerlos del mundo, shuuup, shuuup. Mejor aún: sería maravilloso que su padre se muriese. Si se muriese, más de la mitad de sus problemas (casi todos, puede que todos) desaparecerían. No es que lo vaya soltando por ahí, Ulises ha aprendido a amarrar sus deseos, jamás deja que se le escapen por la boca. Sabe que no está bien visto hablar de un padre en términos de vivo/muerto (ojalá muerto), aunque mucho peor es tener un hijo para que lo cuiden otros.

Desde que está en la isla no ha pensado ni una sola vez en su mejor amigo. Dice *mejor* por no decir *único*. Dice *amigo*, aunque en realidad el Chino y Ulises jamás se ven fuera del colegio. Es ese tipo de relación. Más que amistad, es un intercambio de favores: Ulises le hace los deberes y el Chino consigue, solo por dejarse ver en su compañía, que no lo apaliquen, pero, una vez que salen del recinto escolar, sus lazos se aflojan del todo.

Por primera vez en mucho tiempo, Ulises piensa en los otros abuelos, los padres de su padre, con los que no tiene ni ha tenido nunca ninguna relación y de los que solo sabe que viven en un sótano con barrotes en las ventanas, en la parte baja del barrio, pero no exactamente dónde. Le sorprende acordarse de ellos ahora —vaya cosa, la mente, con lo tranquilo que está (¿lo está?)— y de aquel día de hace dos años, cuando aún era un mocoso de quinto y la maestra les mandó escribir sus árboles genealógicos. Los resoplidos de todos chocaron contra las paredes y se condensaron en gotas que resbalaron por los azulejos y fueron a parar al suelo. Solo entonces cayó en la cuenta Ulises de que no sabía los nombres de los otros abuelos. No es que no se acordase, es que nunca había necesitado saberlos, ni antes ni ahora. Preguntó a su abuela —la madre de su madre, la única abuela, más madre que abuela—. «Pepe, el Chuzas, y María, una santa», le contestó ella, y, como no supo decirle mucho más, Ulises escribió José y María, lo que parecía muy apropiado, porque su hijo, el padre de Ulises, se llama Jesús.

La falta de información por parte paterna dio como resultado un árbol desigual, deforestado en su parte izquierda y más o menos frondoso —bisabuelos y tatarabuelos al completo, algún tío abuelo y sobrinos segundos sueltos— por parte materna. En general, los árboles genealógicos de quinto B formaban una arboleda de hoja caduca bien entrado el otoño: demasiados huecos y cruces y ausencia de segundos apellidos. Solo Guillermito Colmenero, el hijo del director (cómo los odiaban todos al padre y al hijo, las bocas cuajadas siempre de esdrújulas y de adverbios terminados en -mente) presentó una hoja DIN-A3 con un árbol lleno de ramas consolidadas y brotes a ambos lados, subrayada la primera generación en azul, la segunda en verde, la tercera en violeta… Un derroche obsceno de generaciones y colores (Guillermito tenía un bic de ocho colores, que de vez en cuando le robaban y su padre le reponía) con su *nació-murió* entre paréntesis debajo de cada nombre, toda la parentela apretadita desde abajo hasta la copa.

La maestra enseguida se dio cuenta de la disparidad de especies arborícolas. La mayoría parecían chopos escuálidos

—por un lado o por el otro, o por los dos en el peor de los casos— y luego estaba el sauce llorón de Guillermito Colmenero, ornamental y sano como ninguno, por el que la maestra pasó sin hacer el más mínimo comentario a pesar de que lo merecía (¡vaya si lo merecía!), para indignación del hijo del director, que carraspeó varias veces desde lo más profundo de su garganta antes de soltar: «Si lo sé, no me pierdo *Luz de luna*, con lo buenorra que está la tía esa y las tetas supergrandes que tiene».

Ulises ladea la cabeza y entreabre un ojo. La mano de Toya está tan cerca que la diferencia entre tocarse y no tocarse son tres centímetros o un bofetón. Podría acercar la suya, solo para probar, puede que ella no la aparte, o puede que sí. Si lo hace con suavidad, apenas rozando su meñique, quizá crea que es involuntario y deje su mano donde está porque lo único que le falta a ella —o a los dos— para ser felices del todo, además del sol y el mar, son sus manos. Onehuevo sigue cavando, Toya parece dormida, pero sin la cara de boba que se le queda a todo el mundo cuando sus músculos se relajan. Nada es flácido en ella: Toya es una granny smith en el punto previo a la maduración. Ulises mueve sus dedos con cuidado, como si fuese un cangrejo ermitaño, el ojo entreabierto por lo que pueda pasar. No la toca porque hay que ser muy valiente para enfrentarse al fracaso en una isla en mitad del verano, pero sus meñiques están separados por el espacio de un hilo de tanza. ¿O sí se tocan? Un pensamiento lleva a otro y Ulises se mete en un laberinto de bocas, tetas, muslos, penes erectos, culos, vaginas y caderas del que no puede ni quiere salir. La euforia se vuelve líquida y baja de su mente a su cuerpo. Toya sigue durmiendo, Onehuevo cava y catapulta montoncitos de arena y Ulises se da la vuelta a tiempo de taparse.

Una lancha apaga el motor antes de llegar a la orilla, siempre lo hacen, pero el ruido ya ha despertado a Toya. Onehuevo dice «boh» y tira el último montón de arena como si acabase de entender que jamás logrará llegar a Nueva Zelanda. Toya abre un ojo, levanta el cuello sin despegar la espalda de la toalla y susurra «¿Por qué?».

—¿Por qué qué, Toya? —resopla Onehuevo.

Eso, ¿por qué qué, Toya?, le entran ganas de preguntar a Ulises también.

—¿Por qué, con lo bien que estábamos? —dice Toya, en un tono tan bajo, que, pasados los minutos, Ulises no estará seguro de si lo dijo ella o lo pensó él.

30

A veces sueño que estoy en la isla. No en Margarita, sino en la mía. No sé si puedo llamarla mía o si he perdido el derecho a hacerlo. He vivido más de veinte años en ella y no volveré a vivir allí —aunque retorne, si retorno—, así que tú me dirás si puedo llamarla mía. Siempre es el mismo sueño: Leónidas y yo corremos por el camino que baja a las dunas y todo es felicidad. Mamá Concha nos grita que volvamos a casa. Sabemos que está enfadada porque la última palabra, *demo*, la rasca contra la garganta, no como cuando dice «Anda, venid aquí, *rapaces do demo*» y la sonrisa se le cuela por los ojos aunque no quiera. Leónidas me coge de la mano y tira de mí. Yo dudo, no quiero que mamá Concha se enfade y termine echándome de casa. Con cada tirón, el brazo me crece. Mamá Concha venga a gritar y Leónidas venga a tirar de mí. Entonces dejo de oír a mamá Concha, dejo de oírla porque me tapo las orejas para que no me entre ninguna palabra. Ya no quiero escuchar, por una vez quiero desobedecer yo también. Corro todo lo que mis piernas me dejan, que es mucho porque soy un chico sano. Leónidas ya no tira de mí, no hace falta. Lo sigo sin pensar hacia dónde vamos. Lo sigo porque quiero. Corremos durante mucho tiempo —no sé cuánto, es difícil medir el tiempo en los sueños— hasta que llegamos a la punta más alta. No quiero estar ahí, pero tampoco hago nada por marcharme.

El abismo me atrae y al mismo tiempo me aterra. Leónidas agita el brazo. Con un movimiento de molinillo me anima a asomarme. «Ven, ven». No grita, sabe que no le hace falta. Dice: «¡Ahora!» y yo siento que no puedo negarme.

No quiero saltar, pero salto.

Me despierto antes de que mis sesos exploten contra las rocas y se desparramen hasta pudrirse en el mar. Me digo a mí mismo que nada es real, pero ya arrastro la sensación de vacío durante todo el día.

Manuela dice que los sueños, sueños son. No la contradigo porque es lo que nos faltaba ahora, ponernos a discutir por algo que no ha sucedido, pero no estoy de acuerdo con ella. Ni hablar, los sueños lo son todo. Los sueños llegan a donde no llegan las palabras, actúan cuando el cerebro se queda sin frenos, son lo único verdadero, lo que de verdad somos y no enseñamos a nadie porque nos comen el miedo y la vergüenza.

Lo cierto es que no he vuelto a ser el mismo desde lo del Cumbé. Saber que hay otra vida ahí fuera me está consumiendo. Llevaba un tiempo tranquilo con eso, parecía que por fin estaba todo dicho cuando la semana pasada alguien me contó que Leónidas había viajado a la isla (a la mía, la nuestra) y había vuelto a cruzar el charco la semana siguiente.

Desde entonces duermo mal y sueño mucho.

Ahora que tenemos comunicación telefónica con la niña, Manuela está algo más tranquila, dice que entre las fotos que nos mandan y escuchar su voz todas las semanas Venezuela ha dejado de parecerle tan lejos, que hay familias que viven en la misma casa y no hablan tanto como nosotros. Hace tiempo que Manuela y yo ya no pensamos como uno. Su tranquilidad coincide casi siempre con mi zozobra (nombre fem., «sentimiento de tristeza, angustia o inquietud de quien teme algo»). La niña tiene trece años, una edad en la que hay que estar muy encima. El otro día me contó que había hecho amigos en el barrio y que se pasaba las tardes con ellos. Parecía feliz, y me alegro (¡cómo no iba a alegrarme!), pero temo que pase algo y sus abuelos no sepan verlo.

Temo, pero me lo callo.

Nunca hasta ahora habíamos salido tanto Manuela y yo. Su buen ánimo hace que quiera alternar. Lo cierto es que Caracas está pletórica, con esos edificios colosales, altos como montañas. Pocas ciudades tan modernas hay en el mundo, en España ninguna se le aproxima; cómo va a ser moderna España si es un viejo agónico a punto de estirar la pata. Coches y más coches —larguísimos—, semáforos, avenidas bulliciosas como botellas de champán.

Ya no paseamos los domingos por el parque de Carabobo ni nos sentamos en un banco a la sombra de los chaguaramos y las ceibas, ahora somos todo lo modernos que nunca hemos sido ni soñamos ser y vamos de visita a algunas casas de conocidos. Nosotros no invitamos a nadie, nuestra casa no está ni estará preparada para recibir porque no se mima lo que se va a abandonar. Como estamos de paso en este país, no decimos *amigos*, sino *conocidos*, de manera que cuando llegue el momento de retornar —algo que siempre estamos a punto de hacer, más Manuela que yo— no lloraremos mares ni prometeremos volver porque será una despedida definitiva. Somos los eternos retornados, y ese estado de provisionalidad en el que vivimos nos impide invertir ni un bolívar en este país, a diferencia de nuestros conocidos, que sí lo hicieron, y con bastante éxito, por cierto. Algunos incluso hablan ya de Venezuela como su patria. Verlos a todos con sus departamentos arregladitos, sus carros nuevos, sus negocios prósperos y sus familias completas agudiza mi úlcera. Manuela, en cambio, sale eufórica de esos departamentos, con la cabeza llena de ideas para amueblar el pisito de allá, dice. Pero lo único cierto es que nuestra provisionalidad dura ya doce años y, aunque nos neguemos a admitirlo, va para largo.

31

En la isla, marzo de 2020

Encontrarme a Toya, pasado el tiempo, fue una de esas sorpresas de la vida que te hacen dudar de las fuerzas caprichosas que rigen el universo. Ocurrió hace trece años y tres meses. Recuerdo la fecha exacta porque acababa de ser padre de mi segundo hijo.

En esa época —ignoro si esto ha cambiado— era una práctica habitual cerrar un congreso o unas jornadas laborales importantes en un club de alterne. Venía siendo algo así como la estocada del torero, la embestida visceral del macho (huelga decir que allí solo había machos, y junto a ellos estaba yo, que nunca me he sentido parte de la manada, pero allí estaba). Por más que las chicas del club no se pareciesen en nada a las mujeres del bar Orgía, a dos minutos del bloque de los abuelos, y que algunos no lo llamasen así, un club de alterne y ninguna otra cosa es lo que era aquella construcción con apariencia de nave industrial a pocos kilómetros del aeropuerto.

Hasta ese día siempre me las había arreglado para escurrir el bulto. «Mucho trabajo», decía. «Un proyecto importante», decía. Las únicas excusas bien vistas en el mundillo. En estos casos era importante que nadie oliese un resquicio de titubeo, aún menos de mojigatería (eso sí estaba mal visto).

Me avergüenza admitir que lo que me impulsó a no irme a casa esa noche fue un bebé que supuraba leche y lloraba como si lo desollasen vivo y una mujer que había perdido el sentido del humor. Pensaba en nuestra cama, la de Estela y la mía, y me imaginaba una tumba. Por eso fui al club XXX (triple equis, así de burdo): para no estar en mi casa.

Exactamente como suena.

Al final, hacer algo y estar a punto de hacerlo se parecen mucho (menos por las consecuencias, claro está), y esa es la principal diferencia entre la vida que pudo haber sido y la que es.

Lo más excitante de mi vida fue haber estado a punto de tener una aventura con Toya.

Lo más excitante de mi vida no ocurrió y no fue culpa mía.

Estaba sentada en un taburete de la barra del XXX. La reconocí al instante, como se reconoce a quien te removió una vez las entrañas y te las cambió de sitio para siempre. «Nunca utilices el cuchillo de fuera hacia dentro. ¿No ves que, si se te escapa, puedes cortarte?». Charlaba con el barman con la complicidad que solo te da el tiempo. Hablaba y jugaba a la vez a enroscar y desenroscar una botella de agua. Enroscaba y desenroscaba mientras esperaba una señal.

Veinte años después, volvíamos a coincidir en una cueva y era de nuevo su voz antes que cualquier otra cosa.

Me aproveché de la penumbra para observarla a traición. La extrema delgadez le sentaba bien. El peinado de Cleopatra —extraliso y negrísimo, con un corte demasiado perfecto— me hizo pensar en una peluca. El grupo se dispersó al poco tiempo de haber entrado. Ningún macho echa de menos a otro macho en un lugar como ese, nadie pregunta cuando está afanado en liberar sus propias feromonas, cada cual se centra en su presa. Yo hacía lo propio y de paso ganaba enteros a los ojos de mis colegas. Me retuerzo de asco y vergüenza al escribirlo ahora.

Toya seguía teniendo ese porte desenfadado-arreglado, a pesar de la peluca (ya no dudaba de que era una peluca), de guapa que no quiere serlo a pesar de que sabía muy bien el efecto que causaba. Era el tipo de persona de la que no puedes apartar los ojos ni la mente. Un esqueleto distinguido y un tono de voz severo, marcadamente didáctico, entre irritante e irresistible.

Escort girl.

Traducimos a otro idioma lo que nos incomoda o nos fascina.

A mí me incomodaba. Creía (aún creo) que Toya había nacido con una capacidad innegable para hacer cosas importantes. Quizá por eso me sentí decepcionado, además de incómodo. No digo escandalizado, digo decepcionado. Y enfadado. No hay decepción sin enfado, es imposible. No tenía ningún derecho a sentirme de ninguna manera, ¿quién era yo?, pero eso lo pienso ahora. ¿Tan mal se le había dado la vida para acabar en un antro como el XXX?, me pregunté entonces y me sigo preguntando hoy.

¿Y a mí?

La Toya que conocí no se acostaba con hombres por dinero, lo habría jurado sobre la biblia si la biblia fuese importante para mí. La Toya que conocí tal vez habría dado algunos tumbos por el mundo antes de acabar siendo profesora de primaria o de yoga, cooperante en una protectora de animales, miembro de Greenpeace o secretaria de la ONU. Aquella no era la Toya que yo había conocido, imposible. ¿Cómo iba a serlo si la Toya que conocí tenía catorce años?

Creo que se alegró de verme, lo vi en sus ojos (el brillo duró una milésima de segundo, pero estuvo ahí, y al final es lo que cuenta).

Terminé subiendo a una habitación con ella. Yo nunca había contemplado la posibilidad de ser infiel. Las palabras *mía/mío, tenerte/poseerte* relacionadas con el amor me parecen de un mal gusto primitivo. Es oír una de esas canciones y se me escapa una risa despiadada. Me avergüenza confesar que en ese momento quise poseer a Toya en el sentido más universal de la palabra. Deseé que me quisiera a toda costa, por más infantil que pueda sonar. Pero Toya no es el tipo de persona que se pueda poseer. No se puede poseer a quien no quiere, ni aun estando en el XXX. La tuve a mi alcance y, un segundo después, dejé de tenerla. Eso creí entonces, pero no era verdad. Toya llenaba un espacio y lo vaciaba cuando se iba, y con aspirar la nube almizclada que dejaba en el aire te tenías que conformar.

En ningún momento contempló acostarse conmigo. Le propuse salir del XXX. El sitio me producía escalofríos. Me miró de arriba abajo, como se mira a un perro mojado. «Es mejor que no estemos juntos tú y yo», dijo. «Somos como una mancha de humedad, Uli; al principio podría parecer que la hemos eliminado, pero al cabo de un tiempo volvería a salir y ya solo tendríamos ojos para el cerco negro».

Solo Toya hablaba así. La echo de menos.

Toya tenía unos brazos largos y nervados con los que me alejaba del abismo, a pesar de que aquella noche le pedí que me dejase lanzarme. «No me protejas. ¿De qué me proteges?», creo que le pregunté, sentado en el borde de la cama, la botella de champán, intacta, mirándonos desde la mesilla. «Me merezco este momento», susurré después, de un modo patético, pero ya hacia dentro.

You are so beautiful to me, le habría cantado al oído si me hubiese dejado.

No he vuelto al XXX ni a ningún antro parecido. Nada me recuerda tan vivamente que lo mejor de la vida es lo que pudo haber sucedido. Me quedo con la despedida, en mitad de aquel habitáculo alicatado, imitación fallida de los baños de la Alhambra. Toya tenía ya una mirada de desapego, aunque es fácil hablar ahora. «¿Eres feliz?», le pregunté apoyado en el marco de la puerta mientras ella vaciaba el champán por el desagüe. Fue una pregunta impertinente; me vuelvo torpe cuando traspaso el umbral de la intimidad.

Podía haber guardado silencio, pero Toya siempre contestaba, y jamás hablaba por hablar. «Es más fácil ser feliz cuando no das la felicidad por sentada», dijo. Nada sonó más verdadero y menos pretencioso en su boca.

Esa fue la última vez que nos vimos.

Me despreciaría si supiese que le he puesto su nombre a un barco. Aunque ella nunca fue Victoria, esa no era ella. No tuve agallas para ponerle Toya. Todos me habrían preguntado, levantando mucho las cejas, los ojos saliéndoseles como a los peces telescopio: «¿Toya? ¿Qué Toya?». Y esa era una puerta que no estaba dispuesto a abrir.

Puede que Ulises no haya tenido tan mala suerte en la vida. Quiere a su abuela más que a nadie, a pesar de todas sus omisiones, grandes como camiones, por no hablar de la bendita casualidad —o suerte, o ambas cosas, difícil saber— de que sus hijos sean los seres más adorables y ocurrentes del mundo. Y están sus amigos, que, aunque son pocos (cada vez menos), le dan mucho más de lo que reciben de él. No es que eso sea difícil y que él no lo sepa.

Y, en algún punto entre todos ellos, está Estela.

La dulce Estela siempre sale perdiendo.

A las nueve de la noche, con puntualidad británica o suiza (¿quién marca la puntualidad, los relojes o las personas?), presiona el número de Estela. No se plantea si tiene ganas de hablar con ella (no tiene), solo que es su deber compensarla por la brusquedad de la última llamada. Como era de esperar, contesta al segundo tono, el primero lo deja escapar para aclararse la voz, siempre lo hace. Suena relajada, pero Ulises sabe que solo es una pose. Su mujer necesita tenerlo todo bajo control. Estela es fiabilidad y resistencia —si fuese un coche, sería un Volvo—, y aparentar naturalidad forma parte del combo. La conoce tanto que ya nada le sorprende de ella.

Lo mejor que se puede decir de su relación es que está exenta de sobresaltos. O eso cree Ulises.

—¡Qué tal! —Estela saluda exclamando; lo prefiere a las interrogaciones.

—Bien, bien, cuéntame tú.

Parece lógico que las novedades vengan de la otra orilla, de donde está la vida, o lo que queda de ella. Estela le cuenta que los niños están muy alborotados y necesitan salir, también ella, pero sin los niños, gorjea con un amago de risa de los que esconden verdades como puños. De pronto la ciudad es un lugar antinatural para vivir, dice, en cambio la isla... Se frena a tiempo de decir algo inconveniente. «Se debe de estar bien ahí», rectifica. Cuando puedan salir, le gustaría que los llevase.

Estela jamás ha mostrado el más mínimo interés por la isla y él siempre se lo ha agradecido. Mucho. En silencio. La isla es todo lo que Estela no es ni será y Ulises no tiene intención de compartirla con ella ni con nadie, pero le dice que ya lo hablarán, porque ellos lo hablan todo (menos lo importante, eso se lo callan o ya lo habla Ulises con su terapeuta).

—Estos días he estado pensando... —dice.

—Me imagino, me imagino, ahí solo, y tal y como están las cosas...

—Sí, bueno, no me refiero a... No me apetece hablar de eso ahora, Estela.

—¡Ah!

Estela se maneja con un número reducido de interjecciones, dos o tres, y en la cima de sus favoritas, solo por encima de *uf*, está *ah*, que en su boca es una voltereta.

—He estado pensando en el verano del 86.

Ulises no se puede creer que haya verbalizado su preocupación. De golpe le laten las venas.

—Madre mía, ¿el verano del 86? Teníamos trece años, ¿no?

Estela es dos meses mayor que Ulises. Siempre que sale a colación una fecha, ella la convierte automáticamente en su edad, la de ambos, como si fuesen gemelos: «Teníamos doce, trece, veintiún años…», «Faltaban dos años, tres, diez, para que naciésemos», y así siempre.

—¿Te acuerdas de ese verano? —Se refiere a su verano, al de Estela, porque ellos no se conocieron hasta los veinticinco años.

—Uf, ni idea, cariño, ¿a qué viene eso? ¿Por alguna razón lo preguntas? Qué pasó el verano del 86, a ver, a ver… ¿No fue el verano de los conciertos contra el hambre en África? No, espera, déjame pensar, los conciertos fueron en el 85, creo. Qué grande Freddie. ¿Por qué te has puesto a pensar ahora en el verano del 86? ¿No fue el verano que se murió tu abuelo? Oh, cariño…

—Sí, sí, pero no es eso.

¿Que no es eso? Por supuesto que es eso, siempre ha sido eso. Ni siquiera ahora es capaz de compartirlo con Estela. Las mentiras le salen solas. No son mentiras, son agujeros negros como bocas de lamprea que lo engullen todo.

—Dime qué es, entonces.

—¿Te acuerdas de una lluvia de ranas? —Ulises aguanta la respiración antes de añadir—: Puede que de peces también.

—¡Ah!

¿Ah? ¿Cómo que «¡ah!»? No se acuerda, si se acordase no diría «¡ah!» y se pararía ahí; un torrente de palabras saldría de su boca si supiese de qué le habla. Nadie tiene que hacer memoria si le hablan de ranas que caen del cielo. De un acontecimiento insólito (un milagro, prácticamente) te acuerdas aunque no quieras, porque nunca antes lo habías vivido y porque las probabilidades de que lo vuelvas a vivir son prácticamente nulas.

—Uf, cariño, ¿lluvia de ranas y peces?

—Nada, Estela, olvídalo.

—Pero no, no, déjame pensar. ¿Lluvia de ranas, dices?

—Sí.

—Hummm… Nada, no caigo.

32

En la isla, verano de 1986

De la fiesta Ulises no recuerda nada, salvo que trajo consigo unos colores y unos acentos estrafalarios cuando parecía que ya había visto y oído todo lo que podía verse y oírse.

Dos días antes desembarcaron cerca de cincuenta personas —casi diez veces más, de media, de las que llegan a diario— que convirtieron la isla en un diminuto país extranjero. De los recién llegados, nueve eran campistas, «curiosos que vienen a ver cómo paseamos al santo mientras se rascan los muy *pajúos*», repetía su abuela, a la que los americanismos se le caen de la boca cuando está desprevenida. El resto eran vecinos emigrados —principalmente a Europa— que vuelven cuatro días al año para dejar constancia de que fuera les va de lujo. Pero qué limpias las calles de Ginebra. Pero qué educados todos en Liechtenstein. Pero cuántas oportunidades en Londres. Pero para no creérselo, oye. Pero en Alemania todos vamos en Mercedes. Pero qué chévere todo. Pero esta calamidad de acá no puede ser. Pero esto está muy mal. Pero, pero…

—¡Puaj! Menos mal que se van en cuanto acabe la fiesta —dijo Toya—, no puedo con ellos, no puedo.

—Pues mi abuela dice que todo es muy relativo —Onehuevo subió los hombros como si *relativo* no significase nada para él—, que a estos en verdad les habría gustado quedarse, y si triunfaron fuera es porque fracasaron aquí.

—Ya te digo… Si no fuese porque estos días El Dorado sirve más cervezas y coñac que en todo el verano, les dispararía a todos bolas de goma como las que usan los maderos de ahí enfrente —farfulló Toya rascando una de cada tres palabras, el dedo índice apuntando a la ciudad.

—Aun así, a mí me gusta que haya fiesta —dijo Onehuevo.

—A mí también —se atrevió a decir Ulises, a pesar de que nunca había ido a una.

—¿Ah, sí? —Toya utilizó un tono de superioridad que hizo que Ulises se arrepintiese de su respuesta—. Pues a mí no, qué queréis que os diga. Por cierto, no sé si sabéis quién paga todo esto: las flores, la orquesta, las empanadas, la rifa del jamón…

A Ulises se le encendió una luz a pesar de que no se encontraba bien.

—Leónidas, ya —afirmó como si supiese.

—Pues sí.

—¡Escoria!

—De todas formas, yo no voy a ir, así que no contéis conmigo estos días. Tengo que echar una mano en el bar.

Cada palabra de Toya causó en Ulises el efecto de una bomba de racimo. Si fuese su intención ser sincero, habría dicho que entonces no le interesaba nada la fiesta, que sin Toya ya no era una fiesta, no la que él se había imaginado. Adiós al primer cubata. A bailar con las manos en los bolsillos (puede que hasta lograse parecer un tipo interesante, quién sabe). A escaparse con ella para meterse mano los dos. Pero por alguna razón —arrogancia o tal vez un malestar general que cada minuto que pasaba iba a más— se encogió de hombros como si no le importase lo más mínimo.

—¡Toya! —gimió Onehuevo.

—No pasa nada; aunque no tuviese nada que hacer, no iría. Me revuelve el estómago pensar en bailar la música que paga ese gusano. —De pronto se le iluminaron los ojos—. Pero vosotros podéis aprovechar para… —miró hacia ambos lados para asegurarse de que no pasaba nadie—, ya sabéis.

—¿Para qué, Toya? —gritó Onehuevo.

—¡Piensa!

Ulises llegó a casa cabizbajo, con ganas de meterse en su habitación y ahogarse en un remolino de baladas o en un barreño de agua, lo mismo le daba. Después le contaron que se desmayó justo antes de que su abuela exclamase: «¡Este niño no está bien, te digo yo que no está bien!». Una sensación de incerteza envuelta en una niebla lechosa determinó los días que siguieron, durante los que oyó —aunque siempre le quedará la duda de si lo soñó— el silbido y posterior estruendo de cohetes como si estuviesen en guerra, rancheras mexicanas y algún pasodoble, pero tampoco lo puede asegurar porque la fiebre era muy alta (treinta y nueve y medio, según su abuelo, casi cuarenta y uno y un pie en la tumba, según su abuela).

En la isla no hay médico. «Qué va a haber en esta isla de mierda», gritó su abuela, histérica, después de que su marido recorriese la habitación balbuceando para sí mismo, como si se le hubiese helado la sangre, «¡Un médico, un médico!», así que se tuvieron que conformar con lo que había, que era (¡y aún menos mal!) un joven aspirante a cardiólogo. Al parecer, fue Onehuevo, que había ido a acompañar a Ulises, el que recordó (porque lo había oído muchas veces el día anterior) que el hijo de Maruja, Pies Negros, la mujer más pobre de la isla antes de emigrar, había terminado el primer curso de Medicina en la Universidad de Berna (en realidad, tenía más datos acerca de lo muchísimo que costaba la universidad y las excelentes calificaciones del muchacho, pero nada de eso venía a cuento). Y, como el futuro médico no se había traído ni un triste fonendo (porque no tenía, qué iba a tener si era un pipiolo sin sombra de barba siquiera), solo pudo constatar —con gran aplomo, eso sí— que se trataba de una gripe de verano «con fiebre muy alta, caramba», y que lo mejor para bajarle la fiebre era aplicarle unas compresas de alcohol —o, en su defecto, agua templada— en nuca y tórax. Más tarde Onehuevo le contaría a Ulises (con bastante gracia, para ser él) que su abuelo abrió la cartera para obsequiar al estudiante, pero que su abuela se abalanzó sobre él a tiempo de cambiar el billete por un paquete de galletas María, que, a fin de cuentas, dijo, el rapaz no había dicho nada que ella no supiese ya.

Durante los días siguientes, en los que había que estar pendiente de que la fiebre no se encabritase (palabras que salieron, severas, de la boca del aspirante a cardiólogo), sus abuelos se turnaban para estar con Ulises en la habitación, e incluso llegaron a coincidir durante horas sin que a ninguno se le notase especialmente incómodo, como si el mal del niño les hubiese abierto los ojos y hubiesen llegado a la conclusión de que no tenía sentido seguir ignorando la zozobra del otro.

El segundo día su abuela empezó a tejer una manta mientras le contaba que la víspera de la fiesta llegó la orquesta a bordo de un barco. Generadores, músicos y bailarinas, una batería y un montón de instrumentos rarísimos que ella no había visto en su vida —y que parecían más electrodomésticos que otra cosa—, zapatos rociados de purpurina, trajes acharolados como los de Elvis Presley, y Leónidas al frente.

Dicen los que lo vieron que entró en la isla como Jesús a lomos de la borriquita.

Solo fueron tres días, pero, en más de un sentido, a Ulises le pareció medio verano (o un verano dentro de otro verano). Gracias a que a su abuela la lengua se le desenroscó, supo que Toya nunca tuvo padre, al menos ninguno que ella ni nadie llegase a conocer, y que su madre se murió hacía menos de un año, después de haber estado dando tumbos por la ciudad. «Mala vida, ya sabes», dijo susurrando, a pesar de que nadie, salvo ellos, podía oírla fuera de las cuatro paredes. Después de eso, sus abuelos murmuraron —casi al unísono— «Pobre cría» y su abuela añadió: «Cuántas barbaridades habrá tenido que ver la criatura, viviendo las dos solas como vivían... Dicen que la niña hacía la comida ya con ocho añitos, hasta que el abuelo se plantó en la casa y puso orden. Veremos a ver qué pasa ahora...». Por algún motivo, su abuela se frenó como si pensase que debía parar ahí.

Si algo ha aprendido en la vida Ulises es que, aunque parezca imposible, todo el mundo puede compararse con otros y sentir que ha tenido suerte. Ahora entiende que Toya tiene que ser mandona a la fuerza.

La fiebre duró lo que duró la fiesta y, pasadas ambas, su abuela aseguró —con un aire de suficiencia nada gentil, típico en ella— que caer enfermo había sido lo mejor que podía haberle ocurrido a Ulises. «Total, para ver la isla llena de jipis y fanfarrones», fueron sus palabras exactas.

—Pero si a ti no te gusta nada la isla, qué más te da —protestó él, los ojos clavados en su abuela.

—Que le tenga manía no quiere decir que no la quiera —contestó ella.

A Ulises le parece que es imposible que se den las dos cosas juntas, también que su abuelo sonreía —solo un poco con la boca, que los ojos los tiene llenos de muertos, las comisuras ligeramente hacia arriba como si creyese que no tiene derecho a sonreír abiertamente— mientras murmuraba: «Esos seguro que ya no verán frailecillos».

—¿Frailecillos? —preguntó Ulises.

—Nada, cosas mías.

Onehuevo no para de repetir que los días de la fiesta fueron los más felices de su vida, que compró petardos y ligó con una francesita, pero Ulises piensa que hay episodios en la vida que o los vives o no puedes creer que existieron. Y, como cuando por fin pudo poner un pie fuera todo estaba más o menos igual que antes de la fiesta (ni rastro de la francesita de Onehuevo ni del aspirante a cardiólogo, solo algo más de basura y la hierba muy pisada en la zona donde se supone que aparcaron el tráiler de la orquesta), se le instaló la idea de que nada de lo que le contaron había ocurrido.

Dice su abuelo —y en la vida él tiene más experiencia que nadie que conozca— que los emigrantes vienen, se dejan ver y se van, y a los dos días nadie sabe si estuvieron, si están vivos o muertos, si les ha ido bien o mal o si alguna vez existieron.

O sea, son fantasmas.

33

Caracas, Venezuela, 1972

Lo que parecía que no iba a llegar llegó. Manuela por fin retornó, y, si no hubiese sido por lo que fue, no habría retornado. Las noticias de allá precipitaron su huida, fue la única manera que tuvo de poder salir de este país al que nunca quiso venir y que le estaba carcomiendo los bríos.

Ocurrió hace una semana, y yo no debería estar lamentándome mientras lo escribo, debería estar haciendo algo útil.

A decir verdad, el mes no empezó bien. Primero el padre de Manuela estuvo a punto de morirse a consecuencia de la diabetes que padece y de la que no se quiere tratar. Yo creo que no puede soportar estar lejos de la isla, por eso continuamente intenta morirse (de momento, sin éxito) a base de azúcar y aguardiente de orujo. La voz ahogada de mi suegra al otro lado de la línea telefónica —suplicando a Manuela que hiciese entrar en razón a su padre— contrastaba de lleno con la de mi suegro y con la de la niña: él venga a decir que lo dejasen morirse en paz y la niña que no le importaba que su abuelo se muriese.

Seguimos llamándola niña por la misma razón que lo seguiremos haciendo cuando deje de crecer: porque una hija es una niña siempre, aunque vaya a ser madre.

Madre a los dieciséis.

La noticia nos llegó quince días después del amago de muerte del padre de Manuela. Demasiadas cosas juntas. No puedo decir que no se me hubiese pasado por la cabeza; para ser sinceros, llevo pensando en que podía suceder desde que nos enteramos de que no se separaba de ese melenudo, pero pensarlo no es lo mismo que temerlo y mucho menos que saberlo. Al instante los reproches cayeron bien afilados sobre nosotros y enseguida pasaron a caer solo sobre mí. Pero ¿qué puedo decir yo? ¿De quién me tengo que defender? Puedo admitir que es difícil dar consejos sin verse las caras, eso sí. La distancia se ha convertido en una licencia para todos, también para la niña, no puedo culparla, ni a sus abuelos, ¡cómo iba a hacerlo!

He empezado a odiar el teléfono. Eran mejores las cartas, uno podía imaginarse que las cosas eran ligeramente diferentes a como se leían y dar por hecho que el tono era más amable. Hay un lugar pequeñito para la esperanza en una carta, pero no lo hay para la duda en las palabras habladas. Lo que se dice es, y si la abuela dice —entre lágrimas e hipidos— que la niña está embarazada de un malandro, no hay mucho más que imaginar.

La noticia cayó como un obús en nuestro diminuto departamento de Caracas, y si no se rompió nuestro mundo es porque ya se había roto mucho antes.

Tiene dieciséis años nuestra niña; poco antes de que su hijo nazca, cumplirá diecisiete. No era así como me había imaginado su futuro. El futuro la ha alcanzado antes de tiempo y la culpa es nuestra. Fin de la discusión.

Qué retorcida es la vida, hace pocos días, justo antes de que la noticia del embarazo nos atropellase, Manuela y yo tuvimos la conversación más sincera y pausada que nunca habíamos tenido —y que ya no tendremos— en este país. Después de quince años en Venezuela, había llegado el momento de avanzar, algo lógico que aún no habíamos probado a hacer. Esos días (fueron tres) hablamos hasta entrada la madrugada, nuestras caras supurando pequeñas gotas de miedo a equivocarnos.

Parece que estoy oyendo a Manuela: «Ay, Dios mío, ¿estás seguro?», y yo: «Eso creo», y luego: «¿Haremos bien?», y finalmente, los dos: «Es lo mejor, es lo mejor». Después de jugar con combinaciones que implicaban a diferentes miembros de la familia y a los dos continentes, estuvimos de acuerdo en traernos a la niña —que ya no lo es tanto, como ella misma nos ha demostrado— para que empezase aquí la universidad, lo que suponía dar un volantazo y desechar para siempre la idea de retornar. Manuela y yo montaríamos una tiendecita de electrodomésticos o telas, la niña estudiaría y poco a poco iría derritiendo las zetas y evaporando las vocales, mis suegros seguirían viviendo en el pisito, que ya estaría pagado, y cuando ellos ya no estuviesen (ojalá más tarde que pronto, pero ya se sabe que nadie es eterno) recibiríamos un ingreso extra por el alquiler.

Soñar (verbo intr., «anhelar persistentemente algo») es de las pocas cosas que las personas como nosotros aún nos podemos permitir.

La euforia o el alivio —o ambos— se apoderan de uno al tomar una decisión importante que afectará al resto de tu vida y para la que ya no habrá vuelta atrás. Como retornar con una mano delante y otra detrás. Como quedarse, aun sabiendo que serás enterrado en un país extranjero. Como volver de la punta de los suicidas después de haber decidido no saltar. El alivio y la euforia abrieron la puerta de la casa caraqueña al sentido del humor, que nunca antes había entrado. Llegamos a bautizar el momento como *la segunda Gran Decisión* (está claro cuál fue la primera) por el impacto que causaría en nuestras vidas. Pero a veces la realidad se adelanta a las decisiones y eso fue exactamente lo que ocurrió.

Hace unos días, pero parece que fue otra vida: la que podía haber sido.

Después de escuchar la noticia del embarazo, Manuela colgó el teléfono y empezó a golpearme la cabeza. Cuando terminó con la mía, empezó con la suya. Fue la rabia y la impotencia, le dio por ahí. Alternaba golpes y aspavientos con los brazos mientras metía en una maleta su ropa y decía que no se iba a quedar acá ni un minuto más mientras su familia se desmoronaba, que bastante había tardado ya en irse, que todo había sido malo, que todo-todo culpa mía, que «maldito seas y maldita sea yo por estar con un maldito» y no sé cuántas lindezas más habrá dicho y no oí por culpa de mi sordera.

Pero los pobres nos vamos cuando podemos y ella no pudo irse hasta hace seis días. En barco, no como Leónidas, que cruza volando hasta la otra orilla como quien se va a La Guaira a pasar el día.

Me atormenta pensar que, si las condiciones hubiesen sido otras (si no existiese un embarazo, principalmente) y si al final hubiésemos decidido retornar juntos en vez de quedarnos (la otra opción), la despedida habría sido diferente, mucho más consciente. Habríamos tomado el último café en el bar As Burgas y visitado la Hermandad por última vez, habríamos tenido palabras bonitas para todos nuestros conocidos, procurando que no se nos notase nuestra compasión hacia ellos. Cuando la vida nos sonríe, no nos importa que todos sean felices ni nos cuesta ser amables. Manuela y yo paladearíamos cada última acción y diríamos cosas como «Nuestro último paseo por la avenida de los Próceres» o «Nuestro último objeto absurdo de la tienda de quincallas». No nos opondríamos más al uso del plural, un aluvión de *nosotros, nos, nuestros* explotaría en nuestras bocas. Puede que incluso nos despidiésemos en silencio de cada banco del parque de Carabobo, aunque ninguno lo admitiría ante el otro (en la isla se desprecia a los nostálgicos, y aún arrastramos ese desdén). Echaríamos un último vistazo a las montañas y pensaríamos que quizá habría valido la pena tanto sufrimiento en el valle para llegar a donde llegamos.

Es muy diferente decidir marcharse que tener que marcharse.

No hubo *nosotros*, *nos*, *nuestros*, Manuela no se despidió de nadie ni de nada, metió quince años en dos maletas como si acabase de tocar una sirena que anuncia un terremoto inminente y no hubiese tiempo para mirar atrás ni mucho menos para dar las gracias.

A ella le habría dado igual que no la hubiese acompañado al puerto. Nuestra hija ha caído en desgracia y la culpa es mía, no nuestra (nada de plural), solo mía. Yo puse en marcha un engranaje hace dieciséis años. Yo llegué corriendo al Chuco una mañana de bruma, congestionado y contento. Yo traía una noticia que más bien era una vida, una posibilidad de futuro en un continente de nombre encantador donde no existía el hambre ni la mugre. Por todo eso sonreía y por eso Manuela también sonrió, aunque ya no se acuerde.

Me cuesta escribirlo cuando la casa todavía huele a ella.

Llegamos al puerto de La Guaira en silencio. El olor normal a grasa y sudor de cualquier puerto —que nunca antes me había disgustado— me revolvió el estómago. La muchedumbre nos alcanzó y el tiempo también. Manuela no quiso que la ayudase con las maletas, fue su último gesto de desprecio. En más de una ocasión quise adelantarla, pero me dejó claro que no iba a permitir que me interpusiese. Podía haberme dicho «Antucho Losada, eres un hombre bueno al que las cosas no le han salido como había imaginado», «Me parte el alma dejarte solo, pero nuestra hija me necesita» o «Te quise, aunque, dadas las circunstancias, ya no puedo seguir queriéndote». Incluso eso habría sido mejor que el silencio. Estoy seguro de que fue la determinación con la que caminaba hacia la escalera la que no dejó que se cayera (la determinación hace milagros). Se tambaleó —zarandeada por decenas de brazos— un par de veces, pero enseguida se enderezó para alcanzar cuanto antes su objetivo. Debió de pensar que lo importante estaba delante, no detrás. No se paró al pie de la escalera y yo ya no podía continuar. La agarré del brazo. Empezaron a pisarme los pies, y a Manuela también, creo que me gritaron o puede que le gritasen a otro o que todo el mundo se gritase para sobrellevar la desesperación de la despedida.

Manuela se soltó de mi mano con una brusquedad que aún me duele. Recuerdo el tacto pegajoso de las yemas de sus dedos y la sensación de vacío que vino después. Se giró solo una vez, me miró a los ojos y movió los labios de manera exagerada para asegurarse de que entendía sus últimas palabras en América.

«Al menos haz que merezca la pena».

34

En la isla, marzo de 2020

Durante los años que siguieron al verano de 1986 hasta hoy, vi a Onehuevo tres veces, de las cuales solo una estuve con él. Fue hace doce años. Después de eso no volví a verlo. No sé si nos volveremos a cruzar (puede que sí, la ciudad no es tan grande), pero de lo que estoy prácticamente seguro es de que no volveremos a quedar.

Alguna vez antes de eso había pensado en él, y al hacerlo había sonreído, admito que con cierta condescendencia, pero sobre todo con cariño. Me había preguntado cómo estaría, si lo reconocería en caso de tropezarme con él (se me hacía realmente difícil imaginármelo como adulto) o incluso si estaría muerto (esperaba que no, pero nunca se sabe, imposible no era).

Su presencia la primera vez me cogió desprevenido. Ni siquiera había contemplado la posibilidad de encontrármelo, como si estuviésemos destinados a pisar suelos distintos (con Toya, en cambio, nunca perdí la esperanza de coincidir, a pesar de que después de nuestro encuentro en el XXX no nos volvimos a ver). Yo estaba comprándole a Estela su perfume favorito, uno de Loewe con aroma a cítricos, en un cubículo del departamento de perfumería de El Corte Inglés. Me gusta observar a algunas personas, no a todas, sujetos cuya aura, por el motivo que sea, llama mi atención. A unos metros de distancia, en una sección deficientemente iluminada en la que venden productos mezclados de manera aleatoria, un hombre corpulento de estatura media y pelo largo —recogido en una coleta— cogía un bote de champú, lo examinaba y lo volvía a dejar en su sitio, varias veces, como si nada lo convenciese. Me pareció que canturreaba. No podía distinguir la melodía y eso me producía un fastidio irracional. Me acerqué todo lo que pude para intentar dar con la canción; ese tipo de pequeños fracasos me causan una gran frustración. Puede que yo no la conociese o que el individuo entonase tan mal que el éxito ya no dependiese de mí, pero en esas situaciones siempre quiero llegar hasta el final. Estaba dispuesto a pegarme más, aunque eso supusiese invadir su cuerpo, cuando la dependienta me preguntó: «¿Para regalo?». No me quedó más remedio que alejarme y volver al territorio Loewe. Pagué el perfume y aproveché la distancia para volver a mirarlo.

Su labio reclamó mi atención y las piezas se ordenaron. Con toda seguridad ya no se llamaría Onehuevo, ningún adulto permitiría que lo siguiesen llamando así. Onehuevo era hijo de una década y una edad, tenía fecha de caducidad.

No parecía que la vida lo hubiese tratado muy mal. Tampoco muy bien, las cosas como son. Era un tipo medio, uno de tantos, menos por su labio mal zurcido. De pronto me invadió un miedo atroz a que me reconociese. No estaba preparado para un cara a cara. ¿De qué íbamos a hablar después de tanto tiempo? Sería decepcionante ventilar nuestra relación con una conversación de ascensor después de todo lo que habíamos compartido; el verano más importante de mi vida no podía terminar en el departamento de perfumería de El Corte Inglés. Empecé a sudar y a tener dificultad para entender a la dependienta, como si mis oídos expulsasen sus palabras. Pagué el perfume y eché a correr hacia la puerta a pesar de que no había acabado mis compras.

Después de esa vez volvimos a coincidir en la cola del banco, yo en una y él en otra, paralela a la mía, prácticamente a la misma altura. Estoy seguro de que ese día él también me reconoció. Fingí que estaba enfrascado en mis papeles, aunque en realidad no era capaz de leer una sola línea, y me pareció (o imaginé) que a él le ocurría lo mismo.

Me había hecho a la idea de que mis dudas sobre Onehuevo morirían conmigo, había sido alguien importante y quería preservarlo en 1986, fosilizarlo en una roca de la isla y obligarlo a quedarse ahí para siempre. Onehuevo siempre había sido un enigma para todos, que es más de lo que se puede decir de la mayoría de los seres humanos, condenadamente predecibles. Onehuevo era especial y no soportaba que dejase de serlo. Fue una reacción egoísta —en ningún momento pensé en él, solo en mí—, prefería quedarme con la duda de si realmente era alguien diferente al que veíamos (una vocecita dentro de mí suplicaba «Dime que sí, dime que sí»), quién sabe si un ser incomprendido, como todos los genios. Eso es. Un hipotético genio sería para mí Onehuevo, decidí mientras planeaba la segunda espantada.

Salí de la cola del banco sin poder sospechar que no tardaríamos en volver a vernos.

Ni siquiera sé si su nombre se escribe con una palabra o con dos (en mi mente infantil era claramente una). Puede que ni el propio Onehuevo lo sepa.

Tendría que preguntarle a Toya, pero eso ya no va a poder ser.

Desde hace días Ulises traga arena mojada o la garganta se le ha estrechado, una de dos. Debería estar más preocupado por lo que ocurre en la otra orilla. Preocuparse es lo que toca. Tiene responsabilidades. Y una familia, qué cojones. ¿Por qué no acaba de sentirse parte de nada? Todo individuo pertenece a un lugar aunque ese lugar ya no exista, no se puede vivir con una mirada de destierro perenne. ¿Qué será lo siguiente, desaparecer?

Son la isla y él —que también es un poco isla— frente al mundo, hasta ahora no lo había visto de esa manera. Su mundo gira en torno a otro eje, al de los muertos más que al de los vivos. Debería preocuparse más por los vivos, pero para eso tiene que estar en paz con los muertos.

Va siendo hora de visitar el cementerio.

35

En la isla, verano de 1986

Desde que conoce las circunstancias de Toya, Ulises vive con miedo de que ella crezca más deprisa y se despegue de él. Las personas con vidas duras crecen antes de tiempo —lo mismo le ocurre al Chino—, y a veces llega un punto en el que la amistad simplemente no pasa el corte (en cada etapa vital hay que pasar un corte, aunque nadie hable de eso), se termina la amistad porque uno ya es adulto y el otro sigue siendo un niño.

A primera hora de la tarde Toya les dejó caer que tenía una información sobre Leónidas. Entornó tanto los ojos que Ulises pensó que debía de ser algo importantísimo, pero poco a poco su cuerpo se fue desinflando —como un globo viejo— evidenciando su ausencia y su falta de ganas.

—¡Qué bien morreaba Clodette! —exclama Onehuevo, al que ligar con la francesita le trajo mucha alegría pero no le quitó la cara de panoli.

—Cállate —gruñe Toya, como si le molestase Onehuevo.

Ulises siente curiosidad por saberlo todo de la francesa, si tuvo dificultad para morrear con su labio fruncido, si le explicó a la chica lo de su nombre o se presentó con el de verdad (¿Miguel? ¿Manuel? ¿Cómo demonios se llama Onehuevo?), si la cosa se quedó ahí o se metieron mano, si es todo mentira y la francesita nunca existió (Ulises jamás lo juzgaría; en su opinión, en ese terreno, que una cosa casi ocurra o termine ocurriendo son prácticamente lo mismo), pero no quiere que Toya se enfade, así que se queda con las ganas de saber.

La cara de Onehuevo es la viva imagen de la decepción. Siente pena por él. En otras circunstancias, Ulises le habría dado un manotazo en la espalda. Dijese lo que dijese, acabaría llamándolo fantasma, Onehuevo se haría el ofendido y sacaría el puño, aunque sonreiría al mismo tiempo, sin intención, como siempre (por eso no impone nada), ambos se enzarzarían en una serie de empujones que los llevarían a caerse en la arena varias veces hasta acabar en el agua. Pero esta vez deja que se aleje —cabizbajo y mudo— para poder quedarse a solas con Toya y preguntarle:

—¿Te pasa algo?

—No —contesta ella.

—Vale.

—¿Qué me va a pasar?

—No sé. ¿Seguro que estás bien?

—Sí, muy bien.

Ulises sabe que nadie dice *muy bien* si no es sonriendo; *bien*, puede ser, pero *muy bien*, no, ni de broma, es imposible.

—¿Bien o muy bien?

—No te pases de listo, ¿vale? Bien y ya. Más o menos. Y, además, ¿a ti qué más te da?

A veces los días se recomponen de manera inesperada, como si cupiese una isla dentro de otra y varios días en un solo día que se niega a acabar como empezó. O puede que tengan razón y trece años sea una edad ridícula para entender la vida.

Caminan en dirección a la otra punta. El viento siempre detrás, azuzando. El viento lo transforma todo, también a los árboles. A los gemidos de los eucaliptos le costó acostumbrarse. Nadie en su barrio creería que suenan como almas que chirrían atrapadas entre dos mundos. Ñiii, ñiii, qué grima le da ese sonido profundo —entre puerta de mazmorra y fantasma— cuando sopla tanto que parece que esos troncos hiperlaxos, más bien pértigas, están a punto de abalanzarse sobre ellos. Dice *grima*, pero es miedo, claro que es miedo. Todavía se gira después de cada *ñiii*. Sabe que es el viento y son los árboles, pero el miedo sigue ahí porque lo que lo asusta es lo que parece, no lo que sabe que es.

Ulises no cree que sea una buena idea alejarse tanto del Chuco. Lo piensa, pero no lo dice. Decir según qué cosas es arriesgado a su edad, por eso calla muchas veces y ahora también. Ya es tarde, los gemidos de los eucaliptos serán más penetrantes a la vuelta, a oscuras, pero Toya tuvo una idea —el cuerpo se le infló de nuevo, la mirada se le volvió traviesa, las cejas picudas— y no quiso contradecirla (o no pudo, porque querer, quiso).

Ahí está la escuela, ya la ve, en estado más que ruinoso, aunque bien bien nunca estuvo, dicen. Nunca fue nueva. Nadie pudo estrenarla. Parece una cuadra, puede que lo fuese. Una cuadra-escuela o una escuela-cuadra, la misma proporción de cuadra que de escuela. O un holocausto, menudas ideas se le ocurren. Será por los desconchones, por el olor a farmacia rancia, por la ausencia de puerta. Todo subraya su calamidad, una calamidad mohosa y rotunda. No hay nada que brille, nada esperanzador a lo que agarrarse. Qué miedo le da esa escuela a Ulises, más que la suya, y ya es difícil.

Toya se pasea como un gato por el edificio, abre la puerta estrecha de un cuarto también estrecho que huele a repollo fermentado, peor que si acabasen de usar la letrina, que, al parecer, es ese agujero en el medio. Hasta a Toya se le arruga la frente. Vuelve a dejar la puerta cerrada (mejor cerrada que abierta, ¡puaj!), abre y cierra los cajones de un armario, como si quisiese asegurarse de que todo está en orden, aunque eso es imposible. Mira arriba y abajo, a babor y a estribor, entra en el aula y pasa el dedo índice por el único pupitre que ha sobrevivido a la hecatombe. Toya se mueve con seguridad por la escuela, como si estuviese acostumbrada a caminar entre ruinas; en cambio, él se muere de asco, la náusea balanceándose en el filo de la garganta desde que llegaron.

—Creo que aquí estudió mi madre.

Ulises habla solo porque siente que alguien tiene que decir algo, como si quisiese dejar constancia de que, a pesar de la desgracia, ha habido supervivientes.

—La tuya y la de todos —dice Toya.

—¿La mía también? —pregunta Onehuevo.

—Claro.

—Qué asco de sitio, normal que no saliese nada bueno de aquí.

Toya sube un escalón y se acerca a lo que queda de la mesa de la última maestra. En el aula de Ulises no hay escalón, pero cuenta su abuela que la tarima, como la llama ella, era muy práctica para que el maestro aparentase ser más alto y más sabio de lo que era. Le parece que en cualquier momento Toya se apoyará en el borde de la mesa, desenroscará un mapa físico de España y le pedirá que señale, con una vara larga y flexible, el cabo Machichaco, que por más que se lo han hecho repetir a Ulises aún no sabe dónde está, porque a él lo que aprende de memoria no se le queda grabado más que a cortísimo plazo. Se imagina a Toya de maestra. A ella no le hace falta escalón, tiene la entonación mullida que se necesita para captar la atención, que es más de lo que se puede decir de muchos maestros.

—A ver, ¿queréis que os cuente lo que oí en el bar o no?

—Claro, Toya —contesta Onehuevo.

—Pues dicen...

—¿Quiénes?

—¿Qué más da? Lo que importa es que a la gente se le afloja la lengua cuando bebe.

—Yo qué sé, Toya —gime Onehuevo.

—El tema es que Leónidas va a quedarse por aquí durante una temporadita.

A Ulises no le parece una buena noticia. Ya no siente rencor ni sed de venganza; cuando se vive bien es más fácil olvidar. No pasa nada por cambiar de opinión, ¿o sí? Los pactos están para romperlos (¿o no?), aunque en este caso no se le pueda devolver la sangre a sus dueños.

¿Y ahora qué?

El chasco suena a una rama que se parte.

—Dicen que sale a pasear siempre a última hora de la tarde —sigue Toya (ella sí que es coherente, no como él, que duda, piensa, duda constantemente)—, y sale solo —a Toya le brillan los ojos—; al parecer está bastante paranoico últimamente. ¿Y a que no adivináis a dónde va?

—No sé, Toya, dilo ya —protesta Onehuevo.

—A la punta de los suicidas.

—¿Crees que está pensando en...? —pregunta Ulises, que de pronto ve una salida en las palabras de Toya. Una cosa es que ya no esté seguro de querer matar a Leónidas y otra muy distinta que vaya a llorar su muerte.

—¡Qué va a querer matarse esa rata!

—Ya, claro, qué va a querer matarse.

—Ese sube para estar solo porque sabe que nadie va hasta allí si no es para saltar, aquí se respeta eso.

—Pero, si está tan paranoico, ¿cómo vamos a acercarnos?

—Somos niños, Uli. Nadie sospecha de los niños.

A Ulises se le han acabado los peros. Los peros son balines de espuma.

—Ya, claro.

—¡Mirad! —grita Onehuevo.

Tiene que ser algo excepcional, a juzgar por la rotundidad del grito. Onehuevo no se emociona con prácticamente nada, como no sean los lagartos ocelados o la supuesta francesita.

Se agacha y coge del suelo un tarro que contiene lo que parece el esqueleto de un roedor.

—¡Buah, anda que no debe de tener años eso!

A Onehuevo la excitación se le escapa por los ojos. Es normal, son niños. Como sus padres, que también fueron niños que disfrutaban encapsulando ratones. Onehuevo pega los ojos al cristal. La mirada se le vuelve lúcida. Estira el brazo, contempla el tarro y lo aleja como si quisiese hacerle una foto. A Ulises se le revuelve el estómago; si no sale de la escuela, se le pegará el olor a rata para siempre, qué asco las ratas y qué mal huele todo; un poco de oxígeno y eucalipto es lo que necesita para volver a sentirse bien, o eso le parece ahora. Onehuevo mueve la muñeca, agita el tarro con furia y el esqueleto se desarma al instante. Ojalá Ulises no hubiera oído el sonido de los huesecitos al chocar contra el cristal. Toya mira a Onehuevo con desprecio, echa a andar hacia él, la palma de la mano extendida, la mirada concreta. Por un momento Ulises ve venir la bofetada, y merecer, se la merece Onehuevo, por asqueroso. Toya le arranca el tarro de las manos y lo lanza con fuerza a través de un hueco que en otro tiempo debió de haber sido un ventanuco. Onehuevo vuelve a tener la mirada opaca, como si no pudiese ver más que a un palmo de distancia.

Pasarán los años y Ulises no pensará en huesos ni en el tufo a hongo y a rata muerta, pensará en los adultos ingrávidos que nunca serán y en la infancia preservada en un tarro de cristal.

36

Primero se murió el padre de Manuela; a las tres semanas exactas, su madre, y ocho días más tarde, hace ahora un mes, nació el niño. Desde la distancia que me separa de ellos, me parece el orden natural. Para que entre uno tiene que dejar espacio el anterior. Anterior, siguiente. Anterior, siguiente, siguiente, siguiente, siguiente...

He tardado en poder coger un lápiz. Vivir la vida y la muerte de tu familia a seis mil kilómetros puede sumirte en una espiral de marginación y tristeza insoportables. Odio ser el escribano que registra las muertes y los nacimientos de los míos y no poder hacer nada, pero así es mi vida.

A veces las buenas noticias colisionan con las malas.

No creo que haya sido una coincidencia, creo que a veces las personas eligen cuándo morir sin tener que saltar desde la punta de los suicidas. Nacer, en cambio, es algo impuesto, no hay intención ni voluntad en el nacido, así que lo mínimo que se puede hacer por alguien que no elige nacer es tratarlo bien.

Se llama Ulises, pesó tres kilos y medio y parece que su madre se desentiende de él. Eso dice Manuela —con una voz desmayada— cuando ya ha pasado suficiente tiempo como para considerar que la madre debería haberse interesado por el hijo.

El que no se interesa no puede querer.

Interesarse no es lo mismo que querer, pero es algo.

Hace poco más de un mes, antes de que naciese el niño, sus padres formalizaron su relación. Se casaron cuando ya no se podía esconder la verdad (a la que el único párroco que accedió a casarlos llamó pecado, y Manuela, la ruina de la niña). Me mata no poder estar ahí con ellos, pero estoy encadenado a esta tierra. A la iglesia acudieron dos personas, sin contar a la pareja: la madre de él y la madre de ella. Dice Manuela que ha estado en entierros más animados, que daba peniña verlos, que no es porque ella estuviese encinta, que así se casan muchas y nadie llora pasados los primeros momentos. Tampoco por su juventud, que por eso se está nervioso pero no ausente. «Los ojos muy lejos de allí», dijo. Cuando Manuela dice *lejos* es como si supiera. La cosa no pinta bien, unos novios no pueden estar ausentes, quizá frente al resto, pero no ausente el uno del otro, es antinatural.

Le digo a Manuela que no debían haberse casado, teníamos que haber insistido en eso. Creo que ella opina lo mismo, aunque no va a darme la razón así como así. No es que hable mal de él abiertamente, no le hace falta, la erre rascada contra el paladar al pronunciar *rapaz* lo dice todo.

Manuela hace que me ha perdonado por haber tomado la Gran Decisión, la semilla de todos nuestros males, pero yo sé que no lo ha hecho (ni mucho menos), solo lo parece porque está preocupada y por eso me llama más a menudo. «Demasiado tarde para nosotros», se le escapó hace unos días, y yo sé que ya no va a poder desprenderse nunca de ese pensamiento.

Nosotros somos tres. La familia. Lo que quedaba de ella hasta que nació Ulises. Y están sus últimas palabras —descarriladas— en mitad de la escalera del barco.

Quiero hacer que merezca la pena más que ninguna otra cosa.

Hacer que merezca la pena es mi cometido, pero no sé cómo.

De lo que más hablamos Manuela y yo es del futuro de nuestra hija, uno que no tenga que ver con el de su marido y el de su hijo, solo con el suyo. Estamos intentando convencerla para que termine el bachillerato, pero de momento hemos fracasado. Está bien nuestro plan: Manuela podría cuidar del pequeño Ulises mientras yo sigo trabajando. ¿Por qué no va a poder ir a la universidad nuestra hija? Estaría bien, le daría sentido a todo.

Necesito que merezca la pena. No solo por la niña, también por mí.

¿Es malo que piense en mí?

Ayer le dije a la niña que es muy joven y que todavía está a tiempo de casi todo (menos de devolver al niño, de eso no). Si a mí me hubiesen ofrecido estudiar más de lo que estudié —que es prácticamente nada porque la educación no estaba a mi alcance ni al de nadie que yo conociese—, me habría agarrado a ese árbol (siempre he pensado que el saber tiene forma de árbol) y nunca me habría bajado de él, pero nuestra hija ha saltado antes de tiempo y nosotros no hemos sabido verlo ni estar, sobre todo estar. Me contestó, de muy malas maneras, que ya había un experto en tomar malas decisiones y que ese alguien no era ella. Se refería a la Gran Decisión, por supuesto. Odio cuando madre e hija dicen eso, es un linchamiento gratuito, ellas y yo lo sabemos, por eso lo dicen, pero en la boca de Míriam no sonó hiriente, solo triste. Debió de apretar mucho los dientes al hablar porque el sonido me llegaba muy bajito, como rascado hacia dentro. En cualquier caso, nosotros jamás le hemos consultado nada, dijo, y ahora le toca a ella decidir su camino.

Dice *camino* y yo oigo *precipicio*.

Estoy desolado.

Pero es justo.

Aunque no tenga razón.

(No la tiene).

A última hora de la tarde me encontré a Leónidas en la Alta Florida. Fue casualidad, porque esa no es mi zona ni la suya, aunque yo ya no sé cuál es su zona. En realidad, estaba perdido, a veces me pasa, echo a andar para encontrar soluciones y termino no sabiendo dónde estoy. Hace tiempo que no frecuento la Hermandad, no me apetece estar con personas a las que la vida les va mejor que a mí, me recuerda lo que pude haber sido y no soy, así que me limito a trabajar, y en mi tiempo libre leo, escribo y paseo.

Creo que se alegró de verme. Supongo que yo también; estamos condenados a alegrarnos y a preocuparnos el uno por el otro. Seguiremos soldados en algún punto hasta el final de nuestras vidas, aunque no queramos. Es algo inconsciente que se morirá con nosotros. Es por mamá Concha, estaremos siempre agarrados a su cintura. Manuela nunca lo entenderá.

Después de un saludo rápido, ya no sabíamos muy bien qué hacer. La incomodidad estaba a punto de obligarnos a despedirnos cuando de pronto, como quien no quiere la cosa (o como si la cosa fuese normalísima), me felicitó por la llegada al mundo del nuevo miembro de la familia. Dijo *la* por no decir *nuestra*, pero a mí me sonó como si lo hubiese llegado a decir. «Ulises es nombre de ganador, es perfecto», añadió con el tono de un tratante de caballos.

No sabía que hubiese nombres perfectos.

¿Perfecto para qué, Leónidas? ¿Perfecto el nombre o el niño?

Quise gritar que Ulises nunca sería nada suyo, pero me lo tragué.

No sé cómo se habrá enterado. Me resulta incomprensible que sea capaz de estar aquí y allá, si yo a duras penas me entero de nada, solo de las cosas que Manuela me quiera contar (casi todas, desgracias familiares). Qué me va a contar de otros si ni siquiera somos capaces de abarcar lo nuestro, pero Leónidas sabe. Nunca ha dejado de saber.

«Toma, un aguinaldo para el nuevo miembro de la familia».

No le hizo falta decir *nuestra*, ya se había apropiado de Ulises, el pecho hinchado, la plata convertida en escupitajo.

37

En la isla, marzo de 2020

Durante el verano de 1986 hablamos mucho sobre quién de los tres se moriría antes. Toya decía, con una seguridad que ponía los pelos de punta, que iba a ser ella. Soltaba frases al estilo de Evita Perón: «Cuando me muera no quiero que lloréis por mí, solo un poco al principio, lo normal, pero después se acabó» —odiaba a las plañideras de ocasión, decía, y a nosotros, como casi todo lo que salía de su boca, nos parecía que tenía mucho sentido— o «Dejaré escrito que me quemen» (entonces nadie que nosotros conociésemos aspiraba a ser incinerado, era una excentricidad, algo que ocurría fuera de nuestros confines). Pero, por encima de todas las cosas, nos pidió que bailásemos sobre su tumba (era un decir, porque quería que echasen sus cenizas al mar).

No había nada normal en nosotros, ahora lo veo.

Aquel verano estábamos enloquecidos con la música de la época, vivíamos las canciones de los grupos locales como si fuesen un credo. Dios no estaba ni se le esperaba, pero la música sí, y a ella nos agarrábamos. Nos obsesionaba la idea de bailar sobre tumbas, lo recuerdo como el primer pensamiento irreverente.

Toya insistía tanto en hablar de su muerte y en dar por sentado que se moriría antes que nosotros que un día le pedí que concretase de qué se iba a morir, como si yo también me lo hubiese creído. Se lo pregunté por preguntar, sonriendo; los niños teníamos muy presente la muerte de los jóvenes, pero la juventud era un lugar todavía lejano para nosotros en 1986.

«No sé de qué ni dónde, pero va a ser pronto, eso seguro», dijo.

La llamada de Onehuevo llegó un lunes a primera hora de la tarde. Se presentó como Onehuevo. Solo hay un Onehuevo, por lo que no podía fingir que no sabía a quién se refería, y, mucho menos, preguntar: «¿Qué Onehuevo?». Tendría gracia, después de tantos años, si no fuese porque percibí desde el principio (no fue mérito mío) su tono precipitado, casi agónico. Debió de haberle costado hacer esa llamada (no tanto localizarme, por lo que me contó después). Creo que ni siquiera llegué a saludarlo, no me dio la opción de exclamar: «¡Hombre, Onehuevo!», porque lo siguiente que me dijo fue: «Se murió Toya», y después: «Toya se murió», por si no me hubiese quedado claro a la primera.

Recuerdo hasta los detalles más estúpidos. Con los sucesos impactantes me ocurre que o se me queda grabado lo absurdo e insignificante o lo importante se cae a un pozo profundísimo del que es imposible rescatar nada. Ese día mi mente (no yo) eligió recordar. Me molestaba la etiqueta de la camisa de cuadros azules y blancos que estrenaba ese día, me molestaba tanto que estaba decidido a no volver a ponérmela nunca más. Me fastidia tirar el dinero. Maldije la camisa mientras disfrutaba del regusto a albahaca de los vulgares *penne al forno* del menú del día —extremadamente barato (¿realmente les compensa?, pensé)— de aquella cafetería-restaurante del extrarradio. Creo que mi mente quiere volver a la vida antes de que se rompiese, a los momentos previos a la llamada de Onehuevo, en los que aún tenía la posibilidad de encontrarme con Toya, quién sabe si incluso de llegar a tener la historia que creía que nos merecíamos (aunque eso solo lo pensaba yo y, por lo tanto, nunca hubo una posibilidad real, un nosotros).

Con la muerte de Toya se murió una ilusión. La sensación todavía perdura, por ridículo que suene ahora, doce años después de su muerte.

Anduve sin rumbo, imposible precisar cuánto tiempo. Me alejé tanto que después me costó encontrar el coche. No me dolía nada porque durante minutos, puede que horas, dejé de estar vivo. La vida sin Toya no tenía aliciente. Ya no podría preguntarme: ¿qué pensará Toya de esto o de lo otro? o ¿qué estará haciendo ahora?, porque para eso tenía que estar viva. No me quedaba más remedio que cambiar el presente —y, desde luego, el futuro— por el condicional. A partir de ese momento Toya existiría conjugada en otro tiempo y en otra dimensión, ya solo viviría en mi mente.

Quedé con Onehuevo en la otra punta de la ciudad (que también es extrarradio, aunque menos desde que se han ido a vivir parejas jóvenes con hijos), en un bar —sin asomo de ambición estética de ningún tipo— que conservaba uno de esos nombres de estado de la América profunda que tanto furor causaron a finales de los ochenta y principios de los noventa. Idaho, Ohio, Iowa (ahora solo sé que era uno de los tres). Tenía el pelo recogido en una coleta baja y le sudaban las manos tanto como a mí. Nos pusimos al día en menos de cinco minutos, diría que con bastante torpeza y ningún afán en disimularla, como si fuese un trámite que hay que pasar para llegar al plato principal, al tema estrella, al único motivo de nuestra reunión, a *the one and only* Toya, nuestra Toya. Es normal que cuando alguien trasciende como lo hizo ella se convierta en icono y pase a ser patrimonio de la humanidad, aunque la humanidad, en este caso, fuésemos dos.

Onehuevo trabajaba de portero en una discoteca que tuvo su momento en los años ochenta, Oxígeno (¿o era Nitrógeno?), que para sobrevivir cambió de nombre y de clientela varias veces. «No me va mal, no tan bien como a ti, pero se puede vivir». Levantó los hombros y los volvió a dejar en su sitio. Percibí un punto de orgullo por su trabajo, como si la discoteca fuese suya o él de la discoteca. Ninguna mención a una familia, pareja, hijos, ni yo le pregunté. Tampoco él se interesó por la mía, algo que agradecí enormemente. Sentado frente a él, no reconocí a la nutria aturdida que era en 1986, al guisante negro que, salvo nosotros, nadie quería en su cesta porque nadie hace esfuerzos por intentar entender. Me pregunté si habría encontrado fascinante a Onehuevo si no hubiese sido tan importante para Toya. Onehuevo y Toya. Recuerdo haberme preguntado al principio del verano qué aportaba yo a aquella pareja tan perfecta.

Me sorprendió que siguiese conservando su apodo. Onehuevo era la quintaesencia de lo irreverente y lo moderno en 1986, como ser punk sin salir de la isla, pero no es nombre para un adulto, no uno al que las cosas le vayan bien. El efecto de su nombre se había vuelto contra Onehuevo de la manera más patética. Ya no era un nombre, era un bumerán afilado. Lamenté que se hubiese convertido en un tipo cualquiera cuando antes estaba tan maravillosamente fuera del canon. Se había desvanecido su encanto, ahora era un ser de esos (de tantos) que tienen la cara gris verdosa que se le queda a la mayoría como consecuencia del fracaso y la falta de vitamina D.

Me dije que al menos conservábamos un vínculo —raquítico, pero vínculo, al fin y al cabo— que lo había llevado a llamar a un desconocido, que es en lo que nos habíamos convertido él y yo con el paso de los años, para comunicarme una noticia, la peor de todas, la que ninguno quería tener que contar.

El sufrimiento hace magia, consigue que las diferencias entre las personas se vuelvan invisibles. Los dos sabíamos que no era una charla que fuésemos a querer despachar cuanto antes para retomar, aliviados, nuestras vidas. Onehuevo se pidió un brebaje empalagoso —de esos que beben los adolescentes— a base de vodka y un refresco de fruta tropical, y yo un whisky de malta de doce años para emborrachar la vergüenza. Por un momento temí que me fuese a ofrecer una raya o una pastilla, pero eso no ocurrió.

Me costó ser paciente con Onehuevo, quería zarandearlo hasta que me lo contase todo de Toya, su relación con ella en los últimos tiempos, los acontecimientos en orden cronológico, sin escatimar en detalles. Quería saber cómo había muerto (¿por qué, por qué, Dios?). Parecía evidente que habían tenido una relación lo suficientemente estrecha como para que él fuera el portavoz de su muerte. Quizá Onehuevo estuviese llamando uno por uno a una legión de seguidores de Toya, todos más íntimos y recientes que yo (la sola idea me hacía sentir mareado) o tal vez ella le hubiese pedido que, si algo le ocurría, me localizase a mí y a nadie más que a mí, solo a mí («Solo tú, Uli»).

«Nos las arreglamos para saber más o menos el uno del otro. Aunque pasásemos meses sin vernos, terminábamos encontrándonos», dijo. Y añadió, con cierta chulería infundada: «Los mundos de la noche, ya sabes, están siempre conectados».

Me alegró saber que la suya no era una relación diaria, eso me habría excluido por completo. Me animé a decirle que yo también había estado con ella, pero me ahorré los detalles (ni todo el whisky que bebí, cuatro o cinco en total, logró desatarme la lengua del todo). Por suerte, empezaba a estar borracho en el momento en el que Onehuevo me contó —roto de dolor, sin ningún tipo de control sobre su labio superior— que Toya se había matado en un coche: «Con un fulano, qué hijo de la gran puta, a doscientos por la autopista». «Hijo de la gran puta», corroboré yo, abrazado a él. Un hijo de la gran puta con el que a Toya no le había importado acostarse o estar a punto de hacerlo. Me avergüenza haber pensado que ojalá fuese lo segundo —como si fuera relevante el orden cronológico cuando lo único que importaba es que ella había muerto—, pero estaba reciente la noche del XXX y yo solo quería ser aquel hijo de puta.

Habían pasado dos semanas de su muerte (no me quedó claro si Onehuevo no pudo localizarme antes o si tardó en enterarse, tampoco creo que sea importante ahora ni lo haya sido nunca). Toya tenía treinta y cuatro años y acababa de asegurarse la juventud eterna. Siempre he pensado que le pega haber muerto joven, incluso antes de que se muriese lo pensé alguna vez, supongo que de tanto oírla hablar del asunto. Lo único cierto es que ella sería eternamente joven y nosotros ya no. Aunque muriésemos ahora, trece años de diferencia son muchos años. Nosotros le sobrevivimos y por eso nos distanciamos de ella para siempre. Dejamos de ser contemporáneos, ¿o no? Me gustaría que alguien me lo explicase.

Onehuevo empezó a llorar a partir del tercer vodka con zumo de maracuyá; sorbía los mocos mientras decía que era como volver a quedarse huérfano (su abuela hacía poco que había muerto; pienso en el cuerpo de Melita, casi extinto cuando la conocí, y me parece imposible que pudiese haber ido a menos). No quise contradecirlo, pero a mí la muerte de Toya no me dejaba huérfano, me robaba, de manera definitiva (esa vez sí), la posibilidad de estar junto a ella, de ser Ulises y Toya, Toya y Ulises. Quedábamos dos de tres. «Los dos menos interesantes», dijo Onehuevo.

Le di la razón. En adelante seríamos Queen sin Freddie Mercury.

Toya había dejado dispuesto (en realidad se lo dijo una noche de copas a Onehuevo, pero para el caso es lo mismo) que una parte de sus cenizas se enterrase y la otra se esparciese por la isla, pero, llegado el momento de la verdad, Onehuevo me pedía que lo hiciese yo. «A mí estas cosas...», dijo. Y al cabo de un rato: «No puedo, no puedo».

Lo acompañé a la discoteca donde trabajaba. Amnesia, Dislexia, Entelequia..., un nombre por el estilo. Si sigue existiendo, probablemente ya no se llame así, algunos locales basan su supervivencia exclusivamente en un nombre, como si solo necesitasen un letrero nuevo para hacer creer en un cambio de concepto. Su turno empezaba a las doce. Le pregunté si estaba bien, como cuando te aseguras de que un amigo no coja el coche después de haber recibido una mala noticia o de haber bebido, solo que la mala noticia me la había dado él y beber en ese caso no era tan grave. Me dijo que sí como me pudo haber dicho que no, a esas alturas ninguno de los dos tenía criterio. Movió el brazo para que entrase, apartó una cortina tupida que olía a matapiojos y me invitó a pasar a un pequeño compartimento donde los clientes dejaban los abrigos. «¿Qué hay, Miki?», lo saludó un ser sin rostro al pasar por su lado.

Sentí un alivio absurdo al oír aquel nombre. Por un momento temí que allí también fuese Onehuevo, por él, pero sobre todo porque Onehuevo era algo nuestro (de los tres) y de nadie más. Onehuevo (o Miki) me dejó solo y apareció al cabo de un rato con una urna esmaltada azul cobalto. «Qué mal rollo», murmuró una mujer con un evidente desfase cronológico entre su cara y su manera de hablar.

Nos despedimos allí mismo, yo con la urna apretada contra mi pecho, él con cara de no saber qué decir. Tras un momento de indecisión, nos dimos un abrazo rápido y prometimos —con vehemencia (yo más que él)— quedar de vez en cuando, aunque los dos sabíamos que eso no sucedería. Siempre habría un impedimento (la familia y los viajes de trabajo, en mi caso; los turnos imposibles, en el suyo), así que vernos se quedaría en la palabra de unos borrachos a unas horas en las que nadie espera que se diga la verdad.

Esa noche dejé las cenizas de Toya en el maletero del coche y a los dos días contraté una caja fuerte en un banco que no era el mío. Lo siguiente fue buscar un barco. Estela me miraba por el rabillo del ojo a medida que la casa se llenaba de catálogos de embarcaciones medianas y pequeñas. Yo nunca había manifestado el más mínimo interés por los barcos y, para ser sinceros, tampoco es que me lo pudiese permitir, pero las cosas empezaban a irme bien y, como siempre hemos sido una pareja que respeta el espacio del otro, a Estela no le quedó más remedio que asistir a la compra del barco sin rechistar.

Tardé dos semanas en decidirme. Ocho metros de eslora eran más que suficientes para alguien como yo, que solo quería un barco para visitar a sus muertos y que siempre ha creído que el lujo, si no está justificado, apesta al poco tiempo. Estela aplaudió el nombre. «Victoria», repetía aquellos días —las tres sílabas explotándole en la boca— como si tuviese que acostumbrarse a marchas forzadas a nuestro nuevo estatus.

Sentí lástima por Estela, tan desconocedora de mi vida.

Entre unas cosas y otras —encargar la lápida, la llegada del barco, sacar el título de patrón de embarcaciones de recreo— nos pusimos en agosto. Las cenizas de Toya estaban a buen recaudo, y tampoco es que hubiese un plazo que cumplir. Los muertos pueden esperar.

Si soy sincero, me gustó haber ido solo. Con Toya. Toya y Ulises. Sopesé si ponerme en contacto con Onehuevo por si hubiese cambiado de opinión y quisiese ir también, pero, llegado el momento, decidí aferrarme a sus palabras la noche que me entregó las cenizas.

Cogí la urna, la lápida y una botella de whisky.

No había puesto un pie en la isla desde hacía veinte años, y aquel día juré no volver en verano para no tener que asistir a su profanación. Era 2006, el verano en que una ola de incendios intencionados asoló la comunidad de norte a sur y de este a oeste. Solo la isla se quedó fuera de la gran pira en que se convirtió el noroeste de la península. Recuerdo el olor agrio del humo de la otra orilla y la sensación de que allí estábamos a salvo.

El abuelo, Toya y yo.

Despedirla fue como asistir a mi propio entierro. Fue un momento solemne mirarla de frente y comprobar en qué me pude haber convertido yo viendo en qué se había convertido ella. Creo que miré varias veces para asegurarme de que el nombre esculpido en la lápida no era el mío.

«Toya Belafonte».

Incluso sabiendo que no iba a poder moverse, tuve la sensación de que ya se había ido. Bebí hasta perder el sentido, y para poder bailar sobre su tumba al son de «Banana Boat».

Lloré por ella y un poco por mí. Por un amor del pasado. Por el amor a una muerta.

Con el tiempo, el sentimiento se ha ido apaciguando, ya no siento la angustia que me provocaba haberla sobrevivido. A veces tengo la loca idea de que Toya me ve, otras veces me da por imaginar que quizá con los años ella se habría convertido en una mujer del montón, y al instante la idea me provoca risa.

En realidad, no pienso en ella. Pienso en otro tipo de vida.

Ulises no sabe por qué siente la necesidad de hablar con una muerta, o sí lo sabe pero prefiere no preguntárselo de momento. Si los guardas del Parque lo hubiesen obligado a abandonar la isla, habría pedido permiso para visitar el cementerio, les habría suplicado «por favor, por favor», hasta dos veces o más, las que hiciesen falta, y, si se lo hubiesen denegado porque la urgencia por salir era tan grande «en estos casos» (aunque nadie recordase un caso así ni hubiese un protocolo como no fuera uno de hace cien años, pero había que hacer como si se tuviese todo bajo control), habría echado a correr para poder hablar un rato con Toya. O con lo que queda de ella, que no sería nada porque las cenizas vuelan o se funden con la tierra y solo queda la constancia de que un día estuvieron. Habría querido saber qué se siente estando muerto, si por fin se está en paz, si te puedes desentender de una vez por todas de la vida, de las personas, de los errores, si ella ya ha dejado de pagar por ellos o puede que no porque ciertos errores no prescriben. Se habría desesperado por no obtener una respuesta convincente. Habría bebido varios tragos largos de whisky para sobrellevar la vergüenza propia, que en realidad es ajena porque a partir del tercer trago uno se ve desde fuera. Le habría confesado cuánto le sorprende que Onehuevo haya logrado sobrevivir a su ausencia si era su prolongación cuando él los conoció, pero lo que en realidad habría querido decir (y puede que terminase diciendo) es que le sigue costando renunciar a pensarla viva, no importa que solo se hubiesen visto una vez y que no se fuesen a volver a ver; saber que la otra persona está viva a veces es suficiente.

Necesitaría seguir bebiendo a medida que se pusiese sentimental, bebería para poder bailar (un-dos, un-dos-tres, un-dos, un-dos-tres, con las piernas flexionadas, mirando hacia abajo, nunca ha sabido bailar) sobre un rectángulo minúsculo de mármol de Carrara, bebería para amortiguar el llanto y no al revés, como muchos que beben para llorar. Se preguntaría «¿Qué hago hablando con una muerta?» varias veces, y en medio de su zozobra maullaría «joder, joder, joder», como cuando está desesperado porque se da cuenta de que algo ya no tiene remedio. Volvería a la tarde en la que creyeron que matar era una obligación, en la que sentían, con una mezcla de valentía e ingenuidad, que la vida los empujaba, que la muerte acababa ahí y que podrían seguir con sus vidas como si nada. Puede que le hablase como cuando tenía trece años (catorce, ella) para neutralizar la actual diferencia de edad entre ellos y para que ella lo reconociese, y que utilizase expresiones como «buah» o «qué mal, ya te digo». Le diría que esa tarde dejó de ser un niño para convertirse en un robot y querría saber si a ella le ocurrió lo mismo.

La noche que se vieron no hablaron de eso, uno siempre cree que va a tener más vida; los que fueron jóvenes a principios de milenio no tenían presente la muerte. Tal vez terminaría confesándole que aquella tarde de finales de agosto tuvo miedo y que por eso se arrimó a ella, ¿y ella qué hizo?, ¿dijo algo? Cree que no, cree que se quedó callada. No era propio de ella, Toya hablaba y ellos escuchaban, pero esa vez él la miró, no quiso preguntarle «¿Qué hago?» porque no quería que el hombre del sombrero lo oyese, pero le habló con los ojos y ella no le dijo nada, por primera vez calló, no sabía o no quería decir, incluso puede que ni estuviese (ahora nunca lo sabrá), y a él le pareció bien llevar las riendas por una vez. Insistiría en querer saber —de un modo entre enternecedor y patético— si ella había visto, como él, caer ranas del cielo, puede que mezcladas con peces, a veces duda, y ambos concluirían (llegado un punto, le parecería que ella también hablaba) que nada fue normal aquella tarde. Y cuando ya no quedase whisky en la botella, miraría de reojo las lápidas de Leónidas y de su abuelo y tal vez murmuraría «hijo de puta» y «perdón», respectivamente. Incluso puede que les dirigiese un «¿por qué?» abroncado a los dos.

Ulises cierra la cancilla de madera del Chuco para que el viento no la golpee y baja el sendero que lleva al cementerio con una botella en la mano.

38

En la isla, verano de 1986

«En agosto, frío en el rostro», «Agosto y septiembre no duran siempre», «Por san Bartolomé, el verano se fue»… A su abuela los proverbios se le caen —como dientes de viejo— de su boca de telepredicadora, como si el fin del mundo estuviese a la vuelta de la esquina.

Si algo le inquieta a Ulises, lo sueña. Como anoche, y la noche anterior a la de anoche. Sueños, con pequeñas variaciones de forma, idénticos en su apocalipsis. Está en el colegio. Es el olor de siempre, a farmacia vieja mezclado con sudor fermentado. Las paredes alicatadas del aula de séptimo B rezuman agua, y el moho —omnipresente e inmune a la lejía— se manifiesta en círculos negros (después de un tiempo, uno no sabe si son ojos u ombligos) acantonados en las juntas. Las caras tienen ese tono oliva que se les pone a todos a partir de noviembre. Suena el timbre y Ulises se levanta un segundo después que el Chino. Echan a andar, él al abrigo de su espalda. Mientras camine detrás, no tendrá de qué preocuparse; el que se enfrenta al Chino sabe que le tocará recomponerse la nariz, limpiar la sangre y recoger los dientes. El Chino es el malo que necesita todo colegio para vaciar su escombro, a él se le atribuyen todas las fechorías, las suyas y las ajenas; el Chino engorda a base de altercados sin contrastar mientras su leyenda crece. No hablan entre ellos, caminan hasta la salida del colegio —guiados solo por el olfato— y ahí se separan. Ulises echa un último vistazo al portalón oxidado. Procura no tocarlo porque lo que le faltaba es volver al pisito con otro olor del que no se pueda desprender. Se gira al oír las risas de sus compañeros. Son risas, pero son amargas. Ninguno parece tener prisa por llegar a su casa. Casi siente pena por ellos (la pena y el asco en algún punto se rozan).

No hay lugar para la belleza en un desguace, concluye, los ojos cerrados, las piernas inquietas.

Ulises tuvo que soñarlo dos veces para llegar a la conclusión de que ese es el colegio que se merece el barrio.

Sus abuelos tuvieron una bronca monumental, aunque solo se le oyese gritar a su abuela —la vena del cuello hinchada como una anaconda del Amazonas y sus ojos a punto de caérsele al suelo—. A pesar de que se encerraron en la habitación, pudo oír, porque su abuela grita en estéreo, frases sueltas como «Con esa cara de *coitado* crees que lo arreglas todo y no arreglas nada» y «¿Ahora qué tienes que decirme, eh, eh, eh?». Nadie como su abuela en el arte de la lucha y la retranca, experta en clavar un punzón y revolver los tejidos sobre la herida infectada.

Ulises está casi seguro de que se trata del mismo asunto de siempre —a cuyo fondo aún no ha podido llegar—, que ha convertido sus vidas en un escenario estepario, de guerra fría. Le entran ganas de sacudir a su abuelo y pedirle que reaccione, que grite y saque un punzón y se defienda para que la relación entre ellos esté más equilibrada.

A veces se imagina a su abuelo durmiendo con el demonio acurrucado en el pecho.

Gracias a que Toya estaba presente, pudo arrojar algo de luz (tampoco mucha) sobre el origen del asunto. De un tiempo a esta parte, todo está relacionado con Leónidas. Leónidas y sus abuelos, qué cosas. La vida, en general, está hecha de triángulos, le da por pensar. Su abuela, su abuelo, Ulises. Su abuelo, su abuela, Leónidas. Su abuela, su abuelo, la madre de Ulises. Ulises, Toya, Onehuevo. Su abuelo, su abuela, América. América, la ciudad, la isla... Toya dice que su abuela se encontró a Leónidas y este bajó la cabeza, pero al final no le quedó más remedio que levantarla porque ella empezó a gritarle sin venir a cuento (es un decir, porque venir, sí que venía): «A muchos os gustaría barrernos de la isla de un escobazo, pero no todo se arregla con dinero, entérate», y, como él no le contestaba, parece que siguió: «Ya caeréis, ya, tú y todos los que van detrás de ti lamiéndote el culo», y por último: «¡Como si lo tengo que hacer yo con mis propias manos, fíjate lo que te digo!». Fue entonces, según Toya, cuando Leónidas reaccionó y murmuró, yéndose ya: «El que abre la mano también es culpable», algo a lo que ni Toya ni Ulises son capaces de encontrarle el sentido. Tampoco en un principio su abuela, que montó en cólera al considerar las palabras de Leónidas retorcidas. Lo persiguió por el sendero que lleva al faro pequeño, y él, no se sabe si por querer quitársela de encima o por cualquier otra razón, dijo: «Pregúntale a tu marido», palabras que hicieron que a su abuela se le abriese la boca y dejase de seguirlo.

Ulises solo quiere entender. En menos de un año cumplirá catorce y está cansado de que nadie le quiera explicar las cosas como son. Toya estaba de mal humor, le soltó que él no era el centro del universo y que cada uno vivía con la amenaza de su propio meteorito, lo que llevó a Ulises a dejar de preocuparse por él y seguirla, igual que había hecho su abuela con Leónidas.

La punta de los suicidas es el punto más alto de la isla. Doscientos cinco metros por encima del nivel del mar, donde vive la colonia más numerosa de gaviotas del Atlántico norte y el lugar del que nadie habla abiertamente a no ser que sea para decir que fulano o mengano saltó desde allí.

A Ulises le resulta sorprendente que alguien quiera saltar después de descubrir que al final sí que existía la belleza, que no era ningún invento humano. Pero todo puede pasar, tal vez subas y termines comprendiendo que es el lugar perfecto para despedirte de la vida o puede que te arrepientas y ya no quieras saltar pero en el último momento te maten las gaviotas, que son muy de proteger lo suyo.

Son gaviotas, pero podrían ser pteranodones; la sensación es esa, la de no poder medir las dimensiones de las cosas ni saber en qué época está uno ni si quiere o no quiere saltar.

Toya está sentada en el borde del acantilado, los pies colgando en el vacío. A Ulises le da miedo que el mar la llame y ella no sepa decir que no.

—No te irás a tirar, ¿no?

—No creo. O sea, no. —Hace que sonríe.

—Entonces, ¿para qué subiste?

—Para recordar que, si quiero, hay un sitio. Ven aquí, Uli.

Ulises no quiere asomarse, teme que esa misma fuerza magnética lo atraiga y no sea lo suficientemente fuerte como para agarrarse a la tierra, pero siente que tiene que acompañar a Toya. Se tira al suelo, se pone a cuatro patas y, lentamente, con la seguridad de tener su centro de gravedad más bajo, desliza las piernas y se sienta.

—Tranquilo, pégate a mí.

Ulises obedece (¿cómo no va a obedecer?). Repta de lado, sin importarle que el suelo rocoso le rasque las piernas, junta su muslo izquierdo con el derecho de ella. Las piernas de Toya son más largas que las suyas, colgadas se nota aún más la diferencia.

—Yo es que tengo vértigo —se disculpa Ulises.

—Yo también.

—¿Sí?

—Sí.

—Impresiona mucho más de pie.

—Puede ser.

—¿Qué te pasa?

—Nada. Bueno, sí que me pasa.

—Me estás asustando.

—No te pongas dramático.

—Perdón.

—No, si yo también estoy asustada.

—¿Por qué?

A Ulises la pregunta le sale gritada, es un graznido más que una pregunta. Desde su posición no puede ver los ojos de Toya, le inquieta no saber si mira al frente, a América, o si ha encontrado un punto abajo, en las rocas, donde descansar los ojos.

—Mi abuelo no quiere que siga estudiando, bueno, no es que no quiera, es que no nos lo podemos permitir.

—Entonces, ¿no vas a ir al instituto?

—Qué va.

—Pero aún no puedes trabajar, ¿no? —Como Ulises no tiene pleno dominio sobre sus cuerdas vocales, se le escapa un falsete que lo hace parecer desesperado—. Por la edad, digo.

—Sí que puedo, de interna.

—¿Interna? ¿Qué es eso?

—Que vives en la casa donde trabajas, ya sabes, limpiándola y, si hay niños o viejos, limpias culos y babas también. No me pagan mucho, pero me dan de comer y una habitación para dormir. Supongo que libraré algún día, los domingos, lo más seguro.

Toya habla como si ya tuviese una dirección en una ciudad de sabe Dios qué provincia de sabe Dios qué país de sabe Dios qué universo.

—¿Y tú quieres?

—¿Yo cómo voy a querer, estás tonto o qué?

Es el miedo el que le hace preguntar lo obvio y olvidarse de que les cuelgan las piernas a más de doscientos metros del mar. Es imposible consolar a alguien cuyo futuro está a punto de acabar antes de empezar.

—Joder.

Joder es la mejor palabra cuando no hay valor para decir otra cosa. Últimamente la tiene siempre en la boca.

—Ya ves.

—¿Y si te doy un beso?

—Como quieras.

—Pero ¿tú quieres?

—Claro.

—Ah, vale, qué susto me diste.

—¿Por qué?

—Porque pensé que no querías.

—¿Me lo vas a dar o no?

—Sí.

Giran sus cabezas por primera vez, los ojos cerrados, las bocas asustadas, y ahí se quedan un rato, apoyado uno en el otro.

—¿No te parece increíble que haya un sitio donde la gente viene a matarse?

Es importante escoger bien las primeras palabras después de un momento de intimidad, cualquier tontería podría afear la experiencia. Ulises está satisfecho (incluso moderadamente satisfecho) de cómo ha manejado la situación.

—No sé si es increíble, Uli.

—Quiero decir, que solo se maten desde aquí, como si fuese el sitio oficial. Tiene gracia, bueno, ya me entiendes.

—Ya, aquí maullamos mucho, pero, a la hora de la verdad, nadie mea fuera del puto arenero.

Ulises se revuelve, es un revolverse contenido; un movimiento mal medido podría conllevar la muerte. Empieza a soplar sudoeste —templado y húmedo—, gracias a su abuela sabe qué significa. «Agosto preñado, septiembre empapado», dijo esa misma mañana.

Malditos refranes, maldita la vida.

—¿Qué hacemos aquí si los dos tenemos vértigo? —pregunta Toya.

—¿Nos vamos?

De pronto ella le tira del brazo.

—Espera —susurra.

Toya se quita las chanclas —con forma de i griega— con las que lleva todo el verano. A Ulises le parece que resaltan la esbeltez de sus pies morenos, y que, junto a la pulsera en su tobillo izquierdo, le dan un aire de mujer libre. Juega a ponérselas en las manos, la tira de caucho entre los dedos índice y corazón. Las junta como si fuese a aplaudir con ellas, las mira, todavía puestas en sus manos, después mira a Ulises y las deja caer en dos tiempos.

—Toya, no…

Las chanclas se separan casi en el momento de salir de sus manos. El viento hace que planeen cada una en una dirección. Una se desvía hacia el mar y la otra hacia las rocas, aunque, desde su posición, Ulises enseguida las pierde de vista.

—Total, qué más da.

—¿Por qué lo hiciste?

Toya se encoge de hombros y sube las piernas para levantarse. Ulises repta hacia atrás, tierra adentro.

—No sé.

—¿Y ahora qué te vas a poner?

—Me gusta andar descalza.

Ulises permanece en silencio, evitando mirarle los pies; cualquier cosa que diga o haga ahora no estaría a la altura.

—¿Bajamos? —dice al cabo de un rato.

Ella asiente con la cabeza.

El camino es largo y pedregoso, más de un kilómetro de pendiente con tramos de roca y grava. Toya no se queja, pregunta como si nada a qué hora quedarán al día siguiente y se ríe sola pensando que Onehuevo estará buscándolos como un

loco. De vez en cuando se le escapa un «ay» cuando se le clava alguna arenilla. Ulises sabe que llegará con los pies ensan-
grentados y que no aceptará que él le deje sus zapatillas de
lona. Aunque no la entienda, cree que Toya tiene todo el derecho a hacer lo que hizo. Quizá tirar algo sea el único acto de
rebeldía que ahora mismo se puede permitir. O puede que
haya tirado las chanclas por no tirarse ella.

39

No pensé que volvería al Cumbé, pero a veces piensas y planeas y escribes y la vida va y te dice que eso que creías tú no va a poder ser porque lo que pensabas y planeabas y escribías es una cosa pero después hay que vivirlo.

Yo no quería estar allí, pero estaba.

A veces la intención no es suficiente, y, creyendo que haces bien, haces mal. Los hijos deben estar con sus padres, bajo ningún concepto deben criarse con otras personas si tienen padres.

Demasiado tarde ya. Nuestra hijita se muere y yo tengo la culpa.

Entrar en el Cumbé se convirtió en una obligación para mí. Agradecí la penumbra que camuflaba mi conciencia. «Está todo pensado», me dije. Debí de parecer desesperado, aunque a mí eso ya me daba igual. Los malandros de siempre me miraron. Creo que ya no les parecí una amenaza (no vi orejas puntiagudas ni cejas levantadas). Tampoco ellos me lo parecieron a mí. Eran siluetas moribundas al reflejo de una luz sucia, pero se les transparentaba el miedo, yo ya notaba esas cosas. Al cabo de unos minutos todos teníamos la misma cara de entierro; como cirios consumidos después del sacrificio.

Fueron los hombres que estaban con Leónidas los que dieron la voz de alerta cuando llegué. La diferencia entre nosotros, seres oscuros todos, es que ellos desprenden un aire de ostentación pestilente que yo no tengo ni tendré. Soy el vivo retrato de la indefensión y el fracaso crónico (tampoco es que a ellos les sirva de mucho; lo malo de la riqueza clandestina es que te obliga a lucirla en las tinieblas).

Creo que Leónidas se alegró al verme llegar, aunque con él nunca se sabe. Se ha mimetizado tanto con los hombres del Cumbé que, si no fuese porque a él y a mí nos une un indiscutible aire de semejanza (cicatrices incluidas), no lo reconocería. Ya no hay en él ni rastro de acento isleño, ni siquiera termina las frases con *¡ho!*, como hacemos todos aunque llevemos media vida viviendo en el extranjero. Nada lo liga a sus orígenes (yo, en cambio, no puedo dar un paso ni abrir la boca sin que me recuerden de dónde vengo), menos aún ese tumbao criollo que se trae, tan ridículo que me entran ganas de decirle que conmigo no le hace falta, de verdad que no, que soy yo, el sobrino-hijo de mamá Concha, su primo-hermano o hermano-primo.

Se acercó a la barra y se sentó en un taburete, a mi lado. Cuando yo aparezco, soy cosa suya, él se levanta y los demás se desinflan. Me pasó el brazo por el hombro, como es habitual en él, y pidió al camarero dos *ronsitos*, uno para cada uno. Lo aparté sin pensarlo, quise ser consciente de lo que iba a hacer para poder atormentarme el resto de mi vida. «¿Qué pasa, Tony?», me preguntó, juraría que con preocupación. Me conoce tanto que sabe cuándo no estoy bien. «Se me muere la niña, Leónidas, se me muere y no puedo hacer nada», debí de decirle yo porque es lo que me digo todo el rato. Lloré como un crío, no me importa admitirlo. Él se interesó por ella, por Míriam, su sobrina segunda, me preguntó qué podía hacer por mí, aunque creo que estaba muy claro.

Nunca había visto a Leónidas tan sereno, que en su caso es como decir triste. La serenidad en él irisa incomodidad y tristeza. El día del Cumbé no podía esconder ninguna de las dos, incómodo y triste en una proporción que no sabría precisar. Parecía sincero cuando dijo que lo sentía. Le salió el acento isleño de golpe, para sorpresa de los dos, como si el dique criollo que había construido a base de sombreros de llanero y zetas licuadas se hubiese venido abajo por un golpe de mar.

A veces pienso que lo bueno que quedaba de mí se lo llevó América. El hombre íntegro, el niño que se esfuerza en hacerlo todo bien para que mamá Concha piense qué suerte tiene por haber llegado a su vida y qué diferencia tan grande con su hijo, el único que salió de su vientre.

¿Y de qué me ha servido ser bueno? De nada.

Qué tarde es para mí y sobre todo qué tarde es para Míriam. Mi hija es un cirio en las últimas. Voy a su encuentro. Voy a decirle hola y adiós.

Cuántas veces habré deseado ser Leónidas, el hijo verdadero de mamá Concha, que desobedece porque sabe que su madre va a estar siempre, haga lo que haga, pase lo que pase, porque es lo que hacen las madres, las de los malandros también. Tal vez por eso él nunca ha sentido la urgencia de ser el hombre bueno que siempre quiere contentar a los demás. No se puede ir así por la vida y pretender que te vaya bien, ahora lo veo. Hasta los tontos son capaces de atender a su familia.

Yo venga a trabajar en donde nadie quiere, ¿y para qué?

Para que me lleve una eternidad pagar una madriguera a la que mi mujer llama pisito, a ver si a base de ponerle cariño se acerca a lo que nos merecemos.

Mentira, ¡nos merecemos más!

Algo parecido dicen que gritó mi madre antes de que sus sesos batiesen contra las rocas y sus malos pensamientos fuesen a parar al mar.

Últimamente pienso en mi madre.

Siempre he sabido que, llegado el momento, no me opondría a la muerte. Si algo sabemos los isleños es cuándo dejar de agarrarnos a la tierra.

Me pregunto si sabré darme cuenta cuando llegue el momento.

«¿En qué puedo ayudarte?», me preguntó Leónidas. Insistió varias veces: «Dime», y después: «Lo que sea». Le dije que no podía llegar a casa con las manos vacías, que las manos vacías subrayarían mi fracaso, y mi fracaso no hacía falta que nada lo subrayase. Le dije que quería hablar (no quería, pero es lo que se dice cuando a uno no le queda más remedio que pedir). Se le rompió el gesto, lo noté enseguida. «Necesito llegar con mucha plata». No dije *plata*, dije *mucha plata*. *Plata* es de los pocos venezolanismos que se me escapan. La claridad en la comunicación con respecto al dinero es importante, incluso vital, como ahora; no para hacer que merezca la pena, eso ya no va a poder ser, sino para demostrar que al menos he cumplido con mi cometido, aunque a nadie le importe un carajo ya. «Quiero hacer un trabajo de esos», le dije. «Una o dos veces solo, ¿crees que con eso me ganaré una buena plata?». No me importó —o no lo suficiente como para frenarme— el policía muerto (uno por día, todos los días) que se despide de su mujer y su hija sin saber si volverá a verlas. No quise pensar. Llegados a ese punto, era su familia o la mía.

Fue extraña la reacción de Leónidas, tanto como había insistido para que trabajase con él, tan convincente había sido con respecto a la conveniencia de estar en el momento oportuno. «Si no somos nosotros, serán otros, Tony», repetía incansable entonces.

«Ya no estoy en el negocio», me dijo, pero sonó a mentira o a lo que dices cuando quieres proteger a alguien.

Se me vino el mundo abajo. Demasiado sacrificio América para tan poca plata, pensé. Pero entonces mi primo envolvió mi hombro con su mano de una manera extraña, como si estuviese exprimiendo una naranja. No recuerdo las palabras exactas, pero su mano en mi hombro se me quedó grabada, como se me quedaron grabadas las manos ásperas de mamá Concha.

Las manos son importantes.

Creo que me dijo que no me preocupase por la plata. Con lo otro no podía hacer nada, no estaba en sus manos, dijo (aunque eso yo ya lo sabía). Aprovechó que el camarero se fue a la otra punta de la barra para echar a la calle a un borracho que ignoraba que nadie que no sea amigo de la casa puede entrar en el Cumbé, y me dijo, bajando la voz: «Mañana en tu casa».

Me dio pena mi primo. Comprendí que no era libre, y, si no estuviese tan centrado en mi problema, me preocuparía de verdad.

No es malo Leónidas, yo sé que no es malo.

Lo esperé durante horas. Llegó a última hora de la tarde, cuando la luz pardea y ya no se sabe si el día es día o es noche. No quiso tomar nada. Ni sentarse. Ni hablar. Ni fumar. Entró, me entregó una bolsa de tela abultada, volvió a hacer el movimiento giratorio de su mano en mi hombro y se fue.

Esperé a que se hiciese de noche, cerré las cortinas de la habitación y vacié la bolsa sobre la cama. Dejé de contar billetes después de varios minutos. Explotó dentro de mí un fogonazo de euforia de la que me arrepentí enseguida, en cuanto pensé en Manuela y en nuestra hija. Fue raro —y tristísimo— darme cuenta de que Venezuela ya no sería para mí el lugar próspero que es para muchos. Ahora tendré que recordar siempre el olor a cenicero y el *ronsito* del Cumbé, las siluetas grasientas de los hombres en penumbra —idénticas en su putrefacción—, al camarero bizco, al policía muerto (uno por día, todos los días). Nada es regalado, todo cuesta.

El dinero a estas alturas es un entierro digno y poco más.

Acabo de llamar a Manuela para decirle que estaré de vuelta antes de que termine la semana.

40

En la isla, marzo de 2020

Dijo «Un cafecito, cariño, por favor» y ese fue el principio del fin de la abuela, porque ella jamás empleaba diminutivos, excepcionalmente *pisito* en el pasado, pero era por la necesidad que sentía de que la cueva húmeda y desconchada en la que vivíamos pareciese un hogar decente. Tampoco pedía las cosas por favor ni mucho menos decía *cariño*, ni siquiera a mí, así que podría decirse que la abuela se volvió cursi y eso la convirtió en alguien que no era o que no había sido nunca hasta entonces. No a todas horas, pero suponía un giro suficientemente significativo como para que se considerase el comienzo de lo que finalmente llamaron demencia senil. Por suerte, ella no parece ser consciente del cambio, y si lo es, no afecta en absoluto a su felicidad. A veces me pide un beso o que le acaricie la cara, y lo hago (¡cómo no lo voy a hacer si toda la vida he deseado que me dejase tocarla!), otras veces vuelve a ser la de siempre y farfulla «hijaputa» cuando la enfermera intenta que se trague las pastillas que atenúan la deriva que han iniciado su cuerpo y su cabeza.

La abuela se parece a la abuela pero eso es todo, lo que me lleva a preguntarme quién es ella en realidad, ¿la que fue y ya no es (solo a ratos) o la que terminó siendo? ¿Son la misma persona? ¿Siempre ha querido ser así pero no se lo podía permitir? ¿Estaba esperando a ser vieja para mostrarse como realmente era? ¿Es el cansancio y la sensación de haber cumplido con la vida lo que le permiten bajar la guardia y comportarse como le da la gana o es el fracaso acumulado lo que la hace mirar para otro lado aunque no sea su estilo?

Dicen que los viejos se quitan la máscara como quien se quita unos zapatos que le aprietan.

A la fuerza a ella tiene que apretarle la vida, y yo no tendría que hacerme tantas preguntas; solo debería estar atento por si a alguien se le ocurre obligarla a calzarse.

La abuela es capaz de mantener a raya su demencia, pero solo cuando quiere. Hay que ser una fuera de serie para poder despegarse de la realidad y volver, no es algo que esté al alcance de cualquiera, y si no está siempre cuerda es porque la cordura persistente no es de genios. A veces me pregunta por Estela y los niños y al momento me dice que estoy creciendo a ojos vista. Me la imagino como un Doraemon de helio que en su lento ascenso hacia la muerte no puede evitar hacer unas piruetas finales.

Ahora que parece que el tiempo que nos queda juntos es poco, pienso en nosotros y en nuestra vida mucho más que cuando era joven y las abuelas estaban garantizadas. Creo que hemos sido (seguimos siendo) una de esas parejas que, de tan imperfectas, rozan la perfección, pero eso solo lo pienso ahora. En cualquier caso, fuimos todo lo felices que nos dejaron, tampoco creo que haya que darle más vueltas.

Una de las mayores estupideces que he hecho en mi vida (aparte de comprarme un barco, no he hecho muchas más; puede que una muy gorda hace treinta y cuatro años) fue reservar mesa para dos en un restaurante en el que no cabían más estrellas Michelin. Tenía veinticuatro años y acababa de cobrar mi primer sueldo. Digo estupideces y no excentricidades porque ni a la abuela ni a mí nos gusta tanto la comida como para justificar semejante dispendio. Ella habría preferido un bocadillo de torreznos sin moverse de casa, así me lo hizo saber varias veces, a la ida, sentada en su asiento de avión, intuyendo lo cara que ya estaba siendo la comida; en el restaurante, arrugando la nariz como si el changurro marinado con aire de lima apestase a col fermentada; y con más ahínco, si cabe, a la vuelta, cuando ya estaba en posición de poder calificar aquella comida (¡si aún fuese comida!) de pecado mortal, además de una mierda muy grande. No se lo tuve en cuenta, la abuela no sabe agradecer porque no ha tenido muchos motivos; pero para mí fue necesario hacerlo, era como trucar los contadores de nuestras vidas y ponerlos a cero, demostrarnos que podíamos vivir experiencias como esa aunque no las disfrutásemos en absoluto.

Todavía sigo queriendo compensarla por mis errores y por los de mi madre, sé que no debo hacerlo (en ello insiste mi terapeuta), pero no es tan fácil dejar de hacer o ser cuando te acostumbras a la inercia de un comportamiento; es como intentar cambiar el cauce de un río, son fuerzas que no reconocen lo nuevo y tiran por lo de siempre.

A la abuela y a mí nos cambió la voz al mismo tiempo. Fue a finales del verano del 86, lo mío era una cosa de la edad, lo de la abuela fue producto de la impresión. Se le quedó la voz ronca, idéntica a la de Chavela Vargas. Esa tarde salió de casa con un tono y por la noche volvió con otro. Todavía puedo verlas a Melita y a ella, envueltas en mandiles que parecían cortinas que parecían manteles o servilletas, cada una con un sacho en la mano… En un recién estrenado mundo sideral, ellas eran la resistencia. Pasado el tiempo, oí que la abuela le decía a una vecina con la que salía por las noches —cacerola en mano— que un mal día se le rompieron las cuerdas vocales para siempre «y hasta hoy, compañera». Sonó como si su garganta fuese una guitarra vieja y exhausta, y zanjó el tema (eso se le daba de maravilla) suspirando «Ya ves, ¡la vida!», pero a mí nadie me quita de la cabeza que le ocurrió lo mismo que a aquella niña ruandesa, Teopista Bagwaneza, que se quedó sin

voz después de que los hutus (¿o eran los tutsis?) descuarti-
zasen a su familia en su presencia.

Cuando nos marchamos de la isla y volvimos al pisito (en
adelante, *el piso*) al final del verano de 1986, nos encontramos
un charco en medio del pasillo. Nos cansamos de escurrirlo
con la fregona, pero a las pocas horas volvía a aparecer, como
si fuese infinito. Nunca llamamos a un fontanero, la abuela
prefirió creer que era el abuelo que intentaba decirnos algo en
vez de admitir que la pobreza nos asediaba y que el charco no
era más que la vulgar consecuencia de la mala calidad de los
materiales con los que había sido construida la vivienda.

La humedad se colaba por todas partes, era una batalla per-
dida; no había pared en la casa que no estuviese salpicada de
pequeños puntos negros, que se agrupaban y formaban unos
ojos furiosos que parecían querer comunicarse. Eso decía la
abuela, yo siempre tuve claro que el moho es el estigma del
pobre. Ya no tengo que lidiar con él, le he ganado la batalla a
la humedad, y probablemente ese sea uno de mis mayores
triunfos en la vida. El silencio se licuó y se volvió pegajoso,
resbaló por cada arista y se mezcló con el oxígeno y la penicilina. Era un silencio insalubre, pero no letal. Ese septiembre le
regalé a la abuela mi radiocasete, ella empezó a sintonizar Los
40 Principales y yo me enganché a los estudios. A veces coin-
cidíamos en el pasillo, yo recitaba la lista de los reyes godos y
la tabla periódica y ella cantaba «Matar hippies en las Cíes».

La vida transcurrió sin sobresaltos hasta que cumplí dieciocho. Nada importante sucedió entre medias. Seis años de
humedad y aburrimiento en los que florecí a la sombra de la
abuela. Alimenté mi orgullo con el suyo y juntos crecimos sin
control, como una masa madre amorfa.

A la abuela le encanta decir que vale más por lo que calla
que por lo que dice. Creo que a mí me ocurre lo mismo; continuamente estoy a punto de decirles a mis amigos que los
quiero, a cada uno por un motivo, porque admiro su manera

espontánea de vivir la vida —tan diferente a la mía— o por ser aquello que yo no soy (un buen amigo, principalmente), pero al final solo lo pienso. Es difícil innovar o salirse del patrón afectivo aprendido. Por eso cuando la abuela empezó a disparar *cariños* y *por favores* a discreción, saltaron todas las alarmas.

Ulises sabe que la idea de llamar a Onehuevo es disparatada, absurda, pero saberlo no le impide hacerlo. El mundo se encierra y a él le parece urgente hablar con un amigo o examigo o conocido, ni siquiera tiene claro qué son. No deja de pensar en ranas que caen del cielo; es lo único que tiene en la cabeza ahora mismo. Teclea el número procurando no pensar, hay cosas que es mejor afrontar así, antes de que la cobardía o la vergüenza frustren la intención. Le gustaría ser como esas personas que llaman después de muchos años sin que les tiemblen las piernas, pero a él se le da mejor mantener la amistad (o lo que sea lo suyo) a distancia y en silencio.

Oye la voz de Onehuevo casi al instante, lo que significa que tenía el teléfono en la mano y que no ha dudado en contestar a pesar de que hace catorce años que no hablan. Es un *hola* atragantado, a punto de coagularse, de estupefacción tal vez. Ulises no esperaba una respuesta tan rápida, titubea y se obliga a reaccionar como si se tuviese que empujar a sí mismo.

Le sale llamarlo Miki. Es consciente de lo ridículo que suena. No es Miki para él ni nunca lo ha sido, lo es para los seres sin rostro que pululan en la discoteca con nombre de trastorno del aprendizaje, lesión cerebral o término filosófico donde trabajaba Onehuevo, pero no para él. Miki implica una familiaridad en el presente que ellos no tienen, la tuvieron hace más de treinta años (para matar a alguien es imprescindible), pero la familiaridad hay que cultivarla si se quiere perpetuar.

Llamar a alguien Onehuevo también requiere familiaridad. Onehuevo o Miki, ambos nombres suenan ridículos en su boca. Su amigo de la infancia le da las gracias. Cree que llama para preocuparse por él, a pesar de que nunca antes lo había hecho, pero las situaciones inéditas —siempre pasa— traen consigo comportamientos inéditos. Le habla de las circunstancias sanitarias y la repercusión económica en los trabajadores de la noche, ahora que el ocio ha cerrado. Sigue trabajando en el mismo sitio, «aunque tiene otro nombre», le dice. Podría llamarse Hemiplejia, Demagogia o cualquier enfermedad venérea; si no le encuentra el sentido a las cosas, Ulises no las retiene. Onehuevo le cuenta que tiene algunos ahorros y que sobrevivirá (eso espera), pero le agradece —con la voz quebrada— que se ponga en contacto con él para interesarse por su situación y ofrecerle ayuda. Porque ese es el motivo por el que Ulises lo ha llamado. «¿Es eso, verdad que sí?», pregunta, alarmado, por primera vez.

A veces las conversaciones se construyen solas. A Ulises le enternece la ingenuidad de Onehuevo. Asiente con una vehemencia que le sale sola («claro, claro») y termina ofreciéndole dinero («Lo que sea, tío») a un desconocido, que es en lo que se ha convertido su amigo de la infancia. Pobre Onehuevo, conmovido por su falsa preocupación, y pobre Ulises, perdido y podrido como un ballenato varado en un arenal extraño.

—Por cierto, Onehuevo —de manera inesperada le sale el otro nombre, el de siempre, el único—, he estado pensando, ya sabes, ahora todos tenemos más tiempo…

—Es cierto, sí, sí —ríe Onehuevo, el último *sí* convertido en ronquido.

Ulises está seguro de haber llevado a su amigo o examigo o conocido a un estado de relajación idóneo, a juzgar por su tono de voz, casi desganado, como si de golpe hubiesen recuperado la confianza (aunque sea una ilusión, porque él confianza no tiene con prácticamente nadie).

—Llevo tiempo queriendo preguntarte algo, igual te parece raro, no sé…

—Claro, tío, dime.

—Es sobre aquel día, ya sabes…

Debería saber (¿cómo no iba a saber?). Aquel día solo puede ser un día. Toya lo sabría, pero Onehuevo no es Toya, no lo es en absoluto. La vez que se vieron pudo comprobar que había crecido en volumen, sospecha que a base de gimnasio y proteínas —quizá algún anabolizante—, pero no captó ni un átomo del genio que quiso imaginar que podía llegar a ser si por fin se decidiese a eclosionar. Entonces, ¿por qué percibe un silencio tenso? ¿Es tenso porque todos los silencios al otro lado de una línea telefónica lo son? ¿Es porque no sabe o no quiere responder? Ninguna de las dos opciones son buenas noticias para Ulises.

—¿Hola?

—Hola hola.

—No sé si me has oído…

Pues claro que lo sabe, desde que ha llamado a Onehuevo no ha hecho más que fingir que no sabe, que se preocupa, que hablar con él es una acción cotidiana a pesar de que es un hecho de lo más extraordinario.

—Sí.

—¿Y?

—¿Te refieres al día en que tu abuelo…?

Onehuevo no termina la pregunta porque no hace falta, las preguntas incompletas es la manera que tienen de comunicarse los que se conocen bien. Ulises vuelve a sentir ese grado de unión entre ellos.

—Sí.

—No sé qué quieres saber, Uli. —Ahora es Onehuevo quien opta por la fórmula de confianza.

—Me pregunto si todos vimos lo mismo.

Tal vez tendría que haber empezado diciendo qué vio él para poder comparar, para que el otro responda «Yo también» o «No, qué va, para nada», pero no quiere manipular a Onehuevo o, peor incluso, que piense que está loco y se quede con esa idea para siempre (aunque *siempre* sea *nunca más* si no vuelven a verse). Todo eso se le pasa por la cabeza. Está cansado de que su terapeuta le diga que no es posible que haya ocurrido lo que él cree que ocurrió, los psiquiatras siempre con la matraca del estrés postraumático. Pero ¿y si alguien vio lo mismo que él? Entonces no le quedaría más remedio que reconsiderarlo. Dos pares de ojos que ven lo mismo han de tenerse en cuenta. Una alucinación deja de serlo si la ven varias personas.

—No sé, me da mal rollo pensar en ese día, Uli.

Ulises cierra los ojos y pide una respuesta («por favor, por favor»), una concreta, como el que espera que un número (no el siguiente ni el anterior, sino ese) le salve la noche delante de una mesa de juego.

—¿Qué quieres saber?

«Todo», le entran ganas de gritar, pero no lo hace porque decir *todo* es como decir *nada* la mayor parte de las veces.

—Supongo que recuerdas el tiempo que hacía... —Ulises prefiere no preguntar; si Onehuevo no es tonto (¿dónde está la línea que separa al tonto del genio?), sabrá a qué se refiere.

—¿Te refieres a si llovía?

—Sí, bueno, me refiero a si el tiempo meteorológico era normal o... extremo, ya me entiendes.

—¿Extremo?

—Sí.

Otra vez el maldito silencio tenso. «No, no, no. Vamos, vamos, vamos. Di algo, di algo, di algo. Joder, joder, joder».

—Puede que el tiempo se pusiese mal, con viento y eso, pero no sé, tío, tanto como extremo... Yo qué sé.

La rapidez no es una característica de Onehuevo, le concede unos segundos mientras sus esperanzas de una respuesta satisfactoria se van esfumando.

—Ranas —contesta Ulises.

Si lo ha oído, no debería tardar tanto en contestar. *Ranas* no deja lugar a dudas.

—¿Ranas?

La pregunta de Onehuevo confirma sus temores. Nadie preguntaría «¿Ranas?», dadas las circunstancias. Su amigo o examigo o conocido reacciona de la única manera que no debería haber reaccionado. Nadie olvida lo que no ha visto nunca antes ni volverá a ver; una lluvia de ranas entra en la categoría de recuerdos imborrables.

—¿No te acuerdas? —La desesperación se chilla o se calla y a Ulises le sale chillarla aunque sepa que ya no hay nada que hacer.

—No, sé, Uli, creo que te confundes, en la isla no hay ranas.

—Ya, puede que tengas razón…

A Ulises le gusta Onehuevo porque no tiene una boca grande llena de consejos jabonosos ni advertencias rebosantes de superioridad moral. Su amigo o examigo o conocido susurra «Supéralo, Uli, esas cosas pasan» en un tono tan bajo que más tarde pensará que no lo llegó a decir. Ulises se despide con un «Estamos en contacto, cuídate, ¿vale?» como si su amigo o examigo o conocido le importase de verdad, y sí, le importó mucho cuando tenían trece años, pero ya no, a nadie le importan los extraños.

41

En la isla, verano de 1986

De vez en cuando Ulises se pellizca las manos para que el dolor le confirme que sigue existiendo y que no se ha caído en un agujero negro ni se ha vuelto incorpóreo. Su abuela se ha rendido al cambio de estación de manera anticipada, como un vulgar anuncio de El Corte Inglés, y, si ya estaban mal los refranes, ahora los bombardea a su abuelo y a él con frases que aluden al pisito, al colegio y a su último curso de enseñanza obligatoria (que ella llama la KGB). Su abuelo se ha convertido en un ser mustio, se ha encerrado en el Chuco como hacía en el pisito, su piel ha adquirido un tono gris cemento a juego con sus pantalones de tergal y su camisa de cuellos largos, de esas que ya nadie lleva.

No es el único que se ha vuelto gris. El abuelo de Toya también tiene un color ceniciento-indefinido (normal en un hombre que se pasa todo el día en el interior de una cueva), el mismo que el guardia Paulino (aunque él sí que sale). Ni siquiera Leónidas —a pesar de su bronceado— se libra del gris. El gris debe de ser un color más de hombres, se dice Ulises. Ni a su abuela ni a Melita parece afectarles; ellas, sirenas embutidas en sus delantales de cuadros de colores vivos (verdes el de una, violetas el de la otra) y el sol atlántico incrustado en sus caras, resisten —averiadas y vivísimas— muy a su pesar.

El día siguiente al beso, Toya desapareció. ¿Se había ido de la isla para siempre? ¿La reclamaban, con carácter de urgencia, en ese puto trabajo de interna? (Hasta ahora Ulises nunca había dicho *puto*, pero fue oírselo decir a Toya y animarse a empezar a decirlo él también). ¿Sabía, cuando estuvieron juntos en la punta de los suicidas, que tenía que marcharse al día siguiente? ¿Fue una confidencia a medias (te cuento que tengo que irme, pero no que es ya)? ¿Por eso tiró las chanclas, porque sabía que a donde iba (un pueblo sin mar, por lo que se ve) no le harían falta? ¿Se enfadó su abuelo por que hubiera tirado las chanclas y decidió desterrarla antes de tiempo? ¿El beso (el primero para Ulises, para ella estaba claro que no, esas cosas se notan) la había decepcionado tanto que había preferido no volver a verlo?

La angustia se apoderó de Ulises como nunca antes, ni siquiera como cuando murió su madre (tal vez porque su madre se murió por fascículos y eso rebaja notablemente la impresión). Estaba a punto de empezar a aullar, pero entonces apareció Onehuevo, arrastrando los pies como si tal cosa, tan despreocupado que a Ulises le entraron ganas de zarandearlo (puede que finalmente lo hiciese) para propiciar que su cerebro sintonizase alguna frecuencia con la tierra. «Qué rollo sin Toya, ¿no?», dijo. Ulises no recuerda si gritó «¿Qué sabes tú de Toya?» o «¿Tú estás tonto, chaval?», solo que a Onehuevo se le torció el gesto. «Pero ¿a ti qué te pica?», le contestó. «Yo también me aburro sin Toya, Uli, pero tampoco es el fin del mundo; creo que vuelve esta noche». Y a Ulises no le quedó más remedio que empezar una pelea con su amigo para esconder la vergüenza.

Ese día hablaron mucho los dos. El barrio de Onehuevo debe de ser muy parecido al suyo —mucha chupa que no se esfuerza en imitar el cuero, niños de dientes torcidos que mascullan un castellano lavado a la piedra, un rosario de bocas melladas en caras opacas como bacalaos salados, viejos que beben achicoria, vespinos que se gripan por falta de aceite, jóvenes con un aire patibulario, hijos de una calle que huele a callejón y a neumático recauchutado—, pero en la otra punta de la ciudad. Parece mentira que desconociese tanto de la vida de su amigo. Dice *amigo*, aunque cree —los dos creen, siente que puede hablar por él— que fuera de la isla jamás serían amigos. Hay amistades que solo se dan en un hábitat determinado. Su amistad funciona porque se ha fraguado en una atmósfera preservada en la que Toya es el sol, y Ulises sabe, porque lo dio en clase de Sociales, que si el sol se apaga los planetas se van a la mierda pero ya cada uno por su lado.

Últimamente Ulises no consigue dormir una noche del tirón, espera que no sea otro efecto colateral de hacerse mayor, como el gorrión tirolés que ha anidado al borde de su garganta o el pelo que cada día prende en nuevas partes de su cuerpo. Pobre Toya, soñó o pensó —bañado en sudor—, vendida o regalada a unos amos, interna o esclava (si hay alguna diferencia, Ulises no es capaz de verla) cuando aún tiene una familia. Dos pueden ser familia. Ulises y su abuela lo fueron durante mucho tiempo. Catorce años no es una edad para vivir con unos desconocidos. Podría trabajar de tapadillo en una tienda pequeña, un quiosco o un ultramarinos. Es vital que no duerma fuera de casa. ¡Toya, no te vayas!, le gustaría entrar gritando en El Dorado como si fuese el aguerrido protagonista de un poema épico.

Apareció Toya tarareando «True Colors» como si no le pesase la vida. «Me encanta Cindy Lauper», dijo con ese aire de mujer moderna que a él lo vuelve loco. A Ulises los ojos se le van a sus pies, calzados en unas bambas de lona rojas como dos amapolas muertas.

—Bueno, chavales, ¿espabilamos o qué? —dice como si ellos tuviesen que entender.

—Yo quiero bañarme —protesta Onehuevo.

—Después.

—¿Después de qué?

—Del simulacro.

—¿De qué? ¿Qué leches...?

A Ulises le entran ganas de quitarle a golpes sus reflejos de babosa, pero a Toya no le gustaría que lo hiciese y se ahorra el guantazo.

—Del ensayo —dice.

—¿Ensayo de qué?

—De cómo matar a Leónidas —susurra Ulises entre dientes.

—Ah, eso. ¿Y cómo ensayamos sin Leónidas?

—¿Tú eres tonto o te lo haces?

—Ah, vale, ya lo pillo, entonces alguien tendrá que hacer de Leónidas, ¿no?

—Pues claro.

—Ya me parecía.

—Pero ¿seguro que vamos a poder verlo? Porque, si no vamos a poder verlo, es tontería que ensayemos.

—Segurísimo —contesta Toya.

Ulises mira a Toya en busca de una respuesta, pero ella se agacha para atarse los cordones, blanquísimos, de una de las bambas.

—Leónidas suele subir para la puesta de sol, me lo dijo Paulino, el guardia.

Ulises aprieta los dientes. Le repugna Paulino, con esa mirada de manoseador de niñas y su manía de catapultar colillas después de cada frase.

—Pero son las cuatro —protesta Onehuevo.

—Por eso es un simulacro.

—¿Os fijasteis en el sello de oro de Leónidas? —suelta Onehuevo de pronto.

—Pero ¿qué coño...? —refunfuña Toya.

—Solo digo que es una pena que se vaya al otro barrio con él, debe de pesar un huevo.

—Nosotros no somos ladrones —le reprocha Toya.

—Era por aprovechar la ocasión, Toya, pero tienes razón, nosotros somos asesinos.

Ulises nunca creyó que fuesen a hacerlo, honestamente. Son cosas que se piensan y se dicen. Hablar y pensar es más fácil que hacer, mucho más. Puede que hace un mes su sed de venganza estuviese justificada por la recaída de su padre. Y estaban ellos tres, víctimas clarísimas de tipos infames como Leónidas. Pero entonces descubre que se puede ser moderadamente feliz y matar empieza a sonar a enajenación mental transitoria, a proyecto abolido, a algo que se dice porque en el momento alivia, como un insulto o una maldición. Sin embargo, ahora Toya tiene que marcharse —contratada, vendida—, y matar a Leónidas vuelve a tener mucho sentido, porque alguien tendrá que pagar por su desgracia, ¿o no?

Da igual a dónde mire, los ojos de Ulises acaban posándose en las bambas de Toya, como si lo llamasen.

—¿Te gustan? —le pregunta ella.

—Mogollón —dice Ulises, aunque le gustan mucho más sus pies descalzos.

—A mí también.

—¿Te riñó tu abuelo?

—No, para nada, él está enfadado, pero no conmigo.

—Qué suerte, mi abuela me habría echado la bronca, segurísimo.

—A ver, no es lo mismo.

—Supongo.

—Me refiero a que tu abuela no va a meterte interno en una casa.

Los tres suben la pendiente que hace dos días recorría él con Toya. No han tenido tiempo de hablar. Onehuevo jadea y se queja de que hay que subir mucho. De vez en cuando se abraza al tronco de un pino o exclama que ha visto un lagarto ocelado. Ulises ya no sufre por las piedras sueltas y la arenisca. Toya avanza con la destreza y el nervio de una cabra montesa, el caucho de las bambas agarrándose al pavimento. A la fuerza debe de tener cortes en las plantas de los pies. Al cabo de un rato grita «¡Llegué!» desde arriba, Ulises coge aire y se esfuerza en seguirle el ritmo, Onehuevo gime, doblado, a pocos metros de llegar y Toya le promete que, si apura, el papel de Leónidas será suyo.

—Me falta el sombrero —bromea Onehuevo respirando por la boca.

—Qué va, tonto, no es ese tipo de ensayo.

—Ah, vale.

A doscientos cinco metros de altura sobre el nivel del mar, Onehuevo, que ahora es Leónidas, canturrea y mira al frente al punto donde se barrunta América mientras espera instrucciones de Toya. Cruza los brazos y separa las piernas. Ulises piensa que su espalda ancha lo hace perfecto para llevar chupas que parecen de cuero pero que a tres metros de distancia ya se ve que no lo son. Toya habla, aunque él ha dejado de oír.

Para ser capaz de matar tienes que estar convencido de que no te queda más remedio que hacerlo o fingir que no te importa demasiado, una de dos. Ulises aprieta los dientes y se concentra en el mar. Concentrarse es importante. Es así como logra que su cerebro se disocie del presente. Lleva haciéndolo mucho tiempo (nadie, si no, puede comer un bocadillo de mortadela mientras su madre tiembla y gime en el suelo del baño).

—La madre de mi abuelo se tiró desde aquí, pero él era muy pequeño y ni siquiera se acuerda de su nombre —dice de pronto.

—¿Cómo no se va a acordar? El nombre de tu madre nunca lo olvidas, aunque quieras —dice Toya.

—Yo qué sé, para el árbol genealógico de Sociales me dijo un nombre que no era el de su madre.

—¿Un árbol genealógico? Qué hijos de puta...

Es normal que Toya sea la directora porque es la que más motivos tiene para desear la muerte de Leónidas. Pero algo debió de pasarle por la cabeza cuando estaba de pie frente al mar, porque de pronto dejó de hablar de emboscada, de «Nosotros somos más», de «Empujarlo como podamos y ya está», de «Es el crimen perfecto, buah», de «Todos para uno y uno para todos», de «Adiós a...». No acabó la frase, se paró ahí. «¿Adiós a qué, Toya?», insistió en preguntar Onehuevo, al que no se le da bien interpretar los cambios de rumbo. El cuerpo de Toya dejó de moverse y se volvió blando, la boca se le quedó entreabierta en un momento de indecisión o miedo, las comisuras de los labios hacia abajo, los brazos extendidos, las manos abiertas, grisácea toda ella de la cabeza a los pies, como si una luz se le hubiese apagado dentro. Dejó de ser faro y se convirtió en una niña vulgar y corriente.

Es difícil saber qué se le pasa a alguien por la cabeza. Puede que Toya se hubiese dado cuenta de su insignificancia (la inmensidad del mar provoca ese efecto) o de que ella ya estaba muerta y seguiría estándolo a pesar de todo. ¿Adiós a qué, Toya?, puede que se preguntase ella también, ¿adiós a la mala suerte?, ¿a lo que ya no tiene solución? No, Toya, se habría respondido casi al instante, adiós a nada porque una muerte no arregla el mundo.

A Ulises le tocó aplacar a Onehuevo, cuyas preguntas se volvieron más y más insistentes, rozando la impertinencia; con lo que les había costado llegar hasta arriba, ahora que iba a representar a Leónidas, protestó, pero fue mencionar la playa y su enfado se esfumó. Toya farfulló algo así como «Sí, por mí, bien, a la playa, mejor» y después: «Si eso, volvemos mañana», pero ni Onehuevo ni Ulises contestaron porque las palabras de Toya —de una fragilidad que estremecía— en ningún momento sonaron a pregunta y, por lo tanto, no exigían una respuesta.

Toya tardó unos minutos en recuperarse. En mitad de la pendiente se sentó en una piedra, solo unos segundos, el tiempo que le llevó desatarse las bambas, quitárselas, sentarlas en su regazo y anudar los cordones de una a los de la otra. Después se levantó de un salto y se las colgó en el hombro derecho. «¿Y eso?», le preguntó Ulises. «No sé, no acabo de acostumbrarme a ellas», le contestó, y Ulises asintió como si por fin el mundo estuviese en orden.

Ulises finge que duerme, acostado boca arriba en la toalla. A su lado está Toya, que hace tiempo que recuperó el color. La línea del horizonte se volvió rosa, lo que garantiza que durante las próximas horas no habrá nubes. Cuando están juntos, le entran ganas de agradecerle a Toya cada minuto que pasa con él. El tiempo se ha vuelto sonoro; a Ulises le parece oír un *tic* y después un *tac* que le dice que la está perdiendo y que dentro de poco ella solo será una playa y un mar. Abre su mano izquierda, la palma hacia abajo, y la arrima a la suya. Ella no la aparta, Ulises la siente desnervada y caliente y se anima a entrelazar sus dedos con los suyos.

—Tenemos suerte de tener una playa solo para nosotros, Uli.

—Mucha suerte, sí —contesta Ulises, sin soltarla.

Inmóviles y dorados, cogidos de la mano, son una pareja de polillas atrapada en una pieza de ámbar.

—¡La cagaste, Burt Lancaster! —grita Onehuevo sin venir a cuento, después de que una ola impactase contra su pecho.

A ellos la carcajada les sale al mismo tiempo. Ulises se levanta de un salto; un segundo después, Toya. Los dos cogen carrerilla y se lanzan sin miedo al agua.

—¡La cagaste, Burt Lancaster! —grita Toya.

—¡La cagaste, Burt Lancaster! —grita Ulises.

—¡La cagaste, Burt Lancaster! —vuelve a empezar Onehuevo.

Ulises bracea, desaparece bajo el agua y vuelve a emerger, mantiene el equilibrio y se ríe con ganas mientras se enfrenta sin miedo a cada ola. Sus amigos también se ríen. Bucean y ríen como si fuese el primer baño del verano.

42

En la isla, marzo de 2020

Quise (siempre quiero) volver a la imperfección de aquel verano y contemplar la isla con los ojos de entonces, pero las primeras veces son, por definición, irrepetibles, y cualquier intento de revivirlas se convierte en pura decepción amalgamada. Sigo asociando la felicidad a la isla. Si algo creo de verdad es que fuimos felices. Toya, Onehuevo y yo.

Como casi siempre, llego a la verdad cuando ya es tarde. La mayoría de los conflictos podrían evitarse si supiésemos, pero entonces no sería la vida. No saber o saber tarde forma parte del proceso, y a mí la realidad siempre me ha costado.

Buscábamos un final de traca, no aquello.

Quise matar a Leónidas y se murió el abuelo.

Con cada muerte empujé una puerta de hierro —descomunal, oxidada— como las de las cárceles de máxima seguridad en las que siempre imaginé que acabaría el Chino, que se cierran en dos tiempos (tristrás, tristrás) y cuyo eco rebota en las paredes. Pero empiezo a avistar otro tipo de final, el verdadero y único final, el que siempre estuvo ahí, esperando a que estuviese preparado.

La muerte de Leónidas pasó a un segundo plano para mí. Tuvo que morir el abuelo para darme cuenta. «Uno más uno más uno igual a tres, en la isla se matan de tres en tres», decían todos, con una entonación cantarina, de rima infantil. Se les veía segurísimos de que las muertes acabarían ahí, y eso es lo que parecía hasta que, pasada una semana, el guardia Paulino saltó desde la punta de los suicidas, con los brazos extendidos como el Cristo Redentor del Corcovado, igual que antes había hecho Braulio y después hicieron los demás. De esto no quise enterarme hasta mucho tiempo después, que bastante tenía yo con ocuparme de mi muerto.

De esos primeros momentos solo recuerdo estar sentado —la cabeza aturdida, los ojos estupefactos— observando a la abuela plegar la casa del Chuco y convertirla en una maleta. Después de certificar la muerte del abuelo, la policía nos hizo muchas preguntas (menos las que yo esperaba o temía), pero la teoría del tres pareció satisfacerlos porque nos dejaron en paz.

No es fácil admitir ante uno mismo que se es o se pudo haber sido un asesino. Tampoco que se mate alguien a quien quieres y del que dependes para ser feliz. La línea entre haber matado, estar decidido a matar y haber creído matar es muy delgada. Un asesino y un suicida tienen mucho en común: la devastación que dejan y la garantía de la inmortalidad. Las muertes violentas no prescriben en la memoria colectiva, dejan un eco zumbón.

Del abuelo tardamos en poder hablar, ni la abuela ni yo nos atrevíamos a mencionarlo. Guardamos un silencio de consideración hacia el otro que duró hasta que supe que iría a la universidad. A partir de ese día lo incorporamos a nuestras conversaciones, aunque siempre con mucho cuidado de bordear su muerte. A Leónidas, en cambio, no volvimos a mentarlo. Podría decirse que murió en nuestras bocas, pero no en nuestras cabezas.

Decía la abuela, y me inclino a pensar que tenía razón, que el abuelo se había muerto mucho antes, que ese que yo recordaba no podía ser el abuelo porque de Venezuela él no regresó vivo. Hasta en tres ocasiones aplazó su retorno a casa, que ya no era la isla, sino la ciudad. Y, en cuanto llegó, ya no quiso salir del pisito. Lo que lo acabó de hundir fue el paro. Cincuenta y cinco años es una edad difícil para empezar a trabajar en un sector que todos los días expulsaba a jóvenes hercúleos de brazos de acero.

El abuelo salió de la nada más absoluta y, aun así, fue más curioso de lo que el mundo esperaba de él, y si no llegó a donde se merecía llegar es porque la vida le puso muchas trabas. Me niego a pensar en él como la persona que terminó siendo. Para mí no hay diferencia entre lo que mereció ser y lo que fue, el esfuerzo y la intención deberían bastar en estos casos. «El viaje es lo que importa», decía siempre.

Él era el verdadero Ulises, no yo.

La parte más angustiosa del duelo fue no saber cómo habría sido mi vida futura con el abuelo. Empezó a dolerme todo lo que sabía que no haría con él. A veces me pregunto si con la edad se le agotaría la paciencia (para vivir con la abuela hacía falta mucha, la abuela puede ser muy retorcida cuando quiere, y quiere muchas veces), si seguiría apeteciéndole filosofar conmigo, si se volvería un cascarrabias y ya no me importaría tanto que se muriese, o si seguiría siendo la misma persona que era cuando se murió y la única diferencia sería nuestra edad, la suya y la mía. Son preguntas estúpidas, como todas las que nos hacemos sabiendo que no tienen respuesta, pero ahí están —revolotea que revolotea— en un limbo lechoso. Me atormenta tener la certeza de no haber sabido estar a la altura de su amor, aunque procuro no fustigarme. A la abuela y a mí no se nos debe juzgar con dureza, que bastante teníamos nosotros con aprender qué hacer con la pena y los agujeros.

Si conservo el diario del abuelo es porque lo rescaté de debajo de una montaña de mondas de plátano y vasos de yogur abollados. Uno de los dos diarios que escribió. Dice la abuela que alternaba la escritura en dos cuadernos: una entrada en un diario y la siguiente en el otro, de manera que se podían leer por separado y jugar a intentar entender su vida. Con uno también se puede, pero entonces ya no es toda la historia, es parte de la historia, y ya se sabe que lo parcial carece de rigor. Pero ¿cuál es el diario rescatado? ¿El número uno o el número dos? No hay manera de saberlo ahora. No saberlo me mata. En cualquier caso, es un código incompleto que me condena a rellenar las lagunas con conjeturas y a no saber nunca si ese fue el verdadero principio y el verdadero final.

El abuelo hablaba como un erudito y todo gracias a un diccionario raído que una persona vendió por cuatro bolos a una tienda de quincallas. No deja de ser paradójico que su pertenencia más preciada (ahora la mía) fuese la basura de otro.

Pensar en alguien es lo que lo libra de la muerte, creo que por eso leo y escribo. Pero ¿por qué escribía realmente el abuelo? Puede que para encontrar el perdón. ¿No es lo que buscamos todos? Que no soy un buen padre y marido, perdón. Que no he podido salvar de la muerte a una de las personas que más he querido, perdón. Que he abandonado a la abuela en pleno naufragio, perdón.

O puede que más que un diario fuese un flotador.

Muchos traumas vienen cuando no has tenido la oportunidad de despedirte o, peor aún, cuando no sabes qué te quiso decir alguien antes de morir. Uno se acuerda de la última conversación que tuvo con un vivo antes de pasar a estar muerto; la mente se agarra a esas palabras, aunque resulten confusas, como si en ellas hubiese una esperanza de resurrección.

Mi última conversación con el abuelo fue seguramente la más confusa de todas cuantas hemos tenido, tanto que cuando me despedí de él («hasta luego», eso creía entonces) lo hice con la idea de preguntarle después qué había querido decir con aquello que dijo. El abuelo se fue y me dejó un rompecabezas sin resolver, que, sumado a las demás incógnitas, me sumió en una orgía de amputaciones. Y, como no podía en aquel momento abordar las cuestiones más cruciales, empecé por la última.

—Ninguno de vosotros ha visto ni verá frailecillos —dijo.

—¿Por qué? —pregunté yo por preguntar.

—Porque no hay frailecillos en…

Se paró ahí.

No era la primera vez que el abuelo nombraba a los frailecillos, y yo ni siquiera sabía qué eran. No se podía haber acabado peor. El abuelo empezó una frase que tenía toda la pinta de terminar en sentencia y yo no oí la palabra más importante, la que daba sentido a la oración. No la oí y eso marcó la primera etapa de mi duelo. Desvió el foco hacia la búsqueda. Podría decirse que convertí su muerte en un reto absurdo, consciente de que mientras se busca no se llora. Decidí agarrarme a eso y no descansar hasta saber qué había dicho él y yo no oí, aunque creo que en el fondo me habría gustado no haber dado nunca con la palabra para poder seguir experimentando la pulsión de la búsqueda.

No pensé en ello (ni en nada, creo) tras su muerte. Fue más tarde —semanas, puede que meses después— cuando recordé la conversación y a los frailecillos. Y empecé por el principio.

¿Qué es un frailecillo?

Descartado un «fraile de pequeñas proporciones», encontré una definición satisfactoria en la única fuente de consulta de que disponía entonces: el diccionario del abuelo, editado en 1942, una encuadernación de tamaño mediano y piel cuarteada que Estela ha colocado en una mesita auxiliar con una vela encima, que le da un toque distinguido-despreocupado, acorde a nuestra estética, al rincón más oscuro del salón.

«El frailecillo atlántico (*Fratercula arctica*), conocido como frailecillo común, es un ave caradriforme que pertenece a la familia Alcidae».

Terminé sabiéndolo todo sobre los frailecillos, hasta el punto de que se han convertido en unos animales absurdamente importantes para mí, y, si alguna vez alguien los menciona (fuera de los documentales, nunca se ha dado el caso), lloro. Después de estudiar a conciencia a estos simpáticos animales, analicé la oración desde todas las perspectivas. La descompuse sintácticamente y la volví a componer, consideré las posibilidades desde un punto de vista semántico y busqué todo tipo de frases —con toda seguridad tendrían como núcleo un sustantivo— que rellenasen el hueco. Pero ¿qué tipo de sustantivo? Probé con comunes, propios, colectivos, concretos, abstractos, contables, incontables (singular, plural, femenino, masculino). La preposición *en* no dejaba lugar a dudas de que se trataba de un complemento circunstancial, pero ¿de tiempo, de lugar? No es que esto fuese crucial para redefinir —*post mortem*— nuestra relación, pero de alguna manera, una muy grotesca, haría que me resultase más fácil cerrar el círculo y enfrentarme a lo difícil: su ausencia.

Encontrar la palabra me produjo un sentimiento contradictorio de excitación y posterior vacío, como sucede siempre con los grandes logros.

«En verano».

«Ninguno de vosotros ha visto ni verá frailecillos porque no hay frailecillos en verano».

No podía haber sido ninguna otra palabra. Los frailecillos, en efecto, raras veces se dejan ver en estas latitudes, prefieren el norte de Europa, pero, en cualquier caso, siempre se avistarán en invierno. No se refería a un lugar, este estaba implícito, puesto que nos encontrábamos en la isla él y yo, los únicos interlocutores en aquel momento, sino a un periodo determinado. También estaba implícito el hecho de que él sí los había visto, lo que chocaba con el rotundo *vosotros no* (vosotros no los veréis, pero en cambio yo sí los he visto). Lo que el abuelo trataba de decirme es que yo no había tenido que pasar ni pasaría ya por lo que él había tenido que pasar (inviernos que en la isla solían ser infiernos, por lo que se ve); estaba un poco obsesionado con eso.

Lamenté no estar de acuerdo con él, pero, aun en el caso de que el abuelo hubiese vivido para retomar la conversación, jamás me habría atrevido a contradecirlo, le habría dejado que pensase que su vida fue mucho más dura que la mía.

Nacer y morir bien es importante, y Ulises ha decidido que quiere irse bien, pero no aún. Por eso puede estar sentado a doscientos cinco metros de altura sin que se le encoja el estómago.

Hace un minuto marcó el número del doctor Buceta, sin pensárselo dos veces, para no dar pie a que surgiese el arrepentimiento. Tecleó y colgó. En el último momento pensó que no tenía cuerpo para sermones, que es lo que el doctor larga, aunque crea que no. Por fin entiende que todos son hijos (hijos/víctimas/fruto/producto, durante todos estos años ha ido alternando las palabras) de un acontecimiento, que sus abuelos lo son del hambre y del sueño americano, sus padres, de la droga y el desempleo, y él, el único heredero del emporio.

Es normal desconfiar de alguien que construye historias en función de lo que las personas le cuentan (así cualquiera, doctor), lo difícil es llegar a la verdad sin que nadie te cuente nada. Ulises ha hablado de su vida con el doctor Buceta más que con nadie que conozca, ha pasado temporadas sin querer verlo y otras, las más, ha sentido la urgencia de correr a contarle cualquier pensamiento que estuviese a punto de aflorar. Se da cuenta de lo estúpido que ha sido llamarlo, su número habrá quedado registrado. Todo queda registrado, es uno de los grandes males de nuestros días. Bufa. Podría haberle enviado un mensaje disculpándose por la confusión (esas cosas pasan), pero, casi sin darse cuenta, volvió a tocar su número.

La voz del doctor —de por sí neutra— resultó de hojalata, puede que incluso estuviese camuflando su enfado; a Ulises se le da bien detectar esas cosas. Le contó que había desviado el número de la consulta, dadas las circunstancias, pero que solo estaba atendiendo casos urgentes. La gente dice *circunstancias* cuando no quiere nombrar el dolor. Siempre igual. Ulises aventura que se viene una temporada plagada de *circunstancias*. «Estamos un poco desbordados, ya te imaginas». Utilizó el plural, como si hablase el colegio médico o la Seguridad Social, su voz ligeramente desinflada. Él le dijo que lo entendía, ¡qué iba a decir!, le deseó suerte y colgó. Tal vez sea mejor así; la última sesión resultó altamente decepcionante: el doctor insistió en que las alucinaciones a veces salvan a las personas de algo peor. Era bastante obvio a qué se refería, pero Ulises preguntó —más por cortesía que por querer saber— de qué podía salvar una alucinación.

«De la realidad», contestó el terapeuta.

«De la realidad, claro», repitió él.

Ulises sigue con el teléfono en la mano. Sus dedos recorren los contactos de su agenda y se detienen en Alta Mar. No es consciente de haber tocado el número, las dos palabras siempre lo encuentran, aunque no quiera.

Le llega una voz aséptica y eficiente, de institución.

—Buenas tardes.

—Buenas tardes, quiero hablar con mi abuela —casi siempre utiliza el condicional, pero esta vez opta por un presente rudo disfrazado de imperativo. No hay tiempo que perder, puede que dentro de poco, si la demencia avanza más rápidamente de lo previsto, ya no pueda mantener con su abuela una conversación coherente (ni incoherente, en el peor de los casos). La comunicación entre ellos se apagará, dejarán de ser la pareja imperfecta que siempre han sido y se convertirán en una hidra cercenada. Ulises será Ulises y su abuela será un cuerpo desconectado de su cabeza.

Tiene que sacarla de Alta Mar antes de que se convierta en un charco.

—Disculpe, señor, su abuela… —dice con un tono de paciencia entrenado (de asilo carísimo) a prueba de impertinencias y hostilidades.

—Perdón, sí, Manuela Cruz.

—Lo entiendo, señor, pero creo que no va a ser posible.

—¿Cómo dice?

—Sí, decía que…

—¡La he oído!

—Disculpe, señor, no sé qué quiere que le diga. —Ahora ha cambiado a un tono robótico, ni lo siente ni quiere disculparse, solo lo dice.

—Escúcheme bien —contesta Ulises, gritando casi—: Quiero hablar con mi abuela ahora mismo, así que a no ser que esté durmiendo… o muerta —se le ocurre sobre la marcha— exijo hablar con ella, ¿lo entiende?

No hay respuesta desde el otro lado. Quizá la voz no esté programada para enfrentarse a la amenaza. O tal vez la consigna en estos casos sea el silencio.

—¿Oiga?

—Sí, sí.

—¿Me ha oído?

—Sí, señor, pero me temo que no va a poder ser —repite la mujer, como si no fuese capaz de decir otra cosa.

Mientras hay vida, hay posibilidades, se dice Ulises. Quiere hablar con su abuela. Quien dice *quiere* dice *necesita*. Hasta ahora creía que quería ver y no podía, pero creía mal. Nadie quiere sentir dolor. No es cierto que uno se acostumbre al dolor. Rotundamente falso. La falta de referencias le hizo creer que la vida era sufrir. Como en aquella época muchos estaban en las mismas circunstancias, terminó convenciéndose de que era lo normal, hasta que empezó a salir del barrio; entonces se dio cuenta de que le había tocado más dolor que a la media, y se enfadó por la mala suerte en el reparto.

Lo único que es capaz de pensar ahora Ulises es que ellos no se merecen ese final.

—¿Está muerta? —pregunta a bocajarro.

—¡No, señor! Es solo que el protocolo…

Ulises no quiere oír hablar de protocolo ni de nada que no sea hablar con su abuela ahora que sabe que está viva.

—¡A la mierda el protocolo! Si no me dejan hablar con ella, mañana mismo la saco de Alta Mar.

Dice *sacar*, pero lo que de verdad quiere decir es *rescatar*. La mujer no contesta. Ulises se la imagina marcando un código rojo que alerta de una posible pérdida de clientes, que es lo que son su abuela y él para ella. Lo deja con una pieza clásica: sinfonía, aria, obertura, sonata. Beethoven, Bach, Chopin… Ulises no sabe distinguirlas; lo que ocurre en la infancia (conservatorio sí, conservatorio no) marca los detalles de la vida adulta. Al cabo de un tiempo difícil de medir (podrían ser dos minutos, una hora, media vida construida a base de melodías enlatadas) vuelve la voz, algo menos algodonosa que de costumbre:

—Señor, enseguida le habla su abuela.

Ulises le da las gracias, aunque la mujer ya se ha ido. Le parece oír un jadeo lejano.

—¿Abuela?

—¿Qué pasa? —Su voz ronca suena enfadada, como si la acabasen de despertar.

—Soy yo, Ulises.

—Ya sé quién eres.

—¿Qué tal estás?

—No sé, ni bien ni mal.

—¿Y eso?

Su abuela carraspea como si quisiese tomarse un tiempo para ordenar las palabras o puede que lo haga para concederles la importancia que se merecen. Si pudiese ver su cara, Ulises lo sabría.

—Aquí todos están majaretas —susurra.

—¿Majaretas? ¿Por qué?

—Andan con la boca tapada. Yo no me quiero tapar la boca.

—Pues no te la tapes. ¿Te obligan a tapártela?

La respuesta llega con retardo.

—Me riñen, Ulises.

—¿Quieres que hable con ellos?

—Será mejor, sí, a mí no me hacen caso.

—No te preocupes, hablaré con ellos. A mí tampoco me caen bien.

—Gracias, neniño.

—No me des las gracias.

—Tienes razón, tú me metiste aquí.

—Abuela, si no estás bien en Alta Mar, puedo sacarte.

—¿De verdad? ¡Qué cara se les va a quedar a todos! —Le sale una carcajada descarrilada, típica risa de loca o borracha—. ¿Cuándo vienes?

—Ahora no estoy en la ciudad, ¿recuerdas que te dije que había ido a la isla?

—No quiero volver a la isla.

—No, abuela, tú no tienes que ir, solo yo, pero regreso en unos días.

—No sé por qué tienes que ir tú.

—Para saber.

Ulises se da cuenta de lo absurdas que suenan sus palabras, sabe que no es buena idea mencionar temas delicados a una persona que lleva un tiempo danzando en la frontera de lo real y lo incongruente, pero ahora solo piensa en él, en Ulises, el futuro. Es el sálvense quien pueda, que siempre es el joven y el fuerte. En el antequirófano y en las trincheras no se duda. Su abuela le recrimina —su voz encabritada, convenientemente cuerda— por qué se empeña en querer saber, Ulises contesta que mejor saber que no saber. No saber ha marcado su vida. Ella responde, extrañada, que ha tenido una buena vida («¿O no, neniño?, tú me dirás»), él le dice que «sí, sí», de pasada, como cuando no se cree lo que está diciendo. No quiere seguir enredándose en un diálogo sangriento del que —con toda seguridad— saldrían mutilados. Total, para nada. Coge todo el aire que puede y lo suelta de golpe para volverse valiente y poder preguntar sin que parezca que pregunta:

—Abuela, supongo que nunca has visto una lluvia de ranas…

Su abuela permanece en silencio, Ulises sabe que debe tener paciencia. Cuenta hasta tres, y después hasta diez, pero nada.

—¿Abuela?

—¿Qué?

—¿Me oíste?

—Sí.

—¿Y no tienes nada que decirme?

—¿Qué quieres que te diga? ¿También tú te estás volviendo majareta?

Ulises tarda en contestar, sus ojos lejos, en un punto concreto, varios metros bajo sus pies.

—Sí… No…

—¿Eh? ¿Sí o no? —grita.

Ulises pasa por alto el tono violento de su abuela; en otro momento diría lo que fuera para calmarla, es lo que siempre hace. Pestañea varias veces para aclararse la vista. Si no fuese porque está a punto de acabar el invierno más cálido de los últimos años, pensaría que el puntito naranja que se acaba de zambullir en el agua solo podría ser el pico de un frailecillo.

—Qué quieres que te diga, abuela… No sé…

43

En la isla, verano de 1986

En la penumbra de su habitación, Ulises escucha «Papa Don't Preach» y algo se le remueve dentro. Qué invento, la música, capaz de hacer que la vida tenga matices y parezca más fascinante (pero mucho más) de lo que es. Ahora que ha llegado a su vida, no dejará que se escape.

> *Papa, don't preach, I'm in trouble deep.*
> *Papa, don't preach, I've been losing sleep.*
> *But I made up my mind, I'm keeping my baby...*

¿Cómo iba a saber él que se podía vivir con un yoyó subiendo y bajando del estómago a la garganta? Aunque hoy da igual lo que escuche, todo suena a despedida y a fin del mundo. Es una sensación familiar. Es la anticipación de la ausencia.

Toya se va en dos días y Ulises debe tomar una decisión antes de que ella se convierta en una esclava que cocina, friega, limpia culos y babas de viejos y niños, antes de que él regrese al pisito mohoso y desconchado del barrio más demacrado que existe y no le quede más remedio que entrar en la rueda en la que merienda y va al colegio y vuelve mirando al suelo para no pincharse y estudia y por las noches tiran del cable del teléfono para poder descansar y en general todos se vuelven cada vez más mustios y verdosos. Le preguntará si quiere ser su novia, podrían escribirse y cuando él cumpla catorce puede que sus abuelos lo dejen ir a visitarla. Al principio no podrán verse todo lo que quisieran, pero será suficiente para que la relación se afiance, y tal vez en cuatro o cinco años ya podrán vivir juntos y no tendrán que separarse nunca más.

En la habitación de al lado, Antucho se peina con aceite de Macasar, como si se estuviese signando con el óleo sagrado de la santa unción. Plantado frente al espejo, es un estar por estar, como todo en él desde hace tres años, desde que Míriam —su niña bonita y extraña para él— se fuese, después de que él, con su estúpida decisión, la hubiese empujado a la muerte.

Es tarde para Antucho. Ya no puede aportar otra cosa que no sea la visión de esa silueta incómoda y rota que deambula por la casa. Camina hacia el baúl, en la esquina del cuarto. En la isla no hay cómodas ni armarios, solo baúles abombados con listones de madera y asas de cuero, como si fuese el destino de los isleños estar preparados para huir en cualquier momento.

Piedras —en su mayor parte cantos rodados, grandes como copazúes— fue lo que metió en su maleta antes de partir, porque hay algo mucho peor que la aflicción por tener que marcharse: la vergüenza de salir con lo puesto. Piedras que eran equipaje, que eran tierra y mar, que eran pasado pero que nunca dejaron de ser presente. Piedras que no llegó a tirar porque nunca era un buen momento y que ahora vuelven a tener sentido.

Levanta la tapa. El olor a moho lo hace estornudar (si alguna vez estornudó en Venezuela, no lo recuerda). Retrocede para esquivar las diminutas partículas verdosas. Se agacha, con cuidado de no revolver demasiado. Coge dos piedras y se las mete en los bolsillos —que más bien son alforjas— de su chaqueta de entretiempo y repite la operación hasta que ya no le caben más. Levanta la tela de arpillera que hace las veces de balda. Allí está —ligeramente abollado por un lado— el sombrero de llanero. Vuelve al espejo y esta vez sí presta atención a su yo de enfrente. Se pregunta cuánto queda de aquel joven fuerte y decidido, empeñado en corregir su biografía y sus ges fricativas, que supo irse antes de que tuviesen que echarlo, casi al mismo tiempo que las moscas, y al que le traía sin cuidado en qué orilla vivir. ¿Quién está lejos de quién, pensaba entonces, y sigue pensando ahora, si lo que es izquierda para uno es derecha para otro?

Es un preguntar por preguntarse, porque sabe bien que de aquel joven no queda nada.

La mayoría de las veces la diferencia entre una buena y una mala vida es una decisión. En algunos casos, una sola es suficiente para impedir que nada bueno fructifique jamás. Y puede pasar que después ya sea tarde. Tenía que haberlo previsto. No se puede desmembrar a una familia y pretender que no termine muriendo de gangrena. Cuántas veces habrá implorado a un dios en el que no creía. Que el trabajo no falte. Que Manuela no deje de quererme. Que sus padres no enfermen. Que el maestro resista. Que la niña no nos olvide. Emigrar es un acto de fe, pero retornar es otra cosa. Uno se va mal, pero no puede volver igual. Regresar sin cumplir unas expectativas mínimas no se contempla, y uno empieza a no ver el momento de retornar a pesar de que hace tiempo que sabe que ya no llegará a ser ni remotamente lo que se atrevió a soñar que sería.

Antucho nunca ha tenido cabeza para sombrero. Tampoco Leónidas, pero a veces la actitud (eso que a su primo le sobra y a él le falta) es suficiente para que todos piensen que sí. Se lo ajusta a la altura de las sienes, teniendo cuidado de que quede un espacio entre el pelo y la parte superior de la copa, porque así es como se lleva un sombrero de llanero. Se mira por última vez —sus ojos ya lejos de allí— antes de abandonar la habitación.

Ulises oye un portazo. El viento, se dice. Apaga el radiocasete después de que una voz rasgada anuncie un concierto de Semen Up en el auditorio de la ciudad. Se levanta de la cama. Una gaviota chilla sin ganas a su paso por el ventanuco de la habitación. Ulises abre la puerta y echa un vistazo a la casa.

Está vacía.

Baja la cuesta del Chuco, absorto en su drama. Es difícil sincerarse con alguien que tal vez no quiera que lo hagas. Puede que él solo haya sido un consuelo para Toya y que ella esté pensando en dejar todo atrás y empezar una nueva vida, lejos de todos. Puede, pero, si no se lo pregunta, jamás lo sabrá.

Se detiene al ver un sombrero que camina solo.

No es un sombrero cualquiera, es un sombrero de sheriff. Cuanto más lo mira, más le laten las venas. La distancia es suficiente como para que Leónidas no lo vea en caso de que se gire. Se pega a la parte interior de la pendiente para que el propio desmonte en zigzag lo tape. No ha visto ni oído llegar a Toya ni a Onehuevo, simplemente sabe o cree saber que están ahí y que suben los tres, en fila india, como una procesión de la santa orfandad.

Onehuevo jadea y Toya lo manda callar con un *chisss* prolongado. O puede que sea el silbido del viento, cualquier cosa podría ser. Ulises encabeza la fila y piensa «Ojalá se tire él, ojalá se tire él». Lo repite para conseguir el efecto de plegaria (hace tiempo descubrió que, en según qué casos, la repetición de una frase equivale a «Dios mío» sin tener que mentarlo), es asombrosa la rapidez con la que se mueven las ideas.

Todo empieza con el viento. Siempre. El viento mueve las cosas de sitio, desencadena una serie de cambios que llevan a otros cambios, agita el mar y rompe la atmósfera cuando el ambiente estático se hace insoportable. El de ahora es un viento cálido, que empezó siendo agradable pero que enseguida se volvió áspero. Gira y gira y de vez en cuando crea remolinos que levantan la arena de la playa, partículas infinitas, afiladas, que suben, se adentran en la isla y se meten en ojos, bocas, puertas y ventanas. Incluso algunos objetos ligeros se levantan unos centímetros del suelo. Ulises nunca ha visto un viento como ese, indomable, apocalíptico. Es incomprensible que a Leónidas no se le haya caído el sombrero cuando parece que están a punto de salir volando los árboles y las uralitas de los tejados. Gritan —histéricas— un grupo de gaviotas que planean a duras penas sobre su cabeza, jhiiuaa, jhiiuaa. También a Ulises lo arrastra el viento, no entiende cómo consigue mantenerse en pie. Es importante que continúe sintiendo que tiene un objetivo. Sus amigos siguen detrás, al abrigo de su espalda, puede sentirlos, no tanto verlos. Está bien ser el líder por una vez, así Toya podrá descansar de tener que ser siempre ella la que actúa.

El viento es principio, pero también confunde. Y enloquece. Por eso cree saber, pero en realidad no sabe. Puede que Leónidas esté ahora justo en el mismo sitio en que Toya y él se sentaron —los pies colgados, América enfrente— hace dos días. El mejor momento de su vida hasta la fecha. Se tambalea hacia delante, hacia atrás, empujado por las rachas huracanadas, como uno de esos muñecos infantiles de base roma. Ulises aguarda detrás de una roca alta; es extraño que no se caiga, eviscerado e ingrávido como se siente. No le tiemblan las piernas, solo la vista se le ha nublado un poco, pero se mantiene firme. A Toya —puede que a su derecha, ligeramente escorada— se le ha quedado una mirada extraviada, vacía de significado, los ojos como huevos desparramados. *You are so beautiful to me*, le entran ganas de susurrarle al oído. Detrás de ellos, al abrigo del mundo, tal vez se haya parapetado Onehuevo.

Ulises no sabe con certeza (¿acaso alguien sabe?), pero presiente, eso sí, que será la última vez que sentirá a sus amigos.

El cielo se volvió loco como si fuese el fin del mundo, comenzaron a llover ranas y algún pez y el hombre del sombrero se tambaleó por última vez. Nada de lo que sucedió podrá jurar Ulises que ocurrió de la manera en la que lo recuerda. Y hasta cierto punto es normal dudar de uno mismo cuando no dejan de sucederse fenómenos extraños. Podrían haber caído del cielo el hombre del saco y los Reyes Magos y el estupor no sería mayor. «Que se tire él, que se tire él», repetía sin parar. Se agarró a la roca con fuerza para infundirse seguridad. Como sus amigos no reaccionaban, tuvo que hacerlo Ulises.

El hombre del sombrero de sheriff es una planta carnívora que se ha tragado a su madre, a su padre (los piensa de manera individual para darles la importancia que se merecen), a la madre de Toya, al padre y a la madre de Onehuevo, a varios hijos y padres de su bloque y de otros bloques del barrio, y de otros barrios también, jóvenes que hace poco tenían los músculos intactos, las mejillas carnosas y la mirada inteligente. Se ha tragado a su abuelo, a su abuela, al abuelo de Toya, a la abuela de Onehuevo y a una legión de ancianos cianóticos —de dedos retorcidos— que sobreviven porque no les queda más remedio que seguir estando en primera línea, se ha tragado a las mujeres del bar Orgía y se los ha tragado a ellos, a Toya (que es Victoria, pero que en el fondo no lo es en absoluto), a Onehuevo (que es Miguel, pero nadie se acuerda de que lo es), y a él, Ulises (que, al final, mira por dónde, parece que es el nombre que le pega), a una generación de huérfanos de vivos y muertos que resisten con un socavón en el tórax. Es por la pena y el miedo, el asco y la sangre infecta en el portal, las llamadas de madrugada, las cucharas pringosas, las monedas y los limones que desaparecen, los papeles tornasolados que queman los ojos como eclipses de sol.

Durante los segundos que le lleva recorrer los metros que lo separan del borde del precipicio, Ulises nota cómo la valentía le sube de los pies a la cabeza y, una vez allí, explota.

El hombre no ofrece resistencia cuando Ulises lo empuja —con una fuerza desmedida— al tiempo que brama, el sonido saliéndole de dentro de las tripas:

—¡Por mí y por todos mis compañeros!

¿O no hace falta que lo empuje porque el hombre ya ha saltado?

Ahora sí que tiembla, tanto que tiene que tirarse al suelo para no caerse. Siguen cayendo ranas, aunque menos, el huracán amainó de golpe y más bien parece un vulgar viento del sudoeste. La canción de Madonna se cuela en su cabeza sin que venga a cuento.

Papa don't preach, I'm in trouble deep.
Papa don't preach, I've been losing sleep.
But I made up my mind, I'm keeping my baby.
I'm gonna keep my baby.

Puede que lo peor ya haya pasado. Se gira para buscar a sus amigos (en realidad, solo necesita sus ojos), pero ellos han debido de echar a correr pendiente abajo. No los culpa, él también está asustado. No quiere volver a experimentar esa falta de control sobre su cuerpo.

Plantado al borde del precipicio desde donde Toya dejó caer sus chanclas, Ulises ya no sabe, no ve o ve lo que no es, pero lo único cierto es que el hombre del sombrero desapareció, y, con él, la sensación de que alguna vez existió.

44

Alta Mar, marzo de 2020

«Cállate, zorra, que estoy pensando», tuve que espetarle a la enfermera para que me dejase en paz. Aquí no hay manera de estar tranquila (aburrida, sí, pero tranquila, no), a ver si es verdad que viene Ulises a sacarme de este barco. Las dichosas lámparas no dejan de zumbar sobre mi cabeza, no soporto ese crujido como si estuviesen friendo polillas todo el tiempo. O puede que sean mis pobres sesos. Tolero mucho mejor los ruidos fuertes.

Y la brisa.

Aquí no hay brisa.

Hace falta ser muy retorcido para llamarle a este sitio Alta Mar. ¿Alta mar de qué, hombre, alta mar de qué? De alta mar, nada; aquí no se siente el viento ni el salitre. Aquí no se siente nada, ¿qué se va a sentir? Si es un barco, es uno muy raro. No se parece en nada al Amerigo Vespucci. Menudo barco era aquel, ¡Virgen santa! Como un mundo dentro de un barco. ¡Y qué mareo más grande! Aún no había perdido la isla de vista y ya estaba arrepentida de haberme embarcado.

Y la cosa no mejoró cuando llegué, qué iba a mejorar. Empezamos mal y no fuimos capaces de enderezarlo, eso fue lo que pasó.

Si no hubiese estado tan enfadada todo el tiempo, puede que le hubiese encontrado la gracia a América, pero era imposible, lejos de la niña y rodeada de gente que se pasaba el día extrañando la tierra. Yo nunca dejé de hablar y pensar en isleño, me ponía enferma esa forma de acortar palabras y de decir *corasón*, que parecía que nunca estaban enfadados, pero claro que lo estaban, solo había que estar atento a los ojos. Para que luego viniera aquel profesor cursi con cara de no haber salido nunca de una biblioteca a hablar de la pérdida de identidad o no sé qué mierdas. Pérdida de identidad, pérdida de identidad… ¡Pérdida de todo, vamos, hombre!

Los que me conocen saben que no soy de lamentarme, soy más de escupir fuego. Yo solo lloraba por las noches, en mi casa, pensando en mi hijita. Qué retorcida es la vida, madre mía, la razón por la que me fui es la misma por la que lloraba. Al poco tiempo empezó a crecer dentro de mí un monstruo como inflamado de la rabia que me entró, y así me tiré años. Pobre Antucho, creía que en algún momento el mundo iba a ser nuestro, de verdad lo creía, pero qué va, enseguida se encargaron todos de ponernos en nuestro sitio, que en mi caso era la cocina y las habitaciones de los niños (alguna vez sí que fui al comedor y al salón, pero ya con cofia) y nunca llegamos a salir de la precariedad, como dicen ahora los que viven bien. Odié a cada uno de aquellos niños de papá, aunque los traté divinamente, los peinaba y vestía como a príncipes de las mil y una noches, siempre con mucho cuidado de mantener el odio bien atadito para que no me asomara.

Pienso en lo de antes todo el rato, me gustaría no pensar tanto, pero ¿cómo le digo a mi cabeza que no quiero pensar en aquello, eh, eh, eh?

Virgen santa, me cansé de ir a entierros, pim, pam, pim, pam, aunque después de la muerte de Antucho cogí una sobredosis de muertos y me planté.

Aquel día sucedieron muchas cosas, una tras otra tras otra.

Supe que algo muy malo iba a pasar cuando lo vi con el sombrero de llanero. Le dije mil veces que lo tirase, pero él venga a guardarlo, como si el sombrero nos fuese a traer suerte, como si fuese más que un sombrero.

Si hay algo que sé es que no se puede retener a quien no quiere quedarse, y hacía tiempo que Antucho estaba deseando marcharse, pero al niño lo cogió por sorpresa, y por más que le decía que el destino de su abuelo ya estaba escrito cuando salió de casa ese día, y aún mucho antes, él venga a preguntar «Pero ¿y el sombrero, y el sombrero?».

Puto sombrero.

Si no llega a estar Melita conmigo, no sé si me habría muerto allí mismo.

Lo vimos desde el faro y ya me di cuenta de que era él. Melita terqueaba. Que es Leónidas. Que no ves que lleva el sombrero. Que quién si no puede ser. Pero yo los distinguía muy bien, Antucho no se parecía tanto a Leónidas como decían todos, yo me crie con ellos y a mí no se me escapaban las diferencias: si algo tenía claro es que Leónidas no era de los que se tiran.

El estruendo fue como de fin del mundo. Un ruido desagradable, la madre de todos los ruidos. Pataplón. Bajamos corriendo a las rocas. Mira si me puse loca que quería juntar los trozos para poder reconstruir el cuerpo, a veces pensamos cosas que no tienen ningún sentido, madre mía, cómo estaba, qué telele me dio.

A Melita y a mí no nos hacía falta hablar. Nos miramos como se miran las lobas. Con la rabia y la pena en el pecho y en la cabeza, fuimos a por Leónidas. Lo encontramos caminando hacia el faro pequeño. Le dije que necesitábamos ayuda, pero nos miró con desconfianza (él sabía el odio que le tenía, y a mí la rabia se me escapa siempre por los ojos). Dijo que mejor llamásemos a otro. No sé cómo no lo maté allí mismo. «Es Antucho», le dije. La cara se le ablandó y los ojos empezaron a brillarle igualito que a los congrios frescos. Leónidas era un hijoputa, pero quería a su primo. «¿Qué pasa,

Manuela?», me preguntó con un chillido de jilguero castrado. «Quiero que vengas a ver algo», le dije yo, a lo zorro. Se quedó mudo, pero nos siguió como un corderito, y cuando llegamos al faro le grité: «¡Mira!».

El pataplón no fue tan escandaloso, o eso me pareció a mí.

Lo matamos a traición, sí, señor. Un muerto se paga con otro muerto, solo que no era uno, eran cientos.

A Antucho y a Leónidas los enterraron a la misma hora (el cura se negó a quedarse más tiempo en la isla y no hubo nada que hacer). La gente murmuraba, con sus bocas redondas —típicas de los pámpanos—: «Hay que ver, dos primos que nacieron casi al mismo tiempo y al mismo tiempo se van», como si fuese una de esas coincidencias que nadie puede explicar, que no se cree pero se quiere creer. A la gente le encantan los cuentos, sobre todo cuando no son sus muertos. Aunque aquí no hay nada de cuento, aquí pasó lo que pasó.

En la isla se matan de tres en tres, decían. Pero tuvo que venir Paulino más tarde a estropear la costumbre. Y como la gente cree lo que quiere creer, en vez de contar cuatro, contaron uno y esperaron a que saltaran otros dos para poder contar tres.

No sé si la cosa acabó ahí, a mí ya me daba igual. Nosotros nos fuimos y yo no quise saber nada más de la isla.

¡Que les den a todos!

Dijeron que había sido un ajuste de cuentas, era lo que decían cuando no sabían o no querían escarbar. En general, la policía estaba de nuestro lado. O eso o del lado contrario, aquí no había término medio.

No me gusta pensar en aquello, pero mi cabeza va por libre.

Los narcos eran unos hombrecillos analfabetos y feos que se adueñaron de las rías. Leónidas se pasó de listo, con esos aires de hombre de mundo que se daba, que no dejó en pie una zeta de tanto como empezó a sesear, pero no pudo quitarse la pinta de paleto, se murió con ella. Mira que hizo daño el hijoputa y nunca le pasaba nada malo, cada vez le iban mejor las cosas —más dinero, más gafas de sol, más lanchitas—, al contrario que a nosotros, que cada vez nos hundíamos más y más.

La verdad es que nadie estaba preparado para lo que nos vino encima y no pudieron ayudarnos cuando lo necesitamos. La mayoría nos ayudó cuando nuestros hijos ya estaban muertos, por eso tuvimos que unirnos las madres, de pura impotencia. Eso le dije una vez a una periodista, eso y más cosas, me llamaban mucho antes. Me preguntó cuándo había muerto mi hija. «Hace poco», le dije, y ella venga a insistir que cuándo, y yo que hace poco, y ella erre que erre, los periodistas siempre quieren saber más. Acabé echando cuentas. «¡Pero si hace doce años!», me contestó con una cara de parva que metía miedo. «¿Qué pasa?», le pregunté yo, harta de tanta boca apretada y de aquellos ojos de beata. «No, nada, es que como dijo poco...», tuvo el cuajo de soltarme. «Cómo se nota que a usted no se le murió ningún hijo», le solté. «Hace doce años es ayer». La dejé bien calladita, ¡vamos, hombre!, y le debió de gustar lo que dije porque lo puso en letras muy grandes y negras en la primera página del periódico.

Lo peor fue para el niño, qué trauma cogió el pobriño, de vez en cuando aún me pregunta por las dichosas ranas, le dio por ahí. Sufrió muchísimo, no paraba de repetir que había matado a su abuelo, ¡qué iba a matarlo, con lo que lo quería! Y, por si fuera poco, al volver de la isla se le cayeron las pestañas y le cambió la voz, se le puso de hombre. Estaba tan asustado que yo también cambié la mía para que no pensara que todo lo malo le ocurría solo a él. Y se me quedó una ronquera para siempre (no sé qué de unos pólipos por forzar las cuerdas vocales, me dijeron los médicos años más tarde, cuando intenté volver a hablar normal).

Yo no le quise decir nada al niño (¿o al final se lo dije?), pero su abuelo ya estaba muerto antes de saltar; se lo había tragado la vida, como al marido de Melita.

Es buena amiga, Melita. Y una virguera llorando. Fue plañidera cuando era joven, y una de las buenas, menudo *chou* montó ese día delante de la policía, madre mía, qué actriz. A mí, en cambio, se me secaron los lagrimales desde muy jovencita. Muy pronto me quedé sin sal.

Tengo que llamar a Melita.

¿Está viva Melita?

A Ulises le gusta decir que se ha agarrado a la tranquilidad, así, con esas palabras. Digo yo que por eso se casaría con esa mujer. ¡Qué cursi, Virgen santa! La pobre me mira con una cariña de susto que da ternura verla. Al principio me divertía que pensara que no la quería. No era verdad, qué iba a ser, pero yo ya no estoy de humor para andar demostrándole a nadie que está equivocado y la criatura aún se lo cree.

Qué buen niño, Ulises.

Yo no le digo nada, aunque a mí me parece que, cuando dice *tranquilidad*, quiere decir *aburrimiento*. Y, como nunca quiere discutir, siempre hablamos de lo mismo. Estela no es mala. Los niños son buenísimos y listísimos. Hicimos lo que pudimos. Seguimos vivos.

La gente siempre quiere saber. Cómo te llamas. De dónde eres. ¿Que hizo qué, señora Manuela? ¡No diga eso, qué barbaridad, Virgen santa! ¿Dónde está ese sitio? ¿Que no es una ciudad? ¿Tampoco un pueblo? ¿Una isla y ya? Yo nunca quise dar muchas explicaciones, pero la gente es muy pesada, creen que como somos viejos queremos que nos den conversación.

Pequeña, una isla pequeña.

¿Dónde?

Y venga con la matraca (una pregunta nunca viene sola, no hay mayor verdad que esa).

Entre América y la ciudad.

Me miran como si estuviese mintiendo, como nos miran a las viejas locas.

Dime la verdad, dime la verdad, dicen a todas horas.

¡A la mierda todos!

¿Y quién sabe qué es la verdad?

Hay que ser muy hijoputa para sacarnos de nuestras casas y llevarnos a alta mar. No quiero estar en alta mar, no me gusta este barco, un barco no es sitio para vivir.

Por fin nos movemos.

Debemos de estar llegando, ya veo la luz del faro. Será mejor que me calce, Ulises está a punto de llegar.

Agradecimientos

Gracias a la familia Dios Dacosta por su aportación venezolana. A Kallifatides y Castelao por acompañarme en esta aventura migratoria. A Lourdes por ilusionarse con esta historia casi tanto como yo. A Alberto y Aurora por su respeto máximo por el texto. A Álvaro por añadir un reto extra, como si fuese poco reto escribir una novela (página 174). A familia y amigos por ser los músicos del Titanic cuando el agua nos llegaba a la cintura. A Pedro y a Juan porque sí. A Nano por mantener el humor en cualquier circunstancia. Gracias a todos ellos, este libro terminó siendo así y no de otra manera.

«Para viajar lejos no hay mejor nave que un libro».

EMILY DICKINSON

Gracias por tu lectura de este libro.

En **penguinlibros.club** encontrarás las mejores
recomendaciones de lectura.

Únete a nuestra comunidad y viaja con nosotros.

penguinlibros.club